MATT DUNN

UN CUPIDO A QUATTRO ZAMPE

Traduzione di Roberta Zuppet

Sperling & Kupfer

Questa è un'opera di fantasia. Nomi, personaggi, luoghi ed eventi sono frutto dell'immaginazione dell'autore. Qualsiasi rassomiglianza con aziende, fatti, luoghi o persone, realmente esistenti o esistiti, è puramente casuale.

Pubblicato per

Sperling & Kupfer

da Mondadori Libri S.p.A.

ISBN 978-88-200-7188-2

I Edizione ottobre 2021

Anno 2021-2022-2023 - Edizione 1 2 3 4 5 6 7 8 9 10

Per Ian e Marta.
C'è una luce che non si spegne mai.

1

«ESCO adesso dall'ufficio.» Ecco quello che Luke ha appena detto al destinatario della furtiva telefonata al cellulare che sta facendo.

In realtà Luke è seduto in auto davanti alla casa che condivido con la mia migliore amica Julie. Il che dimostra che sta mentendo. Non sarebbe la prima volta.

Julie non sa di quest'ultima bugia, com'è naturale. Il suo udito non è fine quanto il mio. Ha sentito la macchina fermarsi, ha fatto ciao a Luke, ha annuito al suo «sono al telefono» mimato attraverso il finestrino, e ha lasciato la porta socchiusa prima di tornare alla scena particolarmente coinvolgente dell'episodio di *EastEnders* che stavamo guardando, dove un signore calvo dall'aria cattiva dichiara che «non ne vale la pena» sporcarsi le mani picchiando il personaggio dalla faccia terrea a cui ha appena minacciato di cambiare i connotati. Una valutazione su cui, se si riferisse a *Luke*, Julie e io avremmo opinioni completamente opposte.

Ne approfitto per svignarmela, percorrere il vialetto e sedermi dall'altra parte del cancello, dove posso origliare quello che sicuramente sarà un nuovo colpo di scena in una fiction molto più complicata di *EastEnders*.

«Certo», dice Luke dopo un momento. «Cinese o pizza?» Mi viene l'acquolina in bocca, soprattutto quando aggiunge: «Vada per il cinese *e* per la pizza». Poi torno bruscamente alla realtà perché, al suo «anch'io ti amo, tesoro», capisco che sta parlando con la moglie e mi ricordo che non è solo un bugiardo, ma anche un dongiovanni da strapazzo.

Luke finisce la chiamata e si controlla i capelli nell'aggeggio riflettente attaccato al parabrezza dell'auto, quello che Julie usa sempre e solo per truccarsi mentre guida. Poi si annusa l'alito nell'incavo della mano e sbircia ogni lato della strada quasi cercasse qualcuno. Quindi scende e, allontanandosi di uno o due passi dal marciapiede, si gira di scatto per chiudere la macchina con il telecomando, come se sparasse con una pistola nei titoli di testa di un film di James Bond.

Preoccupato, torna alla portiera del conducente e pulisce una macchia appena appena visibile sulla carrozzeria, infine fa un passo indietro e guarda ammirato l'auto, uno di quei coupé dalla linea sportiva che, dal punto di vista meccanico, sono identici al modello famigliare. *Lo stile prima della sostanza*, commenterebbe senza dubbio il padre di Julie. Vale a dire, in pratica, il tipo di auto che ti aspetteresti da Luke.

Controllando il cellulare per l'ultima volta, lo spegne, se lo infila in tasca e si avvia deciso verso il cancello, esitando quando mi vede.

«Doug», dice.

È più un'osservazione che un saluto, così gli lancio un'occhiata, mi sposto con riluttanza per farlo passare e poi gli sto alle calcagna fino alla porta, infilandola prima che provi a chiudermi fuori.

«Tesoro?» urla studiandomi con diffidenza, e mi viene in mente che di rado lo sento chiamarla «Julie». Uno stratagemma astuto se frequenti più di una donna, presumo.

«Sono qui», risponde lei dal salotto, e Luke imbocca il

corridoio, guardandosi intorno come un ladro, anche se, conoscendolo, penso ci sia una sola cosa su cui desidera mettere le mani.

Lo seguo fino al punto in cui Julie siede speranzosa sul divano, e assumo una posizione difensiva ai piedi della mia amica mentre lei spegne la TV. Questo sì che è preoccupante: *EastEnders* non è ancora finito e in circostanze normali, persino se la casa stesse crollando, di sicuro Julie non si schioderebbe dallo schermo, ma schiverebbe la pioggia di macerie fino allo scorrere dei titoli di coda. D'altronde, come spesso mi ricorda la presenza fin troppo regolare di Luke fuori dall'orario d'ufficio, lui e Julie non si trovano esattamente in circostanze «normali».

«Che bella sorpresa!»

«Non riuscivo a starti lontano.» Luke sprofonda sul divano accanto a lei, poi appoggia i piedi sul tavolino come se fosse il padrone di casa. «Mi conosci.»

Espiro rumorosamente e mi metto in posizione di guardia sotto le gambe di Luke: se Julie lo conoscesse davvero, dubito che lo farebbe entrare, figurarsi accomodare sul divano. *Io* ho impiegato un sacco di tempo per avere il permesso di sedermi lì.

«Posso offrirti qualcosa?»

«Solo questo.» Luke le stampa sulle labbra un bacio umido (come il padre di Julie definisce le leccate che do quando qualcuno mi solleva all'altezza del viso), e distolgo automaticamente lo sguardo. Non so il perché, ma trovo inquietanti questi «baci» che Luke e Julie continuano a scambiarsi, forse per lo strano mugolio di piacere che lui fa ogni volta. «Passavo di qui. Mi sono reso conto di quanto mi mancassi.»

«Passavi di qui?» replica mesta Julie, poi sembra avere un'illuminazione. Sulla faccia di Luke compare un'espressione maliziosa, presto imitata da Julie. Allora realizzo perché è venuto, e rimango così scioccato da non poter far altro che abbaiare per il disgusto. A quanto posso dedurre dalla sua telefonata di poco fa, Luke farà una «sveltina» con Julie, poi ritirerà tranquillamente la cena da asporto e tornerà a casa da sua *moglie*.

«Sì.» Luke si lecca le labbra, un gesto che mi fa rabbrividire. «Non ho scombussolato i tuoi programmi, vero?» chiede, anche se sono sicuro che sappia già la risposta. Julie ha raramente dei progetti. Soprattutto perché, data la situazione di Luke, non può farne.

«No, è solo che...» Julie accenna alla TV. «Priya sarà qui tra poco. C'è *Il Trono di Spade*.»

«Oh sì. La Dragon Lady.» Lui alza gli occhi al cielo, e non capisco se si riferisca a un personaggio del programma o a Priya. Non è il suo fan più affezionato. E il sentimento è assolutamente reciproco.

«Posso chiamarla.» Julie allunga la mano verso il telefono. «Le dico di venire più tardi. Possiamo guardare la registrazione.»

«Non preoccuparti. Non posso fermarmi.»

«Oh.» La delusione nella voce di Julie è così evidente che Luke non resiste alla tentazione di esibire un sorrisetto trionfante.

«A lungo», aggiunge guardando con esagerazione l'orologio.

«Oh», dice di nuovo Julie, e poi lo ripete ancora, ma questa volta significa «ho capito», tanto che mi induce a sospettare che «ci stia», come probabilmente direbbe Luke. È in quel momento che decido di non rimanere con le mani in mano e di non permettergli di farla franca. Così, quando Julie si mette a cavalcioni su di lui e Luke comincia a sbottonarle la camicetta, sguscio fuori da sotto le gambe di lui, salto sul divano e mi infilo a forza tra loro.

«Doug!» Julie mi lancia un'occhiata di rimprovero. «Giù!»

Vorrei poter dare lo stesso ordine a Luke ma, prima che possa decidere quale sarà la mia prossima mossa, lui mi afferra senza tante cerimonie e mi rimette sul pavimento.

«Sì, Doug, giù!» Annusandosi le dita, fa una smorfia, quindi si pulisce di nascosto le mani su un cuscino, il che mi irrita ancora di più proprio perché questo mese ho già fatto il bagno. «Dove eravamo rimasti?» E ricomincia ad armeggiare con i bottoni di Julie.

Mentre si dedica al contenuto della camicetta, allo stesso tempo con le gambe mi impedisce di risalire sul divano, e temo che possa riuscirci, finché non mi viene in mente una tattica usata spesso da Eddie, il jack russell protagonista delle repliche di *Frasier*, che io e Julie amiamo guardare. Sfreccio da sotto il tavolino, balzo sulla poltrona di fronte, mi posiziono direttamente nella visuale di Luke e gli punto addosso il mio sguardo più spregevole. Dopo poco, la mia strategia funziona, perché lui apre gli occhi nel bel mezzo di un bacio (cosa ancora più raccapricciante dei suoi versi), mi vede da sopra la spalla di Julie e si stacca da lei.

«C'è qualche problema?» domanda Julie.

Luke mi guarda minaccioso. «È Doug.»

«Che cosa sta facendo?»

«Mi sta fissando.»

«Che cosa?» Julie si volta verso di me, perciò mi affretto a sfoderare il mio sguardo migliore, il più irresistibile: raggrinzo la fronte al massimo e inclino la testa per sicurezza.

«Non ti sta *fissando*. È un carlino. È solo la sua espressione.»

«È fastidioso.»

«Be', chiudi gli occhi.»

Julie ricomincia a baciarlo e Luke obbedisce, ma dopo qualche secondo socchiude un occhio e scopre che ho ripreso la mia aggressione visiva.

«Lo sta facendo di nuovo.»

«*Luke...*»

Lui si divincola e, raddrizzandosi, si posa un cuscino sulle ginocchia. «Mi dispiace. Non ci riesco. Non con lui...»

Sospirando, Julie si alza, mi prende in braccio e mi porta in cucina.

«Scusa, Doug.» Mi deposita sul pavimento accanto alla ciotola, quindi mi versa un po' di cibo e torna velocemente in salotto chiudendomi dentro.

«Dove eravamo rimasti?» la sento dire, forse un tantino spazientita. Poi scende il silenzio, così mi avvicino alla porta, che ha i pannelli opachi, perciò vedo soltanto le loro sagome avvinghiate.

Mi siedo, fisso il punto dove credo ci sia la faccia di Luke e lo guardo con tutta l'intensità di cui sono capace attraverso il vetro smerigliato. Sembra che funzioni, perché passa appena una trentina di secondi prima che Julie chieda: «Che c'è *adesso*?»

«Lo fa ancora.»

«Scusa?»

«Doug. Mi fissa. Attraverso la porta della cucina.»

«Come? Con la vista a raggi X?»

«Sai che cosa intendo.»

Julie fa un sospiro da cui si deduce l'esatto contrario. «Che cosa vuoi che faccia? Che lo metta fuori?»

«Lo faresti?»

A quell'idea faccio un guaito così lamentoso che in una manciata di secondi Julie apre la porta, mi prende e mi porta verso la poltrona. È pur sempre una vittoria effimera, perché lei torna dritta verso il divano e si rimette a cavalcioni su Luke, piuttosto contrariato nel rivedermi.

«Sai una cosa?» Julie percorre allusivamente con i polpastrelli il bracciolo del divano. «Perché non traslochiamo in camera da letto?»

Lui la guarda titubante, forse perché si chiede se lei gli stia proponendo di spostare dei mobili, poi evidentemente capisce. «Buona idea», le risponde.

«Giusto. Vado un attimo in bagno e tu...» Julie fa cenno di raggiungere la camera.

Resto seduto con espressione innocente mentre lei salta su dal divano e si allontana lungo il corridoio ma, non appena chiude la porta del bagno, balzo giù dalla poltrona, schizzo fuori dal salotto e – quasi slittando sull'angolo grazie alla combinazione delle mie zampe corte e del parquet lucidato di Julie – precedo Luke in camera. Quando lui compare sulla soglia, troneggio già sul letto con aria di sfida.

«Per la mi...!»

Mi guarda inferocito, poi ricontrolla l'orologio, forse calcolando fino a che punto potrà giustificare il ritardo con la moglie incolpando l'attesa per il takeaway. Quindi – e ammetto che è l'unica pecca del mio piano – fa un'espressione come a dire: *Ti ho fregato*, e mi chiude nella camera, intrappolandomi dentro.

Saltando giù dal letto, mi precipito verso la porta e vi appoggio l'orecchio. Da quanto riesco a decifrare, Julie è uscita dal bagno, e sento Luke dire che, in realtà, il divano va benissimo. C'è una risatina – Julie –, poi il suono di una cintura che si slaccia, quindi un silenzio, seguito da versi che preferisco non descrivere. Consapevole di aver esaurito le opzioni – e non ne vado fiero – inizio a lamentarmi. E a guaire. Quindi abbaio insistentemente, alzando il volume ogni tre latrati circa, finché si sente un demoralizzato: «Per l'amor del cielo!» da parte di Luke, accompagnato a breve distanza da un rumore di passi e da Julie che, leggermente arrossata, apre la porta.

«Che cosa c'è, Doug?» Tirandomi su, mi riporta in salotto. «Come hai fatto a restare chiuso lì dentro?»

Guardo con esagerazione Luke che, sul divano, si sistema i vestiti mentre mi lancia quella che credo si chiami un'«occhiata truce», mentre Julie non si accorge di nulla.

Luke sospira rassegnato, capendo che non otterrà ciò che vuole. «Be'...» Consulta l'orologio per la terza volta, poi si alza riluttante. «Dovrei proprio...»

«Non andare.» Julie mi appoggia delicatamente sul pavimento, quindi avanza verso di lui. «Non abbiamo nemmeno...»

«Sì, ma di chi è la colpa?» si lamenta Luke.

Si riferisce a me ma, a giudicare dalla sua espressione, Julie ha preso l'ultimo commento sul personale. «Scusa. No. Hai ragione.» Si imbroncia. «Torna pure a casa da *tua moglie*! Fa' il bravo ragazzo.»

Quando Luke deglutisce rumorosamente, io sbuffo incredulo. Qui c'è solo un bravo ragazzo e (avviso di spoiler) sono io.

«Tesoro, non fare così...»

Julie schiva il suo abbraccio e io mi preparo all'inevitabile. Hanno già avuto questa conversazione – anzi, questa discussione – in diverse occasioni, e ogni volta che Luke dice di non poter ancora lasciare sua moglie, sento morire una piccola parte di Julie.

Tanto per cambiare, lei ha le lacrime agli occhi e, anche se vorrei correre a confortarla, mi trattengo. È necessario che stia male per Luke, e certe volte bisogna essere duri per il bene di qualcuno.

«Non chiamarmi tesoro!» lo rimprovera. «Me l'avevi *promesso*!»

«E manterrò la parola.» Luke si siede sul bracciolo del divano. «Te l'ho detto, ora non è il momento giusto. Devo soltanto organizzarmi e...» Finge di sparare in rapida successione, usando le dita a mo' di pistole, e non posso fare a meno di sbuffare ancora. «Ma ti capisco», continua. «Se non puoi aspettare, forse dovremmo...»

«No, non intendevo dire...» Julie gli prende la mano, come se fosse *lei* a doversi scusare. «So che per te è dura. Davvero, lo so. Ma non puoi farmene una colpa se voglio che stiamo insieme.»

Fa un sorriso supplichevole e Luke le bacia il dorso della mano, come se le stesse concedendo una sorta di benedizione papale. Poi si alza e, con un sospiro teatrale, la prende tra le braccia. «È ciò che desidero anch'io, ma prova a guardare le cose dal mio punto di vista. Voglio solo fare la cosa giusta per tutti, capisci? Per te, per me e per *Sarah*...»

Sentendo il nome di sua moglie, Julie prima sussulta e poi annuisce, anche se a mio parere l'unica persona per cui Luke abbia mai voluto fare la cosa giusta è se stesso.

«Okay», dice lei, titubante. «Allora ci vediamo lunedì?»

Lui sembra confuso per un attimo, come se avesse dimenticato un impegno importante, quindi scoppia in una breve risata. «Al *lavoro*, intendi?»

Julie fa un cenno di assenso e Luke sorride come qualcuno che sa di essere ancora al posto di guida, e non solo del vistoso coupé parcheggiato fuori. «D'accordo.» Si tasta le tasche cercando la chiave dell'auto, probabilmente pensando già a quale farcitura scegliere per la pizza. «Salutami Priya.»

«Certo», risponde Julie, anche se tutti e tre sappiamo che non lo farà, a meno che non voglia sorbirsi una ramanzina.

«Esco da solo», dice Luke e, benché probabilmente queste parole siano rivolte a me, mi premuro di accompagnarlo fuori. Non vorrei che portasse via qualcosa. Soprattutto la fiducia di Julie.

Anche se il mio timore è che stia facendo proprio questo.

2

«Era Luke quello che ho appena visto andare via?»

È arrivata Priya, l'altra migliore amica di Julie. Meno male, perché: a) ha portato vino e stuzzichini – anche se non sono un amante del primo, devo ammettere che Julie, poiché solitamente alza il gomito, più beve, e più patatine mi dà –, e b) siccome l'alcol scorrerà a fiumi e considerando che Priya ha appena visto Luke allontanarsi, a un certo punto della serata lei e Julie discuteranno di lui in modo piuttosto acceso. E forse – solo forse – questa volta qualcosa andrà a segno.

«Può darsi.» Julie corre in cucina a prendere due bicchieri per evitare ulteriori domande. Da quando Luke è diventato una costante nella nostra vita, Priya non ha mai nascosto la sua contrarietà, specialmente riguardo alla certissima convinzione di Julie che prima o poi Luke pianterà la moglie per mettersi con lei.

«Però non sembrava molto felice.»

Julie sembra tentata di spiegarle l'accaduto, ma poi cambia idea. «Quasi sicuramente perché stava tornando a casa da *lei*.»

«Oh, Jules, mi dispiace.»

«Di che cosa? Non ci siamo mica mollati.»

«Ecco di che cosa mi dispiace!» Priya scoppia in una risata

leggermente eccessiva, quindi, con un cordialissimo: «Ciao, Doug!» si inginocchia a grattarmi le grinze sulla fronte, poi commenta con uno stupito: «Come sei snodato!» quando mi allungo curvando la schiena verso il basso e tendendo le zampe anteriori. «E?»

«E niente. Ha solo fatto un salto. È venuto per una...»

Priya alza la mano come se volesse battere il cinque. «Se stai per dire *sveltina*, fermati in tempo!»

«Visita, volevo dire.»

«D'accordo.» Dandomi un'ultima carezza, Priya si tira su. «Non avete litigato, vero?»

«Solo una divergenza di opinioni.»

«Devo preoccuparmi?»

«Non lo fai sempre?»

«Scusa, Jules. Non voglio vederti soffrire. E temo che Luke non lascerà *mai* sua...»

«P!» Ora è Julie a fare come se volesse battere il cinque. «Non voglio sentirlo.»

Priya mi guarda come se condividessimo un segreto, poi accenna ai bicchieri, così Julie versa da bere per entrambe, svuota un sacchetto di patatine in una grossa ciotola e la posa tra loro sul divano. Io mi accomodo al mio solito posto sul tappeto, e fisso impaziente la ciotola. Prendendo il telecomando, Julie preme un paio di tasti, riattiva il volume, e la familiare colonna sonora del *Trono di Spade* invade la stanza.

«L'inverno sta arrivando», dice in tono indecifrabile, e Priya sembra perplessa.

«Stiamo ancora parlando di te e di Luke?» chiede, e Julie fa quella smorfia con la bocca aperta che dovrebbe indicare un misto di incredulità e insoddisfazione.

«Ti dispiacerebbe smetterla?»

«Okay, okay.» Priya beve un lungo sorso. «È solo...»

«La lascerà. Me l'ha promesso. L'ha ripetuto questa sera. Deve soltanto organizzarsi e...»

«Io lo chiamerei 'pararsi il culo', o sbaglio?»

Priya è molto sveglia. Ha numerose uscite di questo genere e, forse suo malgrado, Julie sorride.

«P, per favore. Non tutti sono fortunati come te e Sanj.»

Sanj è il marito di Priya e Julie vuol dire che, per trovarlo, la sua amica non ha dovuto sudare sette camicie (figurarsi lavarle). Sono stati i genitori a presentarli, ed è per questo che Julie ripete spesso che Priya non ha «metri di paragone» quando commenta la sua situazione con Luke. Anche se devo riconoscere che Priya non si lascia scoraggiare.

«Forse. Ma dimmi una cosa. Quanto tempo hai intenzione di concedergli?»

Julie prende una patatina e, nonostante io speri di riceverne una a mia volta, è troppo concentrata sulla domanda per pensare a me.

«Tutto quello che occorre.»

«E se occorresse un'eternità? Vuoi una famiglia, giusto? Dei figli?»

Julie mastica immersa nei pensieri. «Prima o poi», risponde, ma tanto varrebbe che dicesse: *Certo che li voglio*, e Priya fa una pausa a effetto prima di picchiettare con l'indice sul quadrante dell'orologio.

«*Non* ci vorrà così tanto.» Julie sembra un po' meno sicura di prima.

«E se ti sbagliassi? Quante altre scuse può inventare Luke?»

«Me l'ha promesso. Mi ha detto che invecchieremo insieme.»

Priya rabbrividisce. «D'un tratto immagino Luke come un buffo cosino rugoso che russa e scoreggia mentre è seduto accanto a te sul divano. Ne hai già uno!»

Per qualche motivo mi indica con il mento, poi sorride comprensiva. «O vuole stare con te o vuole stare con lei. Non può avervi entrambe. Non è così che funziona. Anche se...»

Julie disattiva il volume con il telecomando. «Anche se?» incalza, in un tono che rivela come, pur avendo zittito *Il Trono di Spade*, in realtà non abbia voglia di ascoltare la risposta.

«È esattamente ciò che ha ora.»

«Priya...»

«Due donne, due scopate...»

«Non va più a letto con lei.»

Rovesciando la testa, Priya prorompe in una risata fragorosa. Io ho l'impressione che faccia un po' finta, ma ottiene l'effetto desiderato. Sempre che l'effetto desiderato sia far arrabbiare l'amica.

«È vero», insiste furiosa Julie. «Me l'ha detto lui.»

«E tu gli credi?»

Julie annuisce e Priya fa una smorfia come a dire: *Io non credo a te*, poi beve un sorso di vino. È brava in queste cose. Vede tutto in bianco e nero, un po' come me. Anche se naturalmente nel mio caso è genetico, perché i cani non vedono i colori.

«Che cosa racconta a sua moglie, secondo te?»

«Riguardo a che cosa?»

«Come giustifica il fatto che non *lo fanno*?» Priya mi offre una patatina e la inghiotto quasi senza masticare per non perdermi nemmeno una parola.

«Lui... Ecco...» Julie fissa lo schermo, dove ha luogo un combattimento o un curioso rapporto sessuale. Spesso, nel *Trono di Spade*, è difficile distinguere tra le due cose. «Per favore, possiamo parlare d'altro?»

«No che non possiamo!» D'un tratto Priya si arrabbia. «Capisco che sia affascinante e attraente, e che possa essere lusinghiero avere l'attenzione di un uomo sposato, ma Luke ti prende per i fondelli, Jules, e prima te ne accorgi e lo cacci via a pedate, e meglio è. Altrimenti perderai solo tempo, ascoltando una scusa dopo l'altra sul perché non è mai il momento giusto per lasciare Sarah, mentre lui ha la botte piena e la moglie ubriaca e tu ti becchi solo una scopata ogni tanto. Se non stai attenta, un giorno potresti svegliarti e ritrovarti tutta sola, come quella squilibrata della tua vicina, che per unica compagnia ha una gatta orrenda.»

Si ferma per riprendere fiato e io deglutisco così forte da far rumore, smettendo di fantasticare sul contenuto delle botti piene non appena sento la parola «gatta». Sicuramente Priya sta scherzando. Per quanto Julie possa essere disperata, non permetterò mai che una creatura così ipocrita entri in casa.

Per fortuna, il mio verso imbarazzante sembra essere passato inosservato. Notando l'aria affranta di Julie, Priya dimentica la rabbia.

«Scusa, Jules.» L'abbraccia. «Sono solo preoccupata per te.»

«Non è necessario. Dico davvero.»

«No?» Priya non è convinta, e neppure Julie. A essere sincero, nemmeno io.

«No! È soltanto... complicato.»

«Non dovrebbe esserlo.»

«Eh?»

«Guarda.» Prendendo un'altra patatina, Priya me la porge tenendola fuori dalla mia portata e, pur fissandola avidamente, decido di non umiliarmi implorando. «Trova qualcuno che ti guardi come Doug guarda questa patatina.»

«È *così* che mi guarda Luke.»

Priya scuote la testa. «Doug guarda la patatina come se pensasse che per lui è l'unica al mondo. È ciò su cui concentra tutta la sua attenzione, la cosa più importante della sua vita in questo momento. Luke... Penserà sempre all'altra donna che lo aspetta a casa. E forse a un'altra ancora su cui ha messo gli occhi al supermercato.»

«Non è vero! Crede solo che, scaricandola *da un momento all'altro*, la distruggerebbe.»

«Ma distrugge continuamente te, no? Inoltre, mettiti nei panni di sua moglie. Vorresti avere tra i piedi una persona che non ti vuole bene?»

«Le vuole bene. Solo che non è innamorato di lei.»

«Direi che non è innamorato nemmeno di te. Soprattutto se ti tratta così.»

«Sì che lo è!»

«Come fai a saperlo?»

«Me lo dice senza sosta.»

«Senza sosta ti dice anche che lascerà sua moglie, e non mi sembra che stia succedendo.»

«Sì», ammette Julie, benché sembri voler dire l'esatto contrario e anche mettere fine alla conversazione, a giudicare dal modo in cui d'un tratto afferra il telecomando e preme il tasto del volume, impedendo ulteriori discussioni.

Priya sospira e, con un rassegnato: «Tieni, Doug», mi dà la patatina con cui ha dimostrato la sua tesi.

La prendo dolcemente dalle sue dita, attento a non sbriciolare troppo mentre la mastico, e quando loro due tornano a concentrarsi sulla TV, crollo sul pavimento, piuttosto turbato dalle parole di Priya. Perché la verità è che, come ha sottolineato Julie, *è complicato*. Me ne rendo conto persino io. Eppure Julie non riesce a capire che è nell'interesse di Luke lasciare le cose come stanno.

Quella sera più tardi, mentre fatico a addormentarmi, mi accorgo di una cosa. Per quanto lontana sia la prospettiva che Julie e Luke finiscano per stare insieme, l'alternativa potrebbe essere la storia della gatta. E nessuna di queste due possibilità è invitante.

Poi mi ricordo un altro dettaglio, un dettaglio importante. In realtà, io sono quello che si chiama «un trovatello salvato per miracolo». La mia precedente padrona era molto anziana. Praticamente costretta in casa, perciò Dio solo sapeva che cosa ci facesse con me. Poiché era vecchia come il cucco, le passeggiate consistevano nell'uscire in un «cortiletto» nero, non più grande di un metro quadrato. Quanto al vitto – forse non sareste così frettolosi nel giudicare la mia attuale voracità, se sapeste che all'epoca avevo quasi sempre la pancia vuota –, la mia dieta si riduceva a qualcosa che cadeva dai fornelli o – nei rari casi in cui la mia umana se ne ricordava – al contenuto di un generico sacchetto di cibo per cani acquistato nel negozio all'angolo.

Per farla breve, un mattino la mia umana originale non si è svegliata, e ci sono voluti tre giorni perché qualcuno se ne accorgesse. Avreste pensato che fossi stato *io* a ucciderla, considerando la casa in cui mi hanno mandato in seguito. Ma se non altro mi davano da mangiare regolarmente, mi portavano a spasso più volte al giorno e soddisfacevano tutti i miei bisogni fondamentali, finché Julie e suo padre Jim mi hanno portato in un posto di gran lunga migliore. Una *vera* casa. La casa di Julie.

In quel periodo non sono mai stato sfiorato dal pensiero che là fuori potesse esserci una vita più dignitosa di quella che avevo. Non immaginavo che le mie condizioni di vita non fossero salutari. Non avevo idea di aver *bisogno* di essere salvato. Un po', sospetto, come si sente Julie in questo istante.

E la rivelazione, semplicissima ma scioccante, che ho in questo momento è la seguente.

Nulla mi impedisce di ricambiare il favore.

3

Oggi è quel qualcosa chiamato sabato, ed è un bene perché: a) Luke sembra non concederci mai l'onore della sua presenza il sabato e la domenica, e b) Julie non va al lavoro, perciò di solito facciamo una passeggiata di buonora fino al caffè nel parco.

Detto questo, la mattinata è quasi finita e Julie non si è ancora svegliata.

Ieri sera, dopo il loro piccolo litigio, Priya è tornata a casa presto, così Julie ha finito la bottiglia di vino da sola, poi si è scolata anche la seconda e infine è crollata sul letto. Ciò significa, temo, niente passeggiata fino al caffè. O, se è per questo, da *qualunque* altra parte.

Dopo aver aspettato pazientemente per mezz'ora accanto alla porta della sua camera, comincio a sospettare che non si alzerà *affatto*. Sono un carlino, perciò non ho una vescica molto capiente, e mi trovo di fronte al dilemma su che cosa fare: le alternative sono grattare il fondo della porta, abbaiare come un pazzo o decidere per una combinazione delle due. Siccome sono troppo basso per usare il bagno, scelgo la terza possibilità.

Dopo un minuto circa, Julie socchiude la porta con occhi

stanchi e annebbiati. Suppongo che non abbia dormito troppo bene, date le condizioni dei suoi capelli e le righe del cuscino stampate sulla guancia sinistra.

«Scusa, Doug.» Attraversa la cucina a fatica e apre la porta di servizio. «Se sei disperato, dovrai usare il giardino.»

Lanciandole un'altra occhiata, prendo in considerazione l'idea di fermarmi con esagerazione in corridoio sotto il punto in cui appende il guinzaglio. Dopotutto, accettare di andare in giardino potrebbe comportare la rinuncia a una vera passeggiata fino a molto più tardi, se mai riuscirò a farla. Ma sto per esplodere, così corro fuori, trovo un arbusto che sembra bisognoso di essere annaffiato e faccio ciò che devo fare, infine rientro e mi piazzo accanto alla ciotola.

Julie sta controllando i messaggi sul telefono, e pare che abbia difficoltà a concentrarsi sullo schermo, perciò impiega un po' di tempo per accorgersi che la fisso con impazienza.

«Scusa, Doug», ripete. Poi apre l'armadietto accanto alla porta e, recuperando la confezione di cibo, me la mostra come potrebbe fare un sommelier con una bottiglia di vino in *Frasier*. «Il solito?»

È la sua battuta preferita. La ripete ogni mattina, accompagnandola sempre con un sorriso, anche se oggi sembra un po' forzato. Dunque, agito la coda minuscola, guardando la ciotola vuota per esortarla a riempirla. In realtà, non è la mia marca preferita. Julie ha cominciato a comprarla solo perché sulla confezione c'è l'immagine di un carlino. Che buffo, perché la roba che lei mangia a colazione proviene da una scatola con sopra l'immagine di una gallina.

Ma poi, sfortunatamente, prima che mi abbia versato il cibo, qualcuno suona il campanello e, dal modo in cui Julie molla la confezione sul tavolo, si precipita lungo il corridoio – fermandosi solo a controllare il proprio riflesso nello specchio – e infine spalanca la porta, intuisco che, benché sabato, lei pensa che sia Luke. Ma evidentemente il «ciao, tesoro» pronunciato dall'uomo sulla soglia non viene dalla persona che lei vorrebbe, perché Julie risponde con un esitante: «Papà...» e quindi scoppia a piangere.

La studio, con la confusione che per un momento fa scivolare la fame in secondo piano. Questa non è una reazione abituale alla visita di suo padre. Tutti adorano Jim. *Io* lo adoro, anche se forse non dovrei, perché è stato lui ad affibbiarmi questo nome ridicolo, Doug. In sua difesa, tuttavia, devo precisare che il padre di Julie è qualcosa che si chiama scozzese, ed essere scozzesi significa parlare in modo diverso dalla maggior parte della gente di qui. In particolare, gli scozzesi hanno uno strano modo di pronunciare la parola inglese *dog* – «cane» –, che sulle loro labbra suona come dag.

Jim guarda Julie, quindi l'abbraccia e chiede semplicemente: «*Comesichiama*?» al che lei tira su rumorosamente con il naso, poi scuote la testa e corre in bagno.

Suo padre lancia un'occhiata *a me* e io ricambio in abbondanza. Sembra sempre in grado di capire esattamente che cosa succede. Sta «in campana», come probabilmente direbbe lui. Ha tutte le rotelle a posto, a quanto pare. Ciò stride un pochino con quello che so sul suo conto, devo precisare, perché qualche tempo fa ho sentito Priya dire a Sanj che il padre di Julie ha perso la madre di Julie circa un anno prima del mio arrivo. Il che non è da lui, perché è bravissimo con le indicazioni stradali.

«Ehi, Doug», dice. «Hai già fatto colazione?» Si accovaccia con le ginocchia che schioccano forte. Poi vede la confezione sul tavolo mentre urlo telepaticamente: *No!* Così si raddrizza con il solito gemito, prende il cibo e ne versa una generosa dose nella ciotola.

Per fortuna, quando Julie esce dal bagno, è ancora troppo

sconvolta per notare che mi abbuffo. Suo padre l'abbraccia di nuovo, dicendo: «Preparo il bollitore».

Lei tira su con il naso: «Grazie, papà». Si siede al tavolo.

«Vuoi raccontarmi cos'è successo?»

Julie scrolla il capo, un gesto che a quanto capisco significa «no», anche se poi fa l'esatto contrario.

«Ieri sera Priya mi ha fatto la ramanzina su *tu sai chi.*»

Jim trova una tazza in un mobiletto. «E avete litigato?» Aggiunge una bustina di tè.

«Sì. Be', no. Non proprio. Ma ha... detto alcune cose.»

«E ti hanno turbata perché non erano vere? O perché lo erano?»

«Pensa che finirò come Miss Harris.»

«Miss chi?»

«La mia vicina di casa. Tutta sola. O meglio, con la sua gatta.»

Suo padre sembra un po' confuso, forse perché vivere con un felino *equivale* a vivere da soli. «Ma tu preferisci i *cani*», osserva, rassicurandomi un pochino, finché Julie replica: «Non è questo il punto!» e ricomincia a piangere.

Andrei a consolarla, ma Jim mi precede. «Non prendertela, tesoro. Sono sicuro che non lo pensa davvero.»

«Allora perché l'ha detto?» singhiozza Julie.

«Priya ti vuole bene.» Quando il bollitore si spegne, Jim versa l'acqua nella tazza e agita brevemente la bustina. «Te ne vogliamo tutti. Vero, Doug?»

Alzando lo sguardo, smetto di masticare per un momento. Questa è una delle cose che amo di lui: mi coinvolge sempre nella conversazione. Anche Julie lo apprezza, perché per la prima volta questa mattina il suo sorriso appare sincero.

Suo padre estrae con calma la bustina dalla tazza e, dopo averla gettata nel secchio, aggiunge un goccio di latte. «Inoltre», conclude, «non c'è nulla di male a vivere da soli.»

Immagino sia un riferimento alla propria situazione ma, a giudicare da come Julie sgrana gli occhi, lei l'ha preso sul personale.

«Lo pensi anche tu, vero?»

«Penso cosa, tesoro?» chiede Jim, anche se è chiaro che sa esattamente cos'è il «cosa».

«Che Priya abbia ragione.»

«A che proposito?» Suo padre spera invano in qualcosa che non la faccia scoppiare di nuovo in lacrime.

«A proposito della possibilità che io finisca come una di quelle vecchie zitelle sole, con l'unica compagnia di una gatta.»

«Non succederà mai.» Le posa davanti la tazza fumante, addirittura girandola in modo che sua figlia prenda più facilmente il manico. «Un bocconcino come te?»

Lei si squadra con fare teatrale. «Sì, certo. Un vero bocconcino. Come lo *yogurt scaduto*.»

«Non dire così.»

«Papà, guardami. Ho trentacinque anni e la mia vita non va da *nessuna* parte. Tutte le mie amiche vanno avanti e io ho la sensazione di restare indietro.»

«Non è vero...»

«Sì, invece. Vivo nello stesso posto e ho lo stesso lavoro da dieci anni. I miei ultimi ragazzi se la sono data a gambe non appena ho accennato all'eventualità di fare progetti per il futuro.» Julie sbatte le palpebre per trattenere un nuovo attacco di pianto. «Probabilmente l'unica ragione per cui Doug rimane è che gli do da mangiare.»

«Sono certo che non è così. Dico bene, amico?»

Alzo lo sguardo dalla ciotola, ma ho la bocca troppo piena per rispondere e Julie interpreta il mio silenzio come una conferma, perché il labbro inferiore inizia a tremarle.

«Poi conosco un uomo e mi innamoro nonostante le

difficoltà e le circostanze e, a differenza di tutti quei ragazzi emotivamente sottosviluppati con cui uscivo prima, mi dice che anche lui prova gli stessi sentimenti, ma proprio a causa di quelle circostanze, siccome è così premuroso, non può... Non possiamo...»

Si interrompe e pare aver esaurito le forze, il che è possibilissimo, vista l'espressione preoccupata di suo padre. «Andrà tutto bene, tesoro», la rincuora cauto, come una persona che entra in una casa disseminata di esplosivo. «Anche se le cose non dovessero funzionare con *comesichiama*, Doug non permetterà che tu ti riduca come la tua vicina. Tanto per cominciare, non accetterebbe mai la presenza di una gatta.»

Giustissimo, penso mentre Julie allunga il piede e mi massaggia la schiena con le dita. Non sono vere coccole, ma le sono ugualmente grato per l'attenzione.

«Che cosa farà?» chiede con tristezza. «Mi troverà un fidanzato?»

Mi paralizzo. Questa sì che è un'idea.

«Sono successe cose ben più strane», osserva Jim, e Julie fa una breve risata, ma poi torna subito seria.

«Funzionerà tra me e Luke», dichiara, quasi parlando tra sé. «Deve funzionare.» Fissa la tazza, deglutendo forte. «Perché altrimenti...»

«Conoscerai qualcun altro», si affretta a intervenire suo padre. «Qualcuno...» abbassa gli occhi su di me, ma fingo di avere prurito in un punto impossibile da raggiungere. So che cosa sta per arrivare, e a Julie non piacerà. «... Di più adatto.»

«Che cosa intendi?»

«Be', se non fosse già sposato con un'altra, sarebbe un buon punto di partenza.»

Julie sembra pronta a ribattere, invece si accascia ancora di più sulla sedia. «Ma potrebbe non accadere.»

Lui la cinge con il braccio. «Certo che accadrà, tesoro.» La stringe per farle coraggio.

«A *te* non è successo.»

Jim cambia espressione per un attimo, perdendo la consueta allegria. «Ho detto *più* adatto. Tua madre era... Be', praticamente perfetta. E una volta che hai conosciuto la perfezione...»

«Sono passati *cinque anni*, papà. Anzi, oggi è l'anniversario della sua morte.» Julie lancia uno sguardo triste al calendario sulla parete.

«Pensi che non lo sappia?»

«Non è questo che intendevo. Voglio soltanto che tu sia felice.»

«Lo sono stato. Per molto tempo.»

«Ma non vuoi qualcuno di speciale nella tua vita?»

«Ce l'ho già.» La stringe di nuovo.

Ormai ho quasi vuotato la ciotola, così concentro tutta la mia attenzione su di loro, ma nessuno dei due sembra desideroso di ricambiare. Julie è ancora sull'orlo delle lacrime e, dato il modo in cui gli trema la voce, forse suo padre la seguirà a ruota.

«Abbiamo finito di piangere?»

Julie fa sì con la testa.

«Bene. Allora bevi il tuo tè», continua Jim in tono di finto rimprovero. «Prima che mi arrabbi.»

«Sissignore!» Lei fa un piccolo saluto militare, poi prende diligentemente la tazza e beve un sorso. «Tu non ne vuoi?»

Jim guarda l'orologio sulla parete sopra la porta di servizio. «No. Non qui, a ogni modo. Io e il giovane Douglas abbiamo un appuntamento.»

«Un appuntamento?»

«Esatto.» Mi strizza l'occhio. «Al caffè nel parco. Dunque,

perché non bevi il tè e non torni a letto, e poi ci rivediamo quando ti alzi? Che cosa ne dici?»

«Ottima idea. Grazie, papà.» Tirando indietro la sedia, Julie si alza e lo abbraccia. «Ti voglio bene.» Prende la tazza.

«Sì, sì», dice Jim, imbarazzato, prima di afferrarla per le spalle, girarla verso la porta e spingerla lungo il corridoio con una leggera pacca sul sedere.

Aspetta finché non la sente chiudere la porta della camera, poi sorride e scuote la testa. «Anch'io, tesoro», sussurra.

4

Il padre di Julie si lascia cadere sulla sedia più vicina, emettendo un lungo sospiro, tanto che io smetto di masticare e gli faccio «gli occhioni»: una tattica che riesce sempre a cavar fuori una spiegazione.

«Non far caso a me, Doug. Sono giusto un tantino...» La sua voce sfuma, perciò inclino un po' di più la testa, strappandogli un sorriso svogliato. «Okay. Se proprio vuoi saperlo...» Accenna al calendario appeso sulla parete accanto al microonde. «Come ha detto Julie, sono passati cinque anni da quando ho detto addio a Jean. È la madre di Julie. Non l'hai mai conosciuta, ma era...» Deglutisce a fatica. «Comunque», riprende, «è per questo che ti abbiamo preso. Julie pensava che mi servisse compagnia. Buffo come sia saltato fuori che lei ne avesse più bisogno di me. Ed è ancora così, dato che non riesce a dimenticare quell'idiota di Luke.»

Si china a grattarmi la schiena vicino alla coda, un gesto che mi provoca sempre una convulsione incontrollabile alla zampa posteriore sinistra, come se stessi cercando di mettere in moto una motocicletta. Di solito il padre di Julie sorride, ma non oggi.

«Jean avrebbe saputo che cosa fare. Forse, se fosse ancora

qui, Julie non... Insomma, certe volte non so come comportarmi.» Sospira e, quando posa lo sguardo su di me, ha gli occhi lucidi. «Non farne parola con lei!» Agita l'indice nella mia direzione. «Non è necessario informarla che il suo vecchio è uno sciocco sentimentale.»

Alzandosi, prende un pezzo di carta da cucina dal rotolo sul piano di lavoro e si soffia il naso così forte che i bicchieri sbatacchiano nell'armadietto. Poi, mettendosi davanti al lavello, guarda fuori dalla finestra, perciò lo raggiungo e mi siedo ai suoi piedi, appoggiando una zampa al suo stinco.

Si riscuote dalle sue fantasie. «Finito?»

Sbuffo affermativamente, poi lo seguo lungo il corridoio, dove stacca le chiavi di scorta dal gancio accanto alla porta, se le infila in tasca, si tasta per sincerarsi di averle prese e mi sorride.

«Pronto?»

Questa domanda è divertente quasi quanto «il solito?» di Julie, perché sono *sempre* pronto per una passeggiata, visto che passeggiare è la mia seconda attività preferita dopo mangiare, o forse la terza dopo mangiare e viaggiare in auto. E una passeggiata con Jim significa sempre una puntata al parco, con la sua miriade di odori e la possibilità di incontrare altri cani. Tutto sommato, una mattinata quasi perfetta.

Inoltre, da quando Jim ha perso la moglie, portarmi fuori gli dà qualcosa da fare ogni giorno. Uno scopo, come ho sentito Julie dire a Priya una volta. E tutti abbiamo bisogno di uno scopo nella vita, persino io. Per esempio, tenere i gatti lontani dal giardino di Julie. O Luke dalla sua camera da letto.

Mi allungo, guadagnandomi un: «Come sei snodato», poi lo seguo fuori dalla porta.

«Dunque», ricomincia quando ci siamo allontanati abbastanza perché Julie non ci senta. «Che cosa facciamo per lei?»

Lo fisso mentre cammino, felice di essere coinvolto, quindi

caccio fuori la lingua, mi lecco il naso e sbuffo affabilmente, nonostante io dia per scontato che si tratti di una domanda retorica.

«Il guaio è», spiega girando l'angolo, «che starebbe meglio senza quel Luke. Anche se naturalmente non puoi dirglielo. Julie non ha mai dato retta a nessuno, soprattutto quando era bambina. Ha sempre dovuto scoprire le cose per conto suo. Certe volte nel modo peggiore.»

Sbuffo di nuovo, provando una punta di rimorso perché è una conversazione più o meno a senso unico, ma Jim vive da solo, perciò suppongo che parlare con me sia sempre meglio che non parlare con nessuno. Inoltre, come ho imparato guardando le sitcom alla TV con Julie, quasi tutti conoscono già le soluzioni ai propri problemi, perciò l'importante è incoraggiarli a sfogarsi.

«Non hai nessuno da presentarle, immagino?» prosegue mentre varchiamo il cancello del parco e imbocchiamo il vialetto che conduce verso il caffè. «Qualcuno di più adatto? Bada bene, senza troppe pretese.»

Devo riflettere su chiunque possa servire allo scopo. Ci sono gli sconosciuti, ovviamente, ma forse è meglio tenerli come riserva. Perciò ci resta... A essere sincero, non mi viene in mente nessuno, ed è un sollievo vedere il caffè all'orizzonte. Quando entriamo, Dot, la proprietaria, urla il suo solito: «'Giorno, bello!» da dietro il bancone, e la faccia di Jim prende colore. Dot gli piace, e lui piace a lei, ma pare che tutto finisca qui. Ogni volta che Julie gli suggerisce di invitarla a cena, suo padre borbotta che è «troppo presto», mentre chiunque altro un poco più sveglio di lui tornerebbe da lei nel pomeriggio, ma per una qualche ragione al padre di Julie non viene proprio in mente.

«Ciao, Dot», risponde imbarazzato, forse non capendo se il «bello» si riferisca a me o a lui. Poi mi guida verso un tavolo accanto alla vetrata. Dot accetta i cani nel locale, anzi ne incoraggia attivamente la presenza. Una strategia di marketing azzeccata, visti i frequentatori del parco.

«Il solito?» chiede, ignorando la donna con il deambulatore davanti al bancone.

«Meglio di no. Voglio buttare giù qualche chilo.»

«Perché mai? Sei magro come un chiodo.»

Jim cambia di nuovo colore, forse perché Dot ha urlato l'ultima frase a squarciagola, quindi mi riallaccia il guinzaglio al collare e lo attorciglia intorno alla gamba del tavolo: credo si tratti di una tattica diversiva.

«Me l'ha ordinato il medico», dice con un pizzico di vergogna. «Ma prendo un caffè. E un muffin per Doug.»

«'Per Doug'.» Dot fa il segno delle virgolette con le dita. «Come no.»

Gli fa l'occhiolino e lui sembra non sapere dove guardare, poi incrocia il mio sguardo e, a disagio, domanda: «Che cosa c'è?» Infine, si volta verso la vetrata. Ma prima che mi venga in mente una risposta adeguata, Dot si materializza lì accanto con una tazza di caffè in una mano e un piatto con un enorme muffin dal profumo irresistibile nell'altra.

«Tutto bene?» Posa i due ordini sul tavolo.

«Che cosa? Oh, sì.»

«Sembravi soprappensiero.»

«Io?»

«No, parlavo con Doug.» Dot mi fa l'occhiolino. «Come sta Julie?»

Lui si scuote. Sa che Dot non è scema, e dunque che non è facile prenderla in giro. «Non molto bene, a dire il vero.»

«Problemi di cuore?»

«Sei una chiaroveggente o roba simile?»

«Sapevo che l'avresti detto», risponde Dot, facendolo ridere.

«Sta... frequentando qualcuno.» Il padre di Julie avvicina una sedia con il piede e lei si accomoda. «Ma è... complicato.»

«Non dirmi che è sposato.»

Jim la fissa in silenzio e, quando Dot lo incalza con un: «Allora?», sorride. «Hai detto di non dirtelo.»

«Ho indovinato, dunque?»

Lui annuisce mentre scarta il muffin. «A quanto pare, sì. E anche se continua a promettere che lascerà sua moglie...»

Com'è d'obbligo per le nostre visite qui, mi passa l'incarto e, ancorandolo abilmente al pavimento con una zampa, io inizio a leccare le briciole. «Detto tra noi, sospetto che stia con lui perché teme di restare sola, diventando una vecchia zitella con l'unica compagnia di una gatta.»

«È *orribile.*»

«Che cosa? Il fatto che stia con lui unicamente per questa ragione o l'eventualità che finisca sola?»

«Entrambe le cose!»

Prendendo la tazza, il padre di Julie vi soffia sopra. «Ha bisogno di un uomo leale. Fedele. Intelligente. Un uomo che sia un...» Mi guarda, recupera l'incarto – l'ho leccato così bene che probabilmente Dot potrebbe riutilizzarlo –, poi fa una smorfia come se gli fosse appena venuto in mente qualcosa. «Bravo ragazzo.»

Dot, pensierosa, annuisce, quindi mi accarezza. «Così stai cercando l'equivalente umano di Doug?»

«Sì.» Lui inghiotte un sorso di caffè che evidentemente è un po' troppo caldo. «Magari, forse, un po' più alto. Con qualche ruga in meno. E l'alito meno puzzolente.»

Sbuffo, poi mi lecco via le briciole dal naso mentre loro due ridacchiano.

Dot smette di accarezzarmi, e la incoraggio agitando la coda.

«Che tipo di uomini le piace normalmente?»

«Se scegliesse quelli giusti, non saremmo qui a parlarne.» Un sospiro. «Da quando abbiamo perso sua madre, ha paura dei cambiamenti, e ora teme di rimanere prigioniera delle abitudini.» Alza le mani in un gesto impotente. «E guai a farglielo notare.»

«Figli, eh?»

«Come sta il tuo...?»

«Tom. Sulla stessa barca, purtroppo.»

«Frequenta un uomo sposato?»

Dot gli dà un leggero pugno alla spalla. «Ha sposato la donna sbagliata. E guai a farglielo notare.»

«Eh», replica il padre di Julie mentre mi viene in mente una cosa. Tom è il *figlio* di Dot. E a giudicare da come stanno le cose, neppure lui ha una relazione appagante.

Nel mio cervello inizia a prendere forma un piano. Forse, invece di occuparmi direttamente del salvataggio, potrei organizzare le cose affinché prima sia Tom a salvare Julie da Luke e poi Tom e Julie si salvino *a vicenda*.

È un piano così geniale che non capisco perché Jim e Dot non ci abbiano pensato da soli.

«Come dicevi. Figli, eh?» commenta lui.

In momenti come questo rimpiango di non essere in grado di parlare, ma è una fortuna che io sia un maestro della comunicazione muta. Sbuffo con insistenza, allargando gli occhi al massimo e spostando lo sguardo dall'uno all'altra finché Dot afferra il messaggio.

«Ho avuto un'idea», dice come se fosse sua, anche se in realtà non mi importa chi si prenda il merito. «La tua Julie dovrebbe conoscere il mio Tom.»

«Lo credi davvero?»

«Perché no?»

Jim apre la bocca come se avesse già in mente una ragione, poi – grazie al cielo – si ricrede. «È single, vero?»

«*Era* sposato», dice apertamente Dot. «Ma sua moglie... Diciamo solo che non è più in gioco.»

«Ottimo. Hai sentito, Doug?» chiede Jim, forse perché ancora li fisso, perciò sbuffo come a dire: *Ovviamente sì. Sento ogni cosa.*

«Ha trentadue anni. Guida una Mercedes. Decappottabile, bada bene.»

Lui finge di essere colpito. «Ha tutti i denti e i capelli?»

Dot annuisce. «Ed è carino. Non ha la tua stessa bellezza vissuta, naturalmente.»

Il padre di Julie non sa come reagire al complimento. «Sembra promettente», osserva dopo un momento di imbarazzo. «Vive da queste parti?»

«Fin troppo, in questo periodo.» Lei sorride. «È appena tornato a casa di sua madre.»

«Giusto.» Lui usa un tono un po' meno entusiasta di prima. «Per favore, non fraintendermi, ma...» Si schiarisce la voce, a disagio. «Cos'ha che non va?»

«In che senso?»

«Ha trentadue anni e vive ancora con te.» Un sorso di caffè. «L'hai detto tu stessa.»

«Rilassati.» Dot rotea gli occhi. «Ha dovuto vendere l'appartamento, così è tornato a casa finché non trova un'altra sistemazione. O almeno così dice. Quattro settimane e rotti...» Sorride. «Ma a parte essere un po' ammaccato emotivamente...»

«Che cosa fa?»

«Fa lunghe corse nel parco dopo il lavoro, poi trascorre le serate ciondolando per casa, a quanto ne so. Anche se sul piano professionale...» Dot mi guarda. «Be', diciamo che lavora nel settore medico.»

Il padre di Julie raddrizza la schiena. «È un dottore?»

«Più o meno.»

«Più o meno?»

Lei si piega per coprirmi le orecchie con le mani. «Degli animali», sussurra.

«Oh, *capisco*. Dunque fa il...?»

«V-E-T-E-R-I-N-A-R-I-O», conferma Dot, e io mi raggelo, ricredendomi all'improvviso riguardo la genialità del mio piano. Non mi piacciono i V-E-T-E-R-I-N-A-R-I. Non mi sono mai piaciuti. E il pensiero che Julie esca con uno di loro è solo leggermente meno orrendo dell'idea che finisca con una gatta.

«Figli?»

«No, niente figli. Ma ha tutta l'aria di aver bisogno che qualcuno gli tiri su il morale, e sono sicura che sarebbe interessato a conoscere Julie. E adora i cani.»

Jim si incuriosisce. «Come facciamo a farli incontrare?»

Dot riflette per un poco. «Dicono che domani sera ci sarà bel tempo, così pensavo di organizzare un barbecue. Potresti venire. Come pretesto per portare Julie, ovviamente.» Alzandosi, rimette a posto la sedia. «Inutile dire che è invitato anche Doug. Facciamo intorno alle sei? Mi assicurerò che ci sia anche Tom e...»

Fa un gesto con le mani che immagino simboleggi l'incontro tra Julie e Tom, e Jim la fissa perplesso. «E cosa... Faranno amicizia raccontandosi le loro storie lacrimevoli?»

«Sono successe cose ben più strane.»

Mentre Dot si allontana per servire altri clienti che aspettano spazientiti accanto alla cassa, il padre di Julie mi accarezza. «Che ne pensi, Doug?»

Esito, perché Tom fa il V-E-T-E-R-I-N-A-R-I-O, poi mi ricordo che questo non mi riguarda, così scodinzolo in segno di approvazione.

«Tentar non nuoce, eh? Anche se non sono sicuro che Julie sarà d'accordo. Non finché dura la storia con Luke.»

Sentendo il suo nome, lancio un latrato di frustrazione che riempie Jim di stupore. «Non ti piace, vero? Luke, intendo.»

Abbaio di nuovo, aggiungendo un ringhio sommesso che lo fa sorridere. «Mentre Tom?»

Inclino la testa così tanto da rischiare di rovesciarmi, quindi sbuffo per la mia goffaggine e il padre di Julie ridacchia.

«Che cosa succede?» Dot è ricomparsa al nostro tavolo.

«Chiedevo il parere di Doug», risponde Jim, e lei sorride, come se ci fosse qualcosa di divertente.

«Ed è favorevole?»

«Sì.»

«Magnifico.»

«Come procediamo?»

Dot pensa per un istante. «Di solito Julie porta qui Doug la domenica mattina, giusto?»

«Sì.»

«Allora lascia fare a me.»

«Molto volentieri.» Poi Jim ripete un rapido riassunto per essere certo di aver capito bene il piano. «Dunque, barbecue. A casa tua. Domenica sera. Alle sei.»

«Esatto.»

«Indirizzo?»

«Il mio!» Dot sorride, quindi scrive l'indirizzo sul suo bloc-notes, strappa il foglietto e glielo porge. «Ma fa' il finto tonto quando Julie te ne parla.»

«Quando *Julie* me ne parla?»

Dot gli fa l'occhiolino, al che Jim replica con un piccolo saluto militare e dice: «È un appuntamento». Lei fa un'espressione severa, e lui sorride, e continua a sorridere finché non siamo quasi arrivati a casa. Forse perché all'improvviso si è reso conto che potrebbe essere un appuntamento «a quattro».

Apre la porta senza far rumore, quindi si avvicina l'indice alle labbra e pronuncia un sst in caso Julie dormisse ancora per smaltire la sbornia. Si inginocchia per togliermi il guinzaglio e mi gratta sotto il mento.

«Tieni le dita incrociate per domani sera. Non stare, però, con il fiato sospeso.»

D'accordo, penso, perché, data la conformazione stretta delle mie narici, il più delle volte ho difficoltà a respirare.

«Oh, e non una parola con Julie.» Raddrizzandosi, svicola fuori dalla porta.

Mi sposto silenziosamente in salotto, ma non ho nemmeno il tempo di mettermi al solito posto sul divano che sulla soglia si materializza Julie, con un'aria di autocommiserazione. Salto giù e, slittando sul pavimento, le corro incontro. Tuttavia, quando persino il più entusiastico dei benvenuti le provoca soltanto un abbozzo di sorriso, allora capisco più che mai che – nonostante i miei dubbi – la situazione con Luke va risolta il prima possibile.

E se per risolverla occorre un V-E-T-E-R-I-N-A-R-I-O, me ne farò una ragione.

5

È SABATO sera, e guardiamo di nuovo le repliche di *Frasier*. Quando telefona Priya, Julie è ancora in pigiama da ieri sera, io sono seduto sulle sue ginocchia, e sul tavolino c'è una bottiglia di vino, per tre quarti vuota. In netto contrasto con il modo in cui ha affrontato il resto della giornata, Julie sembra contenta di sentire l'amica, soprattutto quando l'altra esordisce chiedendole scusa. Più o meno.

«È solo perché ti voglio bene», dice.

«Lo so, lo so.»

«E voglio che tu sia felice. Lo vogliamo tutti.»

«Anch'io!»

«Pace fatta?»

«Certo.»

Segue una pausa, come se Priya meditasse di lanciarsi in un'altra critica contro Luke, ma evidentemente ci ripensa.

«Che cosa fai?»

«Guardo la TV. Con Doug.»

«Guardi la TV?»

«Be', Doug non va matto per i videogiochi o il karaoke, perciò...»

«Di *sabato sera*, intendevo.»

«Non è un sabato qualunque, no?»

«Prego?»

«Mia madre.» Julie fa quanto ha fatto a intermittenza per tutto il giorno, cioè un singhiozzo muto.

«Oh, Jules», dice dolcemente Priya. «Vuoi che ti raggiunga?»

«No, sto bene.» Julie prende un fazzolettino dalla scatola e si soffia rumorosamente il naso.

«Luke ti ha chiamata?»

Appallottolando il fazzolettino, Julie lo aggiunge al mucchio sul tavolino, poi ne afferra un altro. «Sì.» Si tampona gli occhi. «Si è presentato prima con un enorme mazzo di fiori e un anello di fidanzamento. Ha detto di aver finalmente lasciato la moglie e di non capire ancora perché ci abbia messo così tanto. Mi ha praticamente supplicata di accettare.»

La guardo con aria interrogativa. Sicuramente me ne sarei accorto, poiché sono stato qui tutto il pomeriggio.

«Jules!» Priya ride così forte che Julie allontana il telefono dall'orecchio di quindici centimetri buoni. Quando mi vede trasalire, sussurra: «Mi dispiace».

«Lo faresti?» chiede l'altra.

«Farei, che cosa?» domanda Julie, nonostante tutti e tre sappiamo a che cosa si riferisca Priya.

«Sposare Luke. Se te lo chiedesse.»

«È improbabile che esca da un matrimonio e che voglia tuffarsi subito in un altro.»

«Non è quello che ti ho chiesto.»

«Be', dovrebbe propormelo *molto* gentilmente.»

«Jules, non riesci a essere seria?»

Julie stacca di nuovo il telefono dall'orecchio, anche se questa volta è solo per fare una smorfia severa. «Per te è facile parlare, P.» Riavvicina il cellulare. «Tu hai un marito.»

«Anche tu. Purtroppo, non è il tuo.»

«Sì. Be', è perché altrimenti sarei tutta sola.» Mi sento un po' offeso, ma decido di perdonarla. È sconvolta ed è in piena crisi di autostima.

«Scarica Luke, e non lo sarai a lungo. Sei un meraviglioso esemplare di donna.»

«Non è vero, P. Ma grazie.» Julie ha la voce carica di emozione. «È solo che... Non so. Non si può affermare che abbiamo una relazione normale, no? Perciò come faccio a dirlo?» Prendendo il bicchiere, lo svuota d'un fiato. «E se...?»

«Che cosa?»

«E se fosse ciò che merito?»

«Ehi!» dice Priya – anche se la definizione più esatta sarebbe «urla Priya». «Non pensare nemmeno per un minuto che sia colpa tua. O che dipenda in qualche modo da te. Luke è...» Esita, quasi temesse di violare una sorta di codice non scritto, poi fa un respiro profondo. «Un impostore. Puro e semplice.»

«Priya!»

Un forte sospiro. «Dico che gli uomini che si comportano come lui sono impenitenti. È probabile che l'abbiano già fatto prima. E...» Priya tace, ma il sottinteso è chiaro.

«Dunque sostieni che persino se lasciasse sua moglie, non potrò mai fidarmi di lui, quindi è meglio che lo pianti?»

«Be', mi metti in bocca parole che non ho detto», replica Priya dopo un momento. «Ma sono le parole *giuste.*»

In TV, una donna esce come una furia da una camera da letto e Frasier, seminudo, sembra sul punto di scoppiare in lacrime. Non è l'unico.

«Ma lo amo», frigna Julie.

«Sei sicura? Oppure sei innamorata soltanto dell'idea della vita che potresti avere con lui, se mai mollasse sua moglie e smettesse di essere un bastardo traditore? Perché temo che non succederà nessuna di queste due cose.» Priya ride di nuovo, un tantino fuori luogo a mio parere, forse tenta di alleggerire un po' la tensione.

«E se fosse l'uomo giusto?»

«Lo è. Ma, come ho detto, di un'altra donna.»

«Si può amare più di una persona, sai?»

«Si può, ma non si dovrebbe.»

«Non rinuncerò a lui. A *noi*. Non finché sarò *sicura.*» Incastrando il telefono tra l'orecchio e la spalla, Julie mi prende per le zampe anteriori e mi sistema sulle sue ginocchia. «Altrimenti penserò sempre che l'abbia fatta...»

«... Franca?»

«Non sei spiritosa.»

Priya riflette per un istante. «Sai che cosa dovresti fare?» Rizzo le orecchie. «Batterlo al suo stesso gioco.»

«Eh?»

«Frequenta qualcuno.»

«Che cosa?»

«Ho detto che dovresti...»

«No, ho sentito. Ma perché?»

«Be', tanto per cominciare, se Luke ti vede interessata a un altro – o, cosa più importante, se vede un altro interessarsi a *te* –, potrebbe decidersi a scegliere. Non so se mi spiego.»

«P...» replica Julie con un tono stanco che evidentemente Priya ha sentito una volta di troppo.

«Se stai per dire: 'Non ne ho voglia', vengo lì subito e...»

«Non *posso*. Troppa fatica.»

«Hai detto la stessa cosa quando hai preso Doug. E guarda com'è andata a finire.»

«Forse», ammette Julie.

«E nella peggiore delle ipotesi, se la decisione di Luke non sarà quella che speri, potresti conoscere qualcuno che *ti piace.*»

Il sottinteso è «più di lui», ma con mio stupore – anche

se forse non dovrei sorprendermi, perché quando Julie mi ha preso è andata a finire *benissimo* –, almeno non sembra ostile all'idea.

«Tu credi?»

«Tentar non nuoce. E potrebbe aiutarti a ritrovare una parte della vecchia Julie.»

«La *vecchia Julie*?»

«Quella che li faceva neri, invece di piangersi sempre addosso.»

«Okay, okay», conclude Julie, ma non capisco se lo dica per dare un doppio assenso o solo per impedire all'amica di infilarsi in quel particolare vicolo cieco della conversazione.

«Perciò tieni gli occhi aperti in cerca di occasioni», suggerisce Priya.

«Questa è buona!» esclama Julie con un tono che indica il contrario. «Tanto per cominciare, non incontro mai nessuno», aggiunge demoralizzata.

Devo fare appello a tutto il mio autocontrollo per trattenere un latrato d'emozione. Perché c'è qualcosa che posso fare.

6

È IL mattino successivo, e stiamo uscendo per andare al parco quando una voce sgarbata dal giardino attiguo mi fa sobbalzare.

«Abbaia di nuovo alla mia Santa!»

Fermandosi di colpo, Julie rotea gli occhi, poi si stampa un sorriso sulla faccia. «Chi?» domanda dolcemente.

Miss Harris mi guarda minacciosa da sopra la recinzione. «Secondo te?»

«È un cane, Mary. È normale che abbai. E l'unica ragione per cui abbaia è che la *tua* gatta...» accenna a Santa, che ci fissa compiaciuta dalle braccia di Miss Harris, «continua a entrare nel *nostro* giardino.»

«È una gatta. È... come hai detto? Normale che lo faccia?»

Julie cerca di ignorare sia il tono sarcastico sia il sorriso. «Sì, be', *continua* a farlo. E anche a pisciare qui. Mi ha ucciso metà delle piante. Perché non può andare nel tuo giardino?»

Sbuffo tra me e me. *In realtà*, a uccidere la maggior parte delle piante è stata Julie, che si dimentica di annaffiarle, e quasi sicuramente il piscio di Santa è l'unica rinfrescata che ricevono.

«Sarebbe disgustoso», osserva Miss Harris, quasi fosse una risposta ragionevole. «Vero, Santa?»

Rivolge quest'ultimo commento alla gatta con una vocina patetica, dimostrando – se mai fosse stato necessario – quanto funzioni l'immorale manipolazione felina. Quando Santa reagisce con un miagolio schizzinoso, devo trattenermi dall'abbaiare come un pazzo.

«Non puoi insegnarle a non farlo?»

«Sì, certo», dice Miss Harris, sarcastica. «Perché si possono addestrare i gatti.»

Quasi a comando, Santa si divincola dalla stretta della sua padrona e scavalca agilmente la recinzione, così mi tendo come una molla, pronto a intervenire in nostra difesa. Julie, forse prevedendo che sto per sferrare un attacco spietato, stringe più forte il guinzaglio.

«Comunque», continua, «se Doug abbaia, almeno abbaia in casa mia e non nel tuo giardino.»

«Lo sento ugualmente. Attraverso la parete.»

Guardo Julie con tutta l'innocenza possibile, ma non sembra arrabbiata con me.

«Mi sorprende, dato che tieni sempre la TV al massimo volume.»

«Davvero, cara?» ribatte candidamente Miss Harris, anche se il «cara» suona più come un insulto che come una premura.

«Un pochino.»

«Solo per coprire i latrati.»

«Anche quando esci?»

«La lascio accesa per Santa», spiega Miss Harris, sulla difensiva. «Le fa compagnia quando non ci sono. Vero, tesoro?»

Santa miagola, poi, con il portamento di una ginnasta olimpica sulla trave, inizia a sfilare lungo il bordo della recinzione. Mi lancerei contro il palo nel tentativo di buttarla giù se non pensassi che, tanto per farmi un dispetto, eseguirebbe un'aggraziata capriola a mezz'aria e cadrebbe in piedi e, anche se atterrasse dalla nostra parte, non riuscirei ad acchiapparla. Credetemi, ci ho provato.

Miss Harris prova ad afferrarla, ma Santa si allontana con un'occhiata superba, e a questo punto spero che Julie capisca quanto un gatto possa essere disobbediente, inaffidabile, egoista e sleale.

«Facciamo così», propone Julie, e intuisco che soppesa l'idea di dare a Santa un bello spintone non appena Miss Harris si giri dall'altra parte. «Tu tieni Santa sul tuo lato della recinzione, e io mi assicuro che Doug sia più silenzioso.»

Miss Harris la fissa arrabbiata. «Te l'ho detto. È impossibile.»

Julie scrolla le spalle. «Temo che i patti siano questi», conclude dolcemente. Poi, con un «andiamo, Doug», mi guida fuori dal cancello.

«Bene!» sbuffa Miss Harris, quindi, con un brusco «andiamo, Santa», si dirige furiosa verso la porta.

Non è necessario che mi giri per essere sicuro che la gatta va nella direzione completamente opposta.

Questa mattina il parco è un manicomio. Forse perché è una domenica di sole, ci sono bambini con il pallone e con aggeggi simili a scooter che prima o poi appioppano sempre ai genitori. Le madri spingono enormi passeggini quattro per quattro mentre chiacchierano distrattamente ai cellulari. Se hai le mie dimensioni, è un ambiente piuttosto pericoloso e, per un momento, medito di fingermi esausto affinché Julie mi prenda in braccio.

Il lato positivo, tuttavia, è che questo caos include la presenza di diversi uomini, perciò, se riesco a fare la mia magia, il problema di Julie si risolverà entro l'ora di pranzo e lei non dovrà mettersi con un V-E-T-E-R-I-N-A-R-I-O.

Percorriamo il solito giro lungo il vialetto perimetrale e io mi fermo ad annusare a intervalli di qualche metro, nonostante in realtà controlli soltanto che cosa offra il parco. Ho già stabilito alcune regole di base. Niente uomini che stanno già con altre donne – per evitare il ripetersi della situazione con Luke. Niente uomini con altri uomini. E, soprattutto, niente uomini con bambini. Non voglio essere trattato come una specie di giocattolo da un piccolo umano.

Il problema, questa mattina, è che così il campo si restringe quasi a zero, e sono lì lì per gettare la spugna quando, qualche metro più in là, lungo il vialetto, avvisto un uomo più o meno dell'età di Julie, seduto su una panchina accanto allo stagno. Per di più, a differenza di quasi tutti gli altri, sta leggendo un libro anziché fissare il cellulare.

Con il pretesto di una scia odorosa particolarmente interessante, conduco Julie da quella parte, quindi mi fermo davanti alla panchina e lo sbircio. Legge un romanzo con alcune parole scritte davanti, anche se non riesco a decifrarle, forse perché sono «in straniero», come ama dire il papà di Julie. Dopo cinque secondi circa, abbassa il libro e mi guarda perplesso.

Sbuffando, mi giro sperando che Julie attacchi discorso, ma mi rendo conto del primo difetto del mio piano. Lei ha allungato al massimo il guinzaglio estensibile, dunque è a circa sei metri da noi, impegnata a fissare il telefono. Abbaio lamentosamente per attirare la sua attenzione, e lei alza la testa con aria distratta.

«Doug», chiama. «Smetti di disturbare il signore e vieni qui.»

«Non mi disturba. Non mi disturbi, vero?» dice Arthur, secondo lo scarabocchio sul lato del suo bicchiere di caffè, anche se ho accompagnato Julie abbastanza spesso da Starbucks per sapere che potrebbe benissimo non essere il suo nome. «Vero?» ripete con voce infantile mentre mi accarezza.

Gli perdono di avermi parlato come se fossi un bambino e sbuffo di nuovo, ma purtroppo Julie non abbocca. Invece preme il pulsante sul manico per accorciare il guinzaglio e tirarmi su come un pesce.

Ho pochi secondi per agire, così aspetto che la tensione del guinzaglio svanisca, poi metto le zampe anteriori sulla panchina e – facendo leva per contrastare la molla del meccanismo – salto su quanto basta per urtare il bicchiere con il muso. Ora sì che ho la *completa* attenzione di Julie.

«Doug!» mi rimprovera e si affretta a raggiungerci mentre Arthur si alza di scatto.

«Non è niente di grave.» Lui raddrizza il bicchiere per evitare che il caffè continui a colare.

«Mi dispiace molto!»

«Non c'è bisogno di scusarsi. Doug, ha detto?»

Julie annuisce. «Mio padre», spiega, lanciandomi un'occhiata mentre mi siedo ai piedi di Arthur.

A essere sincero, normalmente non mi piace farlo con le persone che non conosco, ma il dovere mi chiama eccetera.

«Nel senso che è stato suo padre a dargli questo nome o che suo padre si chiama Doug?» Arthur fa un sorriso esitante. «Be', gli calza a pennello. È un carlino, giusto?»

«Giusto.» Finora Julie non sembra affatto colpita dagli approcci di Arthur. «Mi dispiace per il caffè. Normalmente non si comporta così.»

«È un tipo da tè?»

È una buona battuta ma, anche se Arthur è molto affascinante – e molto comprensivo, benché io gli abbia rovinato la giornata e rovesciato il caffè –, Julie pare non reagire.

«Mmm», fa – un suono difficile da interpretare –, quindi tira fuori una manciata di monetine dalla tasca. «Posso offrirgliene un altro?»

«Offrirmelo?» Arthur è confuso, come se cercasse di capire se Julie voglia pagarglielo o berne uno insieme ma, dal modo in cui lei conta gli spiccioli, deduco che abbia solo intenzione di risarcirlo. «Non si preoccupi», la rassicura Arthur. «L'avevo quasi finito. E il rimanente era diventato freddo.»

Un po' come l'atmosfera qui, penso.

So che probabilmente l'ha detto per non ferire i sentimenti di Julie, ma in compenso ha ferito i miei. Il mio piano era che lei gli offrisse un altro caffè, magari che andassero insieme nel locale di Dot, dove lui avrebbe insistito perché Julie gli facesse compagnia, avrebbero chiacchierato davanti a due cappuccini e... *taaac!*

Tuttavia, o Julie è troppo presa dalla situazione con Luke per ricordare il consiglio che Priya le ha dato sabato sera al telefono o – e forse è l'ipotesi più verosimile, visto lo stato d'animo degli ultimi giorni e la confessione di ieri – non accetta ancora che qualcuno la trovi abbastanza attraente per flirtare con lei.

«Io sono Arthur, a proposito», si presenta lui dopo un silenzio così imbarazzante che trascinerei via Julie per toglierla d'impaccio. «E lei è...?»

«Dispiaciuta che Doug le abbia rovesciato il caffè. Vero, Doug?»

Sentendo il mio nome, alzo lo sguardo. Se non m'invento qualcosa, presto sarà tutto finito. Sollevo una zampa e – controllando che non sia troppo sporca – tocco lo stinco di Arthur. Sto solo incoraggiandolo ma, data la freddezza di Julie, non gliene farei una colpa se la lasciasse subito, eventualità che lui sembra prendere in seria considerazione, a giudicare dall'espressione sulla sua faccia.

Ma pur provando pena per Arthur, ne provo ancora di

più per Julie. Mentre guardava quei prevedibili reality in TV, rimanevo seduto sulle sue ginocchia piuttosto a lungo per avere un'idea generale di che cosa significhi flirtare, e davo per scontato che affinché Julie dimenticasse Luke, sarebbe bastato metterla davanti a qualcuno che la trovasse attraente. Ma l'altro difetto del mio piano sembra essere la necessità che Julie trovi a sua volta attraente il candidato.

Da vicino, è facile accorgersi che, in termini di fascino umano, Arthur non è Luke. Considerando i frequentatori del parco, non molti lo sono. E se saltasse fuori che non lo è nemmeno Tom, l'impresa sarà molto più complicata di quanto immaginassi.

«Bene, allora...» Julie accorcia il guinzaglio al minimo e accenna un saluto sbrigativo ad Arthur, che pare un po' sconcertato e forse si sta domandando che cosa abbia fatto di male. E francamente, non ha tutti i torti.

Mentre Julie mi trascina lungo il vialetto, mi giro e lo vedo risedersi sulla parte asciutta della panchina. Quando lui si stringe nelle spalle, fa una smorfia e quindi ricomincia a leggere, io rallento, chiedendomi se valga la pena tentare ancora. Ma evidentemente Julie è di diverso parere, perché allunga il passo.

«Che cosa ti prende?» dice lei quando superiamo lo stagno.

Vorrei poterle fare la stessa domanda.

Oltrepassiamo il caffè quando sento Dot fischiare forte. È accanto a un grande cartello con la scritta PARK CAFÉ. Forse non è un nome molto originale ma, per citare un'altra delle battute preferite di Jim, «mantiene ciò che promette».

Sospetto che faccia parte dell'ingegnoso piano di Dot, perciò cambio subito direzione, strattono il guinzaglio e guido Julie da quella parte.

«Ciao, tesoro», la saluta Dot. «Come va?»

«Così così», risponde Julie, sconsolata. «E tu?»

«Più invecchio e più è peggio, purtroppo», ridacchia l'altra. «Ascolta, tesoro, hai un momento?»

Julie la guarda come qualcuno che ha momenti da vendere. «Certo», dice con tutta l'allegria che riesce a trovare, e devo ammettere che non è molta. «Che cosa c'è?»

«Ecco... È un po' imbarazzante, ma...» Dot abbassa la voce benché nessun altro possa sentirla. «Sai che da una vita cerco di scroccare un invito a tuo padre, ma nonostante un'allusione dopo l'altra, zero assoluto. Così pensavo... Do una festicciola a casa mia questa sera. Un barbecue. Niente di speciale. Ma se tu e Doug veniste, forse potreste portare...» Tace e ci guarda impaziente, aspettando che Julie finisca la frase al suo posto.

«Una bottiglia?»

«Pensavo piuttosto a un certo pezzo di carne.»

«Scusa, non ti seguo.»

«Una bistecca di prima scelta. Più o meno.» Dot sorride. «Sai benissimo a che cosa – anzi, a *chi* – mi riferisco.»

Faccio un breve latrato, poi spero che Julie creda sia dovuto all'idea della bistecca. È un piano *geniale*. Per quanto sia demoralizzata, vuole che suo padre si rimetta in piedi. E siccome Dot ha spostato l'attenzione sulla felicità di Jim, Julie non può rifiutare.

Mentre mi chiedo se sia un'arma da sfruttare anche in futuro, Julie sgrana gli occhi quando capisce. «Scusa, oggi non ci sto con la testa. Intendevi mio padre.»

«Sì. Pensi che verrà?»

Julie le stringe affettuosamente il braccio. «Farò del mio meglio, ma sai com'è fatto.»

«Grazie, tesoro. Magari digli che ti sentiresti a disagio se venissi da sola. O qualcosa del genere.»

«Ottima idea. Vedo che cosa posso fare. A che ora vuoi che arriviamo?»

«Verso le sei.»

«Indirizzo?»

Invece di ripetere: *Il mio*, Dot risponde: «Church Street. Numero sette».

«Okay. E a parte mio padre, che cosa posso portare?»

«Solo voi stessi.» L'altra mi sorride. «E un sano appetito.»

Per una serie di ragioni, non posso far altro che sbuffare in segno di approvazione.

Guarda caso, il papà di Julie viene a trovarci quel pomeriggio. Evidentemente è un attore mancato perché, quando Julie gli propone di accompagnarci al barbecue, la sua riluttanza sembra sincera.

«Stasera?»

«Esatto.»

«Dove?»

«A casa di Dot. Nel suo giardino, per la precisione.»

«Capisco. Sì.» Lui fa un sospiro melodrammatico. «Non sono sicuro, tesoro.»

«Perché no?»

«Troppo poco preavviso.»

«E avevi altri impegni, vero?»

«Forse.»

«Per esempio?»

«Siamo nel week-end. Ho moltissime cose da fare prima di lunedì.»

«*Per esempio?*»

«Varie *cose.*»

«Sei in pensione. Puoi fare 'varie cose' qualunque giorno.»

«Sì, ma un barbecue...»

«Non raccontarmi che all'improvviso sei diventato vegetariano.»

«Okay, okay. Ma...»

«Ma, che cosa?» Julie è esasperata.

«Sei sicura che non sia una specie di trucco?» Suo padre ricorre a un classico caso di doppio bluff, come quando io corro a prendere la palla che Luke ha crudelmente finto di lanciare.

«In realtà, Dot ha invitato *me*. Te lo chiedo solo perché mi sentirei a disagio se andassi da sola. Senza offesa, Doug. Inoltre, sei stato tu a dire che devo uscire più spesso, papà.»

«Dunque ci vai?»

«Se non sono di troppo», ribatte Julie, ironica. «Anche se prometto di non fare il terzo incomodo.»

Lui le rivolge una finta occhiata di rimprovero, poi, con la solennità di chi accetta di donare un rene, annuisce. «Okay.» Mi fa l'occhiolino di nascosto. «Affare fatto.»

Non posso fare a meno di scodinzolare. Perché è così.

7

Dot vive in una linda casa a schiera bianca poco lontano da High Street, con davanti un lampione profumatissimo che, uno di questi giorni, vorrei annusare con più attenzione. Ci fermiamo lungo il tragitto a prendere Jim – era tornato a casa per schiacciare un pisolino – e si è messo in ghingheri per l'occasione, cioè indossa quelli che a suo parere sono i suoi calzoncini migliori. Quando Julie sottolinea che sono i suoi *unici* calzoncini, lui ribatte: «E questo non significa forse che non siano anche i migliori, no?» spingendola ad alzare gli occhi al cielo.

Julie ha un paio di jeans tutti strappati, neanche fossero vecchissimi, benché li abbia comprati solo la settimana scorsa e io l'abbia sentita dire a Priya che li ha pagati un occhio della testa.

Ha acquistato uno spumante, che a quanto pare è un po' più buono del solito vino, e suo padre ha portato delle birre, perché «è un barbecue», scelta che Julie ha disapprovato con uno schiocco della lingua nonostante abbia perso per una bottiglia a sei. Si comportano entrambi in modo un po' strano, anche se ce la mettono tutta per sembrare normali, forse perché ciascuno dei due pensa di ingannare l'altro.

E sebbene solo uno di loro abbia *tecnicamente* ragione, spero che da questa serata ottengano entrambi qualcosa in più di un po' di carne carbonizzata.

Siamo puntuali come orologi – grazie a Jim, che ci ha costretto a restare dietro l'angolo per quattro minuti perché non arrivassimo in anticipo – e, quasi nel preciso istante in cui lui suona il campanello, Dot spalanca la porta. Ha le mani fuligginose e una macchia nera sulla guancia, ma questo non le impedisce di abbracciare Julie e poi – forse con un certo imbarazzo – anche suo padre.

«Ce l'avete fatta», dice, come se avessimo appena tagliato il traguardo alla fine di una maratona anziché camminato meno di ottocento metri.

«Ce l'abbiamo fatta!» annuncia Julie con lo stesso tono.

«Non siamo in anticipo, vero?» chiede Jim. Domanda un po' strana, dato che è stato lui a insistere perché non lo fossimo.

«Puntualissimi!»

Lui sorride come se gli avessero conferito una medaglia. «Fantastico. Abbiamo portato...»

«Oh, che gentili.» Dot prende il sacchetto che le porge. «Il mio preferito!»

«Ma non sai ancora cos'è.»

«È un sacchetto che contiene alcolici. Perciò il mio preferito!» Dot gli sorride, poi si sposta per lasciarci passare. «Entrate pure.»

Obbediamo, e Dot si china per darmi un gradito buffetto sotto il mento mentre passo, poi ci accompagna attraverso la casa e in giardino, dove un uomo alto, più o meno dell'età di Julie, che indossa un grembiule e, da dietro, pare relativamente ben fatto, punzecchia la carne sul barbecue con una lunga forchetta di metallo.

Devo ammetterlo, sono un po' nervoso. Tom fa il V-E-T-E-

R-I-N-A-R-I-O, dopotutto, ma questa volta non sarò io l'oggetto della sua attenzione.

«Che buon profumo», osserva Jim.

«Grazie. È il mio nuovo dopobarba.» L'uomo si gira, sorridendo, e ci squadra tutti e tre, forse soffermandosi uno o due secondi in più su Julie. «*Sauvage*», aggiunge, allungando la seconda sillaba per pronunciarla in francese corretto.

Guardo Julie che sgancia il guinzaglio, sperando invano in una sua risposta civettuola. Forse non dovrei stupirmi, dato il precedente incontro con Arthur al parco. Anche se, a un esame più attento, si direbbe che il suo silenzio dipenda dalla perdita della parola.

Dot sbircia Jim di nascosto, come a dire: *Te l'avevo detto*. Poi Tom fa finta di arrivarci. «Oh, intendevi il barbecue», dice, e Julie scoppia in una risata un po' eccessiva.

«Julie, Jim, questo è Tom. Mio figlio.»

Lo studio attentamente, domandandomi se sia della varietà buona. Nonostante il cordiale benvenuto, è un po' presto per esprimermi e, come ho detto, fa il V-E-T-E-R-I-N-A-R-I-O. Inoltre, anche Luke sa essere affascinante, quando gli fa comodo.

«Jim», dice Tom, stringendogli la mano. Poi si china a baciare Julie, anche se si accontenta di uno di quei saluti continentali su entrambe le guance. Julie ha avuto la stessa idea, ma purtroppo porge la guancia opposta a quella scelta da Tom, così finiscono per baciarsi di sfuggita sulle labbra. Quindi, in imbarazzo, ciascuno di loro prova a correggere l'errore mirando all'altra guancia, perciò ripetono la stessa cosa.

«Scusa», dice Tom nello stesso momento in cui anche Julie dice: «Scusa», benché nessuno dei due *sembri* veramente dispiaciuto.

«No... È...» Arrossendo, Julie indietreggia e quasi inciampa su di me. «A proposito, è vero. Hai un buon profumo, intendo.»

«Grazie.» Ora arrossisce anche Tom. «Come dicevo, è...»

«*Savage*», dice Julie con la pronuncia inglese.

«E questo è Doug.» Dot fa un cenno nella mia direzione.

«Ciao, Doug», mi saluta Tom, e apprezzo immediatamente il fatto che si astiene da stupidi commenti sul mio nome. Così, quando si inginocchia per accarezzarmi, faccio uno sbuffo incoraggiante e ne approfitto per studiarlo da vicino. Come aveva anticipato Dot, sembra avere sia i capelli sia i denti. Gli lecco la mano e, quando non la ritira, lo interpreto come un buon segno e gli do un'altra leccata, un po' come il «doppio bacio» di Julie, anche se per qualche ragione lei pare ugualmente imbarazzata dal mio comportamento.

«Doug!» mi sgrida, ma Tom ci ride sopra.

«No, non c'è problema. Sai, il motivo per cui i cani ci leccano è che sanno che dentro abbiamo le ossa.»

Julie lo guarda sorpresa. «Davvero?»

«In realtà, no.» Tom sorride. «Era una battuta. L'unica che conosco.»

«Niente male, però», osserva Jim.

«Per rassicurare i pazienti.» Notando l'espressione interrogativa di Julie, Tom spiega: «Faccio il V-E-T-E-R-I-N-A-R-I-O».

«Oh.» Lei inclina la testa come faccio spesso anch'io. «Interessante.»

«Grazie.» Tom mi gratta la nuca. «Sembra sano come un pesce. Quanti anni ha? Quattro?»

«Quasi cinque. Pensiamo.»

«Capisco. L'avete adottato o...?»

«Quale sarebbe l'alternativa? Che sia il mio cane biologico?» Julie prorompe in una risata fragorosa – e un tantino superflua – per sottolineare che questa assurdità scientifica è una battuta. «È un trovatello», aggiunge inutilmente.

Tom fa un'espressione interessata, annuendo come se fosse rimasto colpito. «Meno male.» Si rialza agilmente, poi se ne stanno lì tutti e quattro, palesemente a disagio.

«Posso darti una mano con quello?» Jim accenna al barbecue.

«Con che cosa?» Tom pare aver dimenticato i deliziosi effluvi di carne che provengono dall'aggeggio alle sue spalle.

«Si direbbe che tu abbia esaurito la carbonella.»

«Oh no.» Tom batte le nocche sulla bombola arancione intenso sotto la griglia. «Preferisco il gas.»

«Ecco il perché del dopobarba.» Julie si agita la mano sotto il naso prima di scoppiare in un'altra risata identica alla precedente.

Tom balbetta. «No, non volevo...»

«Ti sto punzecchiando.» Julie gli dà un leggero pugno alla spalla, poi sposta lo sguardo da suo padre a Dot, come se si fosse ricordata all'improvviso che ci sono anche loro.

«Vi porto qualcosa da bere?» chiede Dot.

«Lascia che ti aiuti», si offre il papà di Julie, ma lei rifiuta con un gesto della mano.

«Non è necessario.» Indica l'angolo del giardino a destra della porta, dove è sistemata una grande piscinetta gonfiabile piena d'acqua ghiacciata, in cui sono immerse bottiglie di birra e di vino sufficienti per dissetare l'intero quartiere. «Anzi, perché non vi servite da soli? Io passo già abbastanza tempo a servire gli altri quando sono al lavoro.»

Julie ride di nuovo. Con un po' troppo entusiasmo, forse, ma probabilmente dipende dal misterioso effetto che Tom ha su di lei. Nonostante l'invito di Dot, sembra che nessuno voglia essere il primo ad andare a prendere da bere. Ho sete, così – approfittando del fatto che Julie mi ha tolto il guinzaglio – mi avvicino e inizio a bere l'acqua ghiacciata, anche se non faccio in tempo ad assaporarne un sorso prima di sentire il lamentoso «Doug!» di Julie. Fermandomi, mi volto con la mia espressione più innocente.

«Non preoccuparti.» Dot ride. «Sono stata io a dire di servirvi.»

Il papà di Julie tintinna la bottiglia contro quella di Tom. «Dot mi ha detto che sei appena tornato.»

«Sì.» L'altro punta il pollice verso la casa dietro di sé. «Nella mia vecchia camera da letto. Sai, c'è ancora il copripiumino del Chelsea Football Club che usavo quando avevo quindici anni.»

«Deprimente.»

«È solo una sistemazione temporanea. E penso che a mia madre piaccia avere compagnia, dato che è sola.»

«Mi riferivo al fatto che sei un tifoso del Chelsea!»

«Ah ah», ride Tom, il che è un passo avanti rispetto ai gemiti provocati di solito dal mediocre umorismo di Jim. «Anche se *è deprimente*. Non dormivo in un letto singolo da non so quanto.»

«Singolo, hai detto?»

Inarcando le sopracciglia, il papà di Julie lancia un'occhiata eloquente alla figlia ma, anche se lei si è accorta di questo gesto tutt'altro che discreto, non lo dà a vedere.

«Esatto. Quasi tutti i genitori trasformano le camere dei figli in qualcos'altro non appena i ragazzi se ne vanno di casa. Ma non mia madre. Neanche avesse saputo che sarei tornato!» Tom scuote la testa. «Vivo di nuovo con la mamma a trent'anni suonati. Se mi guardi bene la fronte, forse distingui la S di *sfigato*.»

Jim lo scruta prima di capire che è una metafora, e Tom sorride, poi inorridisce all'improvviso.

«Oddio. Scusa. Non volevo offenderti. Tu non...?» Ha rivolto la domanda a Julie, accompagnandola con una torsione esagerata degli occhi verso suo padre, e lei ride imbarazzata.

«Che cosa? Io? Vivere con mio padre? Neanche per sogno. Come hai detto...» Si disegna con l'indice una S sulla fronte, senza rendersi conto che forse potrebbe sembrare un po' scortese. «Anche se sono sicura che hai una ragione valida.»

«Esatto», conferma Tom.

«E quale sarebbe?» Julie sfodera un sorriso incoraggiante.

Inclinando la testa, fisso Tom, temendo che il successo della serata ruoti intorno alla sua risposta. Da quando Julie ha posato gli occhi su di lui, è come se si fosse dimenticata persino dell'*esistenza* di Luke e, benché io non sia molto ferrato in materia, il suo linguaggio del corpo è l'esatto contrario di quello che ha usato durante l'incontro con Arthur. Può soltanto essere buon segno.

«Ecco...» Tom deglutisce a fatica. «La parola che inizia con la D, temo.»

Aguzzo le orecchie. Mi vengono in mente molte parole adatte con l'iniziale D.

Evidentemente, tuttavia, Julie e suo padre saltano alla medesima conclusione, perché fanno entrambi versi comprensivi.

«Cos'è successo?» chiede Jim, strappando alla figlia un imbarazzato «papà!»

Tom sospira. «No, nessun problema. Mia... mmm... moglie... Ecco, lei...» Recupera la forchetta e, punzecchiando energicamente qualcosa che odora di manzo, si sforza di sorridere. «A dire il vero, preferirei non scendere nel dettaglio, se non vi dispiace. Non voglio deprimervi.»

«Certo.» Julie gli strofina il braccio, quindi glielo stringe, quasi valutasse il fisico di un cavallo da corsa su cui medita di scommettere.

«Almeno non più di quanto tu abbia già fatto con l'ammissione riguardo al Chelsea», interviene Jim, mettendogli la mano sulla spalla. «Ho perso mia moglie qualche anno fa. Perciò so che cosa stai passando.»

«Grazie.» Tom sembra un po' a disagio, anche se potrebbe dipendere dalle attenzioni fisiche che sta ricevendo. «Comunque», dice mentre Dot esce dalla casa con una ciotola piena di foglie dall'aria poco appetitosa.

«Chi vuole una bistecca?» Distribuisce piatti a tutti tranne a me.

Tom infilza un frammento annerito dal barbecue e lo mostra con orgoglio, come se l'avesse stanato e catturato, quindi stringe gli occhi e lo esamina, come per capire se sia davvero una bistecca.

Quando, a fatica, riesco a staccare gli occhi dal cibo e guardo Julie, lei sembra osservare Tom quasi nello stesso modo.

Non posso fare a meno di pensare che sia promettente.

Insieme, Julie e Tom fanno faville, una metafora che si traduce in realtà non appena una scintilla del barbecue atterra sul prato, inducendo Tom a spiccare un salto atletico e ad afferrare la canna di gomma come provasse a parare il rigore decisivo nella finale della coppa del mondo. C'è stato un unico momento un poco imbarazzante, quando Tom ha riempito il bicchiere di Julie per la milionesima volta e poi ha preso un'altra birra, giustificandosi dicendo che tanto non deve guidare fino a casa perché vive qui. Julie, un po' brilla, ha ridacchiato. «Sì, con tua *madre*!»

Ma, siccome dopo essersi tracciata la S sulla fronte si è comportata come se fosse la cosa più spiritosa del mondo, Tom non ci è rimasto male. Sembra proprio che il piano di Dot funzioni.

Tom ripete che fa il V-E-T-E-R-I-N-A-R-I-O, abbassando la voce e scandendo una lettera alla volta per non turbarmi, e benché sia un po' offensivo dare per scontato che non capisca, sia io sia Julie apprezziamo la premura. Abbiamo persino giocato un po' con una vecchia pallina da tennis ammuffita scovata dietro la rimessa, che Julie non vuole toccare, ma che Tom non ha problemi a maneggiare. A differenza di Luke, Tom la lancia davvero, anziché fingere con una smorfia come se lo stupido fossi *io*. E Julie se ne accorge.

Quindi, proprio quando penso che le cose non potrebbero andare meglio, Tom respira profondamente e, dopo essersi accertato che gli altri due non sentano, si piega sussurrando: «È una specie di appuntamento combinato?»

«Te l'ha detto Dot?»

«No, ma mi ha detto che stasera ci sarebbero state molte persone, ecco il perché di tutto questo cibo. E a parte mia madre e tuo padre, qui ci siamo solo noi due. Senza offesa, Doug.» Mi passa un pezzettino di salsiccia che ho adocchiato sul suo piatto una decina di minuti fa.

«Hai ragione. E a quanto vedo, sta andando *piut-to-sto* bene.»

Julie ha sottolineato le tre sillabe di piuttosto per dare enfasi, e Tom pare disorientato. «Okay», dice, seguito da un nervoso: «Così...» Ma, prima che aggiunga altro, Julie sorride e accenna a Dot, che si tocca distrattamente i capelli, simile a lei quando vede Luke.

«Un po' bizzarro, però, non trovi?»

Tom mi dà un altro pezzettino di salsiccia. «Che cosa?»

«Vedere mio padre e tua madre...» piega la testa verso di loro, «che flirtano.»

«Prego?» Lui segue con lo sguardo la direzione del suo cenno, poi annuisce quasi fosse al rallentatore. «Ah, giusto. Naturalmente.»

«Aspetta.» Julie lo guarda seria, quindi scuote la testa come per snebbiarla. «Credevi che...? Insomma, che fosse per...?» Indica prima il petto di Tom, poi il suo, poi di nuovo quello di Tom.

«No! Be', *sì*, ma...» D'un tratto sembra interessato al contenuto del suo piatto quanto lo sono stato io per l'intera sera. «Ho frainteso?»

Julie fulmina con gli occhi suo padre, che d'un tratto pare affascinato da una pianta da vaso. «Tom, sono lusingata e mi dispiace di averti dato l'impressione sbagliata, e sembri molto simpatico e tutto il resto.» Gli mette la mano sul braccio, lasciandovela per un momento prima di ritirarla con difficoltà. «Molto simpatico, anzi, e forse in circostanze diverse...» Esita, e per un attimo spero si renda conto che le circostanze *dovrebbero* essere diverse, che lei ha il potere di cambiarle, ma ben presto diventa evidente che non è ancora giunta a questa consapevolezza. «Ma tanto per essere chiari, ho una specie di relazione. Perciò...»

Tom ha la faccia di una persona che si vede puntare una pistola addosso. «Non volevo... Stavo solo...» Si interrompe a metà frase, confuso. «Come sarebbe a dire 'una specie'?»

«Prego?»

«Hai detto che hai una specie di relazione. O è un tentativo di scaricarmi con educazione o...»

«Che cosa? Oh. No. Ce l'ho. È solo complicato.»

Julie ha usato un tono sbrigativo, ma Tom non si lascia scoraggiare.

«Come mai?»

«Come mai, cosa?»

Tom mi allunga un altro pezzettino di salsiccia. «Come mai è complicato?»

Julie abbassa gli occhi sul pavimento. «È sposato», dice, e all'improvviso, se mi permettete di portare avanti la metafora delle «faville», è come se i vigili del fuoco fossero appena arrivati e avessero puntato contro le fiamme la manichetta più grande del mondo.

«Sposato», ripete Tom in tono piatto.

Julie annuisce con un'espressione che è un misto di rimorso e delusione.

«Ma separato, giusto?»

«Quasi.»

Per un momento, Tom la guarda a bocca aperta, poi: «Prego?»

«Ma è solo questione di tempo.»

«Non dirmelo. Sua moglie non lo capisce?»

Julie l'osserva stupita. «Esatto.»

«E non vanno a letto insieme da un'eternità? Anzi, vivono come sconosciuti sotto lo stesso tetto?»

«Wow. È straordinario conoscere qualcuno che capisce...»

«Che capisce.»

«Sì.» Julie gli stringe la mano. «Le persone tendono a sputare sentenze quando scoprono che frequenti un uomo sposato. Ma nel caso mio e di Luke...»

«Luke, hai detto?»

«Sì, è il mio capo e... Che cosa c'è?»

Julie si interrompe. L'espressione di Tom si è a poco a poco trasformata in qualcosa e all'improvviso lei intuisce in cosa: disgusto.

«Hai un *intrallazzo* con il tuo capo?»

Julie ride nervosa. «Non proprio. Siamo più...» Arriccia il naso mentre cerca la parola giusta, una definizione che molti troverebbero accettabile. Ma Tom dà l'impressione di essere inorridito, e di aver già trovato il termine appropriato. E non molto galante.

«È sposato. È il tuo capo. Lo frequenti. È un intrallazzo. Ci vogliono due persone per averlo, perciò ce l'avete. O almeno, penso sia molto vicino alla definizione del vocabolario.»

«Non ne vado fiera, ma qui sono io la parte lesa.»

«Davvero?»

«Sì, davvero.»

Sospirando, Tom mette giù il drink e incrocia le braccia. «Non sono d'accordo.»

«Che cosa? Perché?»

«Le persone non avrebbero intrallazzi se in giro non ci fosse il tipo di persone che acconsente ad avere un intrallazzo.»

«Il *tipo di persone*?»

«Ecco che cosa penso. Forse una persona sposata dovrebbe essere off-limits, almeno finché smette di essere sposata.»

«Sì, ma non è sempre così semplice.»

«Sì, ma forse dovrebbe esserlo.»

Ormai Tom è arrabbiato, e temo che la mia fornitura di salsicce si interrompa bruscamente. «Hai mai pensato a lei?»

«A chi?» domanda Julie, anche se sospetto che sappia esattamente a chi si riferisce.

«Alla vera parte lesa. La moglie del tuo amante.»

Julie si indispettisce sentendo il termine «amante», ma allo stesso tempo forse si rende conto di non avere più specchi su cui arrampicarsi. «Certo! Ma io e Luke siamo fatti l'uno per l'altra, e lui e sua moglie... no. So che non è l'ideale e che alcuni disapproverebbero, ma...» Tace, notando la sua espressione interrogativa. «Inoltre, non è che sia una mia amica o roba del genere. Anzi, non l'ho mai conosciuta.»

Lui sembra sul punto di dire qualcosa, ma poi cambia idea. «Ah, be', allora...» dice con malcelato sarcasmo.

«Non è quello che intendevo!»

«D'accordo, ma sei sicura che esista?»

«Certo che esiste!» Julie sospira esasperata. «Scusa. Ha uno scopo questa... predica?»

«Solo farti presente che Luke potrebbe essersela inventata. Per evitare di doversi impegnare con te. E se non fosse così... Tutte le bugie che ti ha raccontato? Forse mente nello stesso modo anche a lei.»

«Stupidaggini.»

«Altrimenti come riesce a farla franca?»

«Fanno vite separate.»

«Davvero?»

«Sì, davvero.»

«Totalmente separate?»

«Be', non totalmente... È complicato!» ripete Julie, come se così potesse convincerlo.

«Dov'è ora?»

«Ora, *ora*?»

«Sì. Perché non è qui con te, a questo barbecue? Se fanno vite separate, perché passa il week-end con lei?»

«Non... è così!»

«No?»

«Be', sì, ma solo perché...»

«Appunto.»

Julie si indigna, e Tom dovrebbe gongolare, ma sembra sia l'ultima cosa che ha voglia di fare.

«Da quanto tempo state 'insieme'?» Pronuncia l'ultima parola facendo il segno delle virgolette, il che evidentemente la manda in bestia.

«Non sono affari tuoi!»

«Cerco solo di capire perché non l'abbia lasciata per te.» Tom fa una pausa, come un comico sul più bello di una barzelletta. «Ancora.»

«Non può ancora lasciarla perché...» Julie si ferma di colpo. Non sono sicuro se conosca la risposta a questa domanda.

«Non dirmelo. Per il bene dei bambini.»

Tom dondola con esagerazione la testa mentre dice le ultime cinque parole, ma lei non se ne accorge. Principalmente perché è occupata a fissarsi i piedi con imbarazzo.

«Non ne hanno.»

«D'accordo», dice Tom strascicando le sillabe. «Dunque la *vera* ragione per cui non può lasciarla è...?»

Julie tace.

«Oppure è più giusto dire che non *vuole* lasciarla?»

Lei incrocia le braccia con aria di sfida e lui la imita, e non occorre essere esperti di linguaggio del corpo per capire che non è buon segno.

«Che cosa te ne importa, in ogni caso?»

Tom la guarda incredulo. «È...» La fissa per un istante, poi perde ogni combattività, così afferra la bottiglia e beve un sorso, poi si rende conto con profonda delusione che è vuota. «La cosa che ho detto prima», prosegue a bassa voce. «Riguardo a mia moglie. E alla parola con la D. Intendevo D come divorzio.»

«Non è deceduta?»

«Perché mai hai pensato una cosa simile?»

«Perché deceduta inizia con la...»

«Non è così. Anche se per me lo è.»

«Non capis...»

«Aveva un intrallazzo, okay?» Tom quasi urla, tanto che Dot e Jim si distraggono dal loro piccolo *tête-à-tête* dall'altra parte del giardino.

«Mi ha tradito con un mio amico e non l'ho perdonata, anche se mi ha supplicato. Il mio orgoglio non...» Tom punta gli occhi in lontananza. «Così abbiamo divorziato. Era l'amore della mia vita. Perciò mi ha spezzato il cuore.»

Lancia uno sguardo torvo a Julie, poi mi guarda, ma non si calma benché io salti su e gli faccia gli occhioni da carlino, di solito così teneri da essere irresistibili. Invece si alza per andare a prendere un'altra birra dalla piscinetta.

«Tom!» Julie lo segue, ma lui non si volta. «Mi dispiace. Non ne avevo idea. Ma io e Luke...»

«Per favore, non provare a giustificare ciò che fate. Perché proprio non puoi. Non con me, a ogni modo. Scusa, so che probabilmente non vuoi sentirtelo dire, ma tutte le fandonie che ti racconta...»

«Non lo conosci», mormora Julie.

«Nemmeno tu. Non fino in fondo.» Cerca un apribottiglie prima di accorgersi che la sua birra è una di quelle con il tappo a vite. «Faresti meglio a uscire da questa situazione, se vuoi il mio parere.»

«Non lo voglio!»

«Pensi davvero che metterà fine al suo matrimonio per...»

«*Tua* moglie l'ha fatto!»

Julie impallidisce di colpo, quasi sapesse di aver abbondantemente passato il segno, e Tom la fissa a bocca aperta per qualche istante.

«Giusto», dice mentre lei si guarda di nuovo i piedi, forse sperando che il terreno si spalanchi e la inghiotta.

Devo dargliene atto, Tom si limita a fare un sorriso forzato. Poi controlla intorno e schiocca forte la lingua, come chi cerca la giacca e in seguito si ricorda di non averla portata. «A questo punto dovrei andarmene, ma vivo qui, perciò...»

Julie lo studia per un momento, e io spero che stia per scusarsi o per dire qualcosa che alleggerisca l'atmosfera, invece lo scruta con aria di sfida. «Be', vorrei dire che è stato bello conoscerti...»

Seduto tra loro, aspetto che Julie faccia proprio questo, ma si gira verso l'angolo in cui suo padre e Dot fingono maldestramente di non origliare e, senza una parola, mi raccoglie, attraversa la casa, esce dalla porta e si incammina così rapida che fatico a starle dietro.

Forse le critiche di Tom l'hanno punta sul vivo. Forse ha fretta perché vuole rientrare, telefonare a Luke, scaricarlo e imbarcarsi in una nuova relazione con qualcuno che *non* sia... be'... Luke. Solo dopo che si è precipitata in casa sbattendo la porta e crollando in lacrime sul divano, intuisco che forse non sarà così immediato.

Sia dall'incontro con Arthur, sia dalla conversazione con Tom si deduce che, nonostante il consiglio di Priya, Julie *non vuole* conoscere nessun altro. Inoltre, Tom prova un comprensibile rancore verso la sua ex moglie, e chissà se riuscirà mai a fidarsi di un'altra donna. Forse, dunque, questo non è il momento migliore perché Tom e Julie entrino in sintonia, soprattutto finché Luke è ancora tra i piedi.

Il guaio è che il commento finale di Julie (piuttosto crudele, bisogna ammetterlo) potrebbe diventare qualcosa a cui lei si aggrapperà come a un'ancora di salvezza, nel senso che se la moglie di Tom ha piantato un uomo così gentile come lui, allora ci sono buone probabilità che Luke pianti sua moglie per lei. Il che sarebbe un peccato, però, perché in un angolo della mia mente non posso fare a meno di pensare che Tom meriti un dieci e lode per le seguenti ragioni.

Primo, le persone dicono che si riesce a capire molto di qualcuno dal modo in cui tratta gli animali, e Tom ne ha fatta una professione. Se questo non è un grosso punto a suo favore, non saprei che cosa potrebbe esserlo. Mentre Luke non sembra provare sempre simpatia per *me*, a differenza di *tutti gli altri*. Tranne Miss Harris.

Secondo, Tom ha un buon lavoro, così lo definirebbe il papà di Julie. Per diventare V-E-T-E-R-I-N-A-R-I-O ci vogliono anni di studio, e bisogna essere svegli. Probabilmente, dunque, Tom ha anche molti soldi – lo so perché Julie, ogni volta che mi porta dal V-E-T-E-R-I-N-A-R-I-O, si lamenta sempre che le costa una fortuna. Se si mettessero insieme, il problema sarebbe risolto. Mentre, nelle rare occasioni in cui Luke viene a casa nostra e Julie ordina la cena a domicilio, lui sembra sempre aver dimenticato il portafoglio.

Terzo, Tom è leggermente più giovane di Julie. Le femmine

umane tendono a vivere più a lungo dei maschi. Così se Tom e Julie si mettessero insieme, con un po' di fortuna moriranno più o meno nello stesso periodo, il che è un bene, perché nessuno dei due resterebbe solo (e naturalmente perché Julie non dovrebbe prendere una gatta).

Quarto, nonostante il suo lavoro, Tom mi piace. Sembra che piaccia anche a Jim. Mentre conosco una sola persona a cui piaccia Luke, ed è Julie. Anche se continuo a non capire il perché.

Quinto, almeno fino alla questione dell'«intrallazzo», Tom pareva aver molto apprezzato Julie. Forse non quanto me, eppure... Luke invece sembra non apprezzarla affatto. Altrimenti non la tratterebbe tanto male. E mi sbaglierò, ma si direbbe che anche Julie apprezzi Tom.

Ultimo, ma non meno importante, Tom è single e disponibile. E dopo il suo discorso di oggi, sono ancora più sicuro che Luke finga solo di esserlo.

8

La settimana successiva è abbastanza tranquilla in termini di litigi con Luke: zero, a quanto pare perché è via per lavoro, secondo quanto Julie riferisce a Priya venerdì sera. Non ci sono nemmeno incontri con Tom, anche se forse non c'è da meravigliarsi, considerando come è finito l'ultimo. Avvisto due volte Santa che cammina in giardino con arie da padrona di casa, e nella seconda occasione, siccome viola chiaramente l'accordo concluso l'altro giorno da Julie con Miss Harris, decido che ho tutto il diritto di abbaiare come un pazzo dal mio punto di osservazione sul davanzale della finestra.

Domenica all'ora di pranzo, dopo una partenza tardiva dovuta al fatto che Julie ha dovuto «smaltire» la serata precedente, trascorsa in compagnia di due bottiglie di chardonnay e di un film su una certa Bridget Jones (che avrebbe dovuto essere una commedia, ma per qualche ragione ha fatto piangere Julie più di una volta), siamo davanti al negozio *Boots* in High Street. Faccio del mio meglio per non essere investito da passeggini che, ai miei occhi, sono grandi quanto camion, o aggredito da mocciosi con le dita appiccicose, quando un odore familiare ma sgradevole mi obbliga a dilatare le narici.

Impiego un momento per individuarne la fonte, e la scopro

un po' più in là lungo la strada. Infatti, non appena metto a fuoco e sbircio tra le gambe degli altri passanti, scorgo Luke che si dirige verso di noi sul marciapiede. Quel che è peggio è che non è solo. Con lui c'è una donna alta più o meno come Julie, con il pancione più grosso che abbia mai visto e con un paio di sacchetti con la scritta JOJO MAMAN BEBE. Così lancio un'occhiata ansiosa a Julie, perché non occorre essere un segugio per intuire che probabilmente la donna è la moglie di Luke.

Stando a quanto Julie ha detto a Tom l'altro giorno, non l'ha mai conosciuta e, secondo ciò che ha confidato in passato a Priya, non ha mai voluto conoscerla. Anche se capisco il perché, d'un tratto mi viene in mente che potrebbe essere l'occasione perfetta per creare una distanza abbastanza grande tra lei e Luke affinché Tom si infili nello spazio vuoto. Devo soltanto guidare Julie verso la coppia.

Luke è incollato al telefono e di certo non ci ha visti, così inizio a strattonare Julie via dalla vetrina.

«Doug!» Tira leggermente il guinzaglio.

Ci riprovo, questa volta aggiungendo un uggiolio insistente, anche se non sembra fare la minima differenza.

«Che cosa c'è?» chiede, ma dal modo in cui mi guarda arrabbiata, credo che intenda: *Che ti prende?*

Guardo ansiosamente lungo il marciapiede. Ho perso di vista Luke e sua moglie tra la folla, ma il suo odore si intensifica, perciò continuo a strattonare, sperando che Julie pensi che debba assolutamente fare un bisognino. Dopo uno o due secondi, il mio piano funziona e lei cammina ignara verso di loro. Le trotterello davanti, e all'improvviso si blocca, costringendomi a una brusca frenata.

«Che caz...» mormora. Poi, a voce più alta: «Vuoi *scherzare*!» verosimilmente quando nota il pancione e i relativi acquisti. Quindi mi prende in braccio con un gesto così rapido da provocarmi un leggero senso di vertigine.

Con mio stupore e mia gioia, si dirige a passo deciso verso gli altri due, quasi volesse affrontare Luke. Anche se, quando stiamo per raggiungerli, perde il coraggio, perché ruota di novanta gradi e mi porta nel negozio più vicino, mettendosi in un punto accanto alla vetrina, da dove può spiarli senza essere vista. Poi un sonoro schiarimento di voce è seguito da un seccato «mi scusi!» alle nostre spalle. Cosa che, come forse è logico, ci fa sussultare entrambi.

Di certo non è Luke, e la voce sembra un po' troppo vecchia per essere della moglie. Nonostante ciò, udendo queste parole severe, Julie si gira e vede una signora altezzosa che mi fissa intensamente, come se si aspettasse che sia *io* a rispondere.

«Salve?» dice Julie, dando al saluto un'intonazione interrogativa.

La donna sposta per poco lo sguardo su di lei, poi di nuovo su di me. «Non ha visto il cartello sulla porta?»

Julie fa una faccia perplessa. Non sono sicuro che sappia nemmeno in quale negozio sia entrata, tanta era la fretta di allontanarsi dal marciapiede. «Quale cartello?» chiede, e l'altra si esibisce in una discreta imitazione di uno dei miei abbai arrabbiati.

«Quello che dice VIETATO L'INGRESSO AI CANI.»

«Oh. Giusto.» Nervosa, Julie guarda prima la porta e poi la vetrina, temendo che Luke e sua moglie entrino da un momento all'altro.

«No. Scusi. Naturalmente no. Altrimenti non avrei...» Resta in silenzio, sollevandomi leggermente per dimostrare la sua tesi, ma la donna non risponde. Invece incrocia le braccia e assume un'espressione ancora più torva, al che Julie sfodera un sorriso colpevole. «Nemmeno se lo tengo in braccio?»

«*Soprattutto* perché lo tiene in braccio. E se comincia a rosicchiare la merce?»

Mi sfugge un guaito beffardo. Persino io conosco le buone maniere.

«Doug non lo farebbe mai. È molto educ...»

«*Doug?*» L'altra mi osserva di nuovo, scrollando il capo, e inizio a sospettare che probabilmente a casa abbia una gatta. Se non addirittura due.

«Vuole che...» Julie accenna a me, poi alla vetrina, appena in tempo per vedere Luke e sua moglie che passano davanti al negozio, così si affretta a tuffarsi dietro a un espositore di tailleur. Quando si rialza, la donna è ancora lì, sempre con la stessa espressione austera.

«Scusi, ho...» Julie fa un respiro profondo, poi un altro, nel tentativo di calmarsi. «Mi nascondo da una persona.»

L'altra sorride senza nemmeno un'ombra di solidarietà. «Mentre il suo inseguitore conta fino a cento, che cosa ne dice se le mostro una cosa?»

«Che cosa?»

«L'uscita.»

Si dirige decisa verso la porta e la apre, quindi non si muove, intendendo chiaramente che dobbiamo andarcene.

«No, non capisce. Io...» Julie esita, mentre l'espressione della donna indica che non vuole capire. O che non le importa un fico secco.

Riluttante, Julie mi riporta fuori, scruta ansiosamente il marciapiede nella direzione imboccata da Luke e da sua moglie, e tira un bel sospiro di sollievo, che io sono felice di imitare. Dopotutto, in una certa misura il mio piano ha funzionato. Julie ha visto Luke con sua moglie, e sicuramente il fatto che quest'ultima è incinta la spingerà a fermarsi e riflettere.

E invece, col cavolo che si ferma. Anche se la linea d'azione normale sarebbe incamminarsi nella direzione opposta, sento che strattona forte il guinzaglio mentre si lancia all'inseguimento, e cominciamo a pedinarli lungo High Street.

La moglie di Luke procede lenta a causa del pancione, perciò è facile tenere il passo nonostante le mie zampe corte. Di lì a qualche minuto sostano un poco e, dopo una rapida discussione, prendono lo stretto sentiero che conduce verso il fiume. Anche Julie esita, forse perché lì sarà difficile tallonarli senza dare nell'occhio. Quindi mi guarda quasi per rassicurarmi, e riprendiamo a camminare.

Passando alla modalità «invisibile», ignoro le anatre e i piccioni che normalmente si riuniscono sulla sponda, mentre ce la metto tutta per attenuare il rumoroso ansimare che rappresenta il mio modus operandi mentre passeggio. Ben presto siamo a pochi metri da loro, anche se non sono io ma Julie a rischiare di farci scoprire quando il telefono le squilla all'improvviso.

Ci nascondiamo dietro l'albero più vicino e, premendo il tasto verde, Julie sussurra uno spasmodico: «Pronto?» Luke ha il telefono incollato all'orecchio fin dal primo momento in cui l'abbiamo visto, e temo che il mittente della chiamata sia lui. Invece, con sollievo di entrambi, è Priya.

«Che cosa combini, Jules?»

«Faccio solo... shopping in centro.»

«Fantastico! Voglio venire anch'io. Scarico Sanj e ti raggiungo. Dove...»

«No!» la blocca Julie, un po' troppo frettolosa. «Sono con Doug e...»

«Che cosa c'entra?»

«E... be'... Luke.»

Una pausa, poi: «Sei con *Luke*? In *pubblico*? Nel *weekend*?»

«Più o meno.»

Perplesso, guardo Julie. «Con» starebbe a indicare una distanza di gran lunga inferiore alla ventina di metri che attualmente ci separano. Per non parlare del fatto che siamo nascosti dietro un albero.

«Jules...»

«Lo stiamo seguendo. Anzi, *li* stiamo seguendo.»

Un altro silenzio. «Li?»

«Sì, è fuori con sua moglie, così...»

«Sua *moglie*?»

«Esatto», conferma Julie, un po' isterica. «Sua moglie *incinta*.»

Una pausa più lunga. «Puoi ripetere?»

«Sua moglie incinta», mormora Julie, e sento Priya deglutire a fatica dall'altro capo della linea.

«Oh, Jules. Mi dispiace tanto», dice, compassionevole. Poi, con voce più urgente: «Resta dove sei. Vengo *subito* a prenderti».

«No, va tutto bene. Voglio solo...» Julie tace, forse perché non sa quali saranno le nostre prossime mosse.

«Non fare sciocchezze», raccomanda Priya, sebbene a giudicare dal suo tono, sembrerebbe che ormai la frittata sia fatta.

«Voglio solo vederli insieme. Come sono l'uno con l'altra. Ecco tutto.»

Priya diventa seria all'improvviso. «Jules, ascoltami *molto attentamente*. Non è una buona idea e...»

Julie imita un verso buffo, una specie di frrr. «Scusa, la linea è disturbata e non riesco a...» Ripete il verso, termina la chiamata, quindi mi lancia un'occhiata maliziosa mentre mette il telefono in silenzioso.

«Andiamo, Doug!» dice, e io sono impaziente di accontentarla. Se tutto questo servirà a mostrarle la vera natura di Luke, Priya si sbaglia. È un'*ottima* idea.

Ci rintaniamo dietro un altro albero mentre si dirigono verso il pub sul lungofiume e, dopo un momento, Julie controlla la propria immagine nella fotocamera per selfie, si sistema una o due ciocche ribelli, fa un respiro profondo e varca la soglia.

Da dietro una colonna sbircia l'interno del locale, poi va verso l'estremità opposta del bancone. Luke e sua moglie, che hanno già preso da bere, si spostano in un tavolo accanto alla vetrata, così Julie ordina un bicchiere di vino bianco dalle dimensioni di una boccia per pesci rossi e recupera un enorme menu plastificato. Poi ci accomodiamo a un tavolo alle spalle di Luke, dall'altra parte della sala, in una posizione ideale così che Julie tenga d'occhio la moglie senza che lui la veda.

Sbircio Julie, che li studia con la stessa intensità di David Attenborough nel *Pianeta blu*, anche se non capisco che cosa speri di ottenere restando qui senza rivelare la propria presenza. Forse non ha un piano: potrebbe semplicemente finire il drink e andarsene, archiviare le informazioni e rifletterci, lasciando Luke all'oscuro finché deciderà di sbattergliele in faccia in un secondo momento.

Ciò che voglio ottenere *io*, invece, è un confronto di qualche tipo e, per fortuna, sulla parete dietro la moglie di Luke c'è un grande specchio vintage, leggermente inclinato verso il basso, dove lui continua a controllare il proprio riflesso.

Standando attento che Julie non veda quanto faccio, striscio di lato centimetro dopo centimetro, fino a entrare nella visuale di Luke. Perciò non passa molto tempo prima che lui si accorga delle occhiatacce che gli lancio da sotto il tavolo.

Luke trasalisce, poi scuote brevemente la testa, forse decidendo che devono esserci molti carlini al mondo e che sono tutti uguali. Quindi, mentre sorseggia la birra, si gira sulla sedia, come a controllare con disinvoltura se il bar sia affollato, e risale con lo sguardo la lunghezza del guinzaglio finché vede Julie che lo fissa da dietro il menu. Quando sputacchia rumorosamente nel bicchiere, sua moglie alza gli occhi, allarmata.

«Tutto bene, tesoro?»

Dopo aver smesso di tossire, lui annuisce. «Certo. Mi è solo andata di traverso la birra.»

«Okay.» Sorridendo dolcemente, lei gli stringe la mano per un attimo, confermando che non sono affatto in crisi come Luke vuol far credere a Julie.

Quando sua moglie ricomincia a leggere il menu, Luke simula un altro attacco di tosse per spostare la sedia verso un punto da cui può vederci nello specchio, chiaramente cercando di capire che cosa stia succedendo. È possibile – riesco quasi a sentire gli ingranaggi del suo cervello che si mettono in moto – che siamo qui per puro caso: è una piccola città, dopotutto, e se sei andato a fare shopping, un pub vale l'altro per rifocillarsi con un drink. Ma a prescindere dalla ragione per cui ci troviamo nello stesso locale nello stesso momento, lui non sembra molto felice, e per di più pare non avere la più pallida idea di come comportarsi ora, se non forse aspettare che il peggio passi.

Alla fine, sua moglie posa il menu e si alza goffamente, con una smorfia di dolore. Luke si affretta a finire la birra e si tira su a sua volta, ma lei lo guarda sconcertata.

«Vado solo alla toilette», dice, così lui si risiede con la faccia di un condannato a morte.

Quando sua moglie si avvicina al nostro tavolo, Julie fa il possibile per evitare di incrociare il suo sguardo, ma io faccio l'esatto contrario, inclinando la testa e scodinzolando. Naturalmente funziona, perché la donna si piega maldestramente a prendere la zampa che allungo nella sua direzione, poi sorride a Julie, come fanno le madri quando vedono un'altra donna con un neonato grazioso. Immagino che la reazione cortese sarebbe ricambiare il sorriso, magari invitarla ad accarezzarmi e poi accennare al pancione e chiedere qualcosa come: *Quando nasce?* O forse addirittura: *Chi è il padre?* Ma evidentemente Julie è troppo spaventata per fare qualcosa di diverso dal fissare il bicchiere.

Dopo un momento, l'altra si stringe nelle spalle e, facendomi un ultimo sorriso, prosegue verso la toilette delle signore. Luke continua a osservare lo specchio, trattenendo il respiro finché è certo che sua moglie ci abbia superati senza intoppi, poi – non appena lei scompare oltre la porta – salta su dalla sedia e attraversa rabbiosamente il pub.

«A che gioco stai giocando, santo cielo?» sibila a Julie, cercando di soverchiare i miei ringhi.

«Non sto giocando a nessun gioco», risponde lei candidamente, anche se la mano che stringe il mio guinzaglio trema. «Porto solo a spasso Doug e mi è venuta voglia di un drink. Non sapevo che saresti venuto qui con...» La esamina. «Chi è *quella*?»

«Sai benissimo chi è.» Luke è sbiancato, quasi si fosse appena reso conto di essere nei guai. «Ascolta, ne parliamo un'altra volta, te lo prometto, ma ora, ti supplico, vattene.»

Julie indica il bicchiere. «Non ho ancora finito il drink.»

Luke abbassa gli occhi sul tavolo e, per un attimo, temo che voglia afferrare il vino e berlo al posto suo. «D'accordo, allora...» Tira fuori il portafoglio dalla tasca. «Che cosa ne dici se pago io?»

Con un sorriso innocente, Julie prende il bicchiere e beve un sorso minuscolo, lasciandogli intendere che sarà certamente lui a pagare, in un modo o nell'altro. «Puoi stare tranquillo», dice, nonostante sia chiaro che non lo pensi.

«Julie, *per favore.*» Luke guarda ansiosamente verso la porta della toilette. «Sarah è *incinta...*»

«Ma va?» chiede Julie, sarcastica. Nonostante ciò, lui impallidisce neanche avesse appena rivelato un segreto di stato.

«Sì, e posso spiegarti il...» Mima un pancione con le mani, poi si gira verso la toilette, facendo una smorfia quando sente accendersi l'asciugamani elettrico. «Ma non ora.»

Spero che Julie goda al vederlo in difficoltà, ma per qualche motivo, a giudicare dalla sua espressione, sospetto di no. Forse perché si è resa conto che Priya ha sempre avuto ragione e che Luke è un *bugiardo*. E se ha mentito riguardo alla sua situazione famigliare...

«Caro?»

Luke si raggela.

Sarah, che è uscita dalla toilette, cammina a papera verso di noi, così Julie salta su dalla sedia come se fosse lei a essere stata colta in flagrante.

«Finito?» dice lui, piuttosto scioccamente, e restiamo lì in imbarazzo finché capisce di dover spiegare perché stia parlando con noi. «Scusate. Sarah, questa è Julie. Lavora per me. Sai, in ufficio.»

Mentre sbuffo in segno di scherno per la sua giustificazione nervosa e troppo elaborata, Sarah sorride. «Lieta di conoscerti. Luke mi ha parlato molto di te.»

«Davvero?» Agitatissima, Julie gira lo sguardo scettico su di lui.

«Mi ha detto che sei insostituibile. Un elemento chiave della squadra.»

«Che gentile.»

«Che cosa fai per lui?»

Per poco Julie non lascia cadere il bicchiere che sembra aver dimenticato di tenere in mano; come sembra aver temporaneamente dimenticato la propria professione. «Io, mmm...»

«Julie è la nostra organizzatrice di eventi. Si occupa...» Anche Luke pare abbia un vuoto di memoria. «Julie?»

Lei si schiarisce nervosamente la gola. «Be', organizzo, sai...»

«Eventi?» suggerisce Sarah.

«Esatto», conferma Luke, come se sua moglie avesse appena dato la risposta giusta a una domanda particolarmente insidiosa di *Chi vuol essere milionario?* Sarah sorride, poi Julie apre e chiude la bocca, così faccio un mezzo latrato dal pavimento, perché nessuno mi ha ancora presentato.

«E lui chi è?» Sarah mi rivolge un sorriso radioso.

Julie sembra aspettare che sia Luke a presentare, anche se probabilmente lui ha deciso che sarebbe rischioso ammettere di conoscere il mio nome. «Sì, chi è questo bel cagnolino?» Si inginocchia ad accarezzarmi ma, quando ringhio, si raddrizza subito. «Non sapevo avessi un... bulldog francese, giusto?»

Ringhio di nuovo, principalmente per le sue scarse doti di recitazione, e Julie mi fulmina con lo sguardo. «Un carlino. Si chiama Doug.»

«È splendido», osserva Sarah, e scodinzolo per ringraziarla del complimento.

«Non farti sentire, o si monta la testa», dice Julie, e Luke ride.

«Si direbbe che gliel'abbiano già montata all'Ikea.» Scoppia in un'altra risata, ma smette quando nota l'espressione indispettita delle due donne. «Perché è molto grossa rispetto al corpo, intendevo. Insomma, perché è un...» Deglutisce così forte che lo sentiamo tutti. «Carlino?»

Sarah alza gli occhi al cielo. «Ignoralo», dice a Julie. «Non è mai stato un amante degli animali.» Dà al marito una gomitata affettuosa, e gli altri due arrossiscono per l'imbarazzo.

«Dunque...» riprende Luke con il tono di chi inizia una

frase, ma in realtà vuole finire la conversazione. Sarah, tuttavia, non sembra sulla stessa lunghezza d'onda.

«Stavamo per ordinare il pranzo.» Indica con il pollice il tavolo alle sue spalle. «Vuoi mangiare con noi?»

Luke è di nuovo bianco quanto un lenzuolo e, per un attimo, Julie sembra prendere in considerazione l'invito. Dopotutto, quale modo migliore per farsi un'idea della loro relazione? «No. Grazie. Devo andare... Insomma, io e Doug... dobbiamo...»

«Capisco.» Sarah la osserva dubbiosa. «È perché vedi il tuo capo, eh?»

«*Che cosa?*»

«Fuori dall'ufficio. Quando è già abbastanza seccante vederlo al lavoro...»

«Oh. Giusto. Sì. Esatto!» Julie ride un po' troppo forte e Sarah la imita, anche se Luke non lo trova divertente, anzi ha l'aria di voler sprofondare nel pavimento. «Comunque, dicevo, dobbiamo...» Prendendo il guinzaglio, Julie mi tira verso la porta. «Piacere di averti conosciuta, Sarah.»

«Ma non hai finito il drink», osserva l'altra, confusa.

Julie guarda il bicchiere, ancora pieno per tre quarti circa. Poi, come se avesse preso una decisione di grande importanza, raggiunge il tavolo, afferra il vino e lo ingolla d'un fiato. «Fatto.» Soffoca un rutto. «A domani, Luke...»

«In ufficio», precisa lui, inutilmente.

«Sì», dice Julie a nessuno in particolare, quindi si volta sulle gambe un po' malferme, agita vagamente la mano libera e senza tante cerimonie mi trascina fuori dal pub.

Visibilmente scossa, non parla molto lungo la strada verso casa e, ammesso pure che inizialmente credo dipenda dal vino, è ovvio che l'incontro con Sarah è stato troppo per lei. Come lo è stata la prova che Luke è un bugiardo patentato e che chiaramente «sta» con sua moglie, anche se ormai Julie dovrebbe aver capito che non si potrà mettere con lui e che dovrebbe fare i salti di gioia per questo.

Però Sarah sembra incantevole, perciò mi domando perché Luke la tradisca.

D'altronde, è un mistero anche il motivo per cui Sarah stia con Luke. Cosa che, ironicamente, accomuna lei e Julie.

9

Il mattino successivo sono seduto sulla moquette a crogiolarmi in una chiazza di sole che filtra dalla finestra del salotto, quando Julie entra nella stanza.

«Andiamo, Doug», annuncia, seppure non con molto entusiasmo.

Obbedisco meccanicamente, alzandomi e allungandomi finché non si complimenta per la mia flessibilità. Poi trotterello nella sua direzione e mi paralizzo. È vestita da lavoro, e normalmente aspetterei suo padre per uscire a passeggio, perciò c'è qualcosa che non quadra.

«Doug?» dice, così, inclinando la testa di venti gradi in senso orario, chiedo: *Andiamo dove?*

«Te lo sei dimenticato? Oggi è il giorno in cui si possono portare i cani in ufficio», spiega, prendendo le chiavi dal tavolo e, nonostante la mia reazione iniziale sia un uggiolio canzonatorio, ben presto mi sembra un'ottima idea, perché di sicuro diversi suoi colleghi saranno uomini. E benché Priya abbia detto che bisognerebbe stare alla larga dalle storie d'amore in ufficio, forse si riferiva a quella tra Julie e il suo capo. Siamo sinceri, *qualunque* storia d'amore, anche una con un altro collega, sarebbe meglio della relazione con

Luke. Dunque, mi basterà individuare lo scapolo più appetibile, ricorrere alla vecchia «magia del carlino», metterli insieme, *et voilà!*

Abbaiando per l'emozione, la seguo fino alla macchina e salto sul sedile del passeggero. Mentre mi allaccia la cintura di sicurezza, non posso fare a meno di ansimare felice.

Oggi sarà una giornata proficua. Me lo sento.

Quando arriviamo in ufficio, succede qualcosa di bizzarro. Prendendomi in braccio, Julie supera le porte scorrevoli, quindi attraversa una stanza spaziosa dirigendosi verso una grande scrivania in fondo, dietro la quale sono seduti un uomo e una donna con cuffie simili a quelle che Frasier indossa per «ascoltare».

Prima che capisca che cosa stiano facendo, Julie prosegue lungo un corto corridoio verso altre due porte, che si aprono scorrendo con un din quando lei preme un pulsante. Entriamo in uno stanzino dalle pareti di metallo e le porte si richiudono sferragliando.

Il pavimento trema, dandomi una strana sensazione allo stomaco, ma non è niente in confronto al disorientamento che provo mentre le porte si riaprono e scopro che nel giro di pochi istanti qualcuno ha completamente modificato l'*intero spazio esterno*. Sono così confuso che non voglio muovermi dal punto della moquette in cui Julie mi ha posato.

All'improvviso una figura enorme torreggia sopra di me. «Chi è questo stupendo cagnolino?»

Una donna molto più vecchia di Julie, che puzza di sigaretta e con una voce così rauca da far sembrare Jim effemminato, si accovaccia davanti a me. A essere sincero, è un po' spaventosa e, insieme allo sconcerto dovuto all'esperienza del *cambio di stanza*, devo sforzarmi per non correre a nascondermi dietro le gambe di Julie.

«Questo è Doug.»

A malapena mantengo la posizione quando la donna allunga una mano. Normalmente, questo è il segnale a cui rispondo tendendo la zampa, ma sono ancora un po' scombussolato.

«Ciao, Doug.» Mi posa la mano sulla testa. «Sei tenerissimo, non è vero? Non è vero? *Non è vero?*»

Mi limito a fissarla finché sento Julie ridacchiare. «Scusa», dice per mio conto. «Credo che sia un pochino stordito dopo la sua prima volta in ascensore.»

Mi volto verso le porte scorrevoli quando si richiudono con un altro din, rendendomi conto della mia stupidità. So cos'è un ascensore. Frasier lo usa continuamente e, se va bene per Eddie, va bene anche per me.

Julie mi porta alla sua scrivania, fermandosi lungo il tragitto per salutare alcuni colleghi. Sospetto che in realtà voglia solo mettermi in mostra, perché vengo riempito di coccole almeno cinque o sei volte. Forse non c'è da sorprendersi, data la mancanza di concorrenti.

Avevo immaginato che l'ufficio assomigliasse alla sala d'attesa del V-E-T-E-R-I-N-A-R-I-O, ma non si direbbe che molti abbiano aderito all'iniziativa di oggi. E anche se sono sollevato all'idea che non ci siano gatti, Vinay della contabilità ha portato il suo drago barbuto, che – assicura a Julie – non è un *vero* drago come quelli del *Trono di Spade*. Tessa delle risorse umane si è lasciata accompagnare dal suo pesce rosso, che nuota in una bottiglia d'acqua piena fino a metà, posata sull'angolo della sua scrivania, da dove la creatura ora mi fissa con diffidenza. Anche se non quanto Luke, che è appena comparso accanto a Julie.

Si schiarisce la voce e lei si irrigidisce, mentre il pelo mi si rizza. Poi, dopo un «'giorno, Julie!» troppo chiassoso e formale – probabilmente a beneficio di chiunque tra i presenti possa avere qualche sospetto –, si piega fingendo di essere interessato al foglio di lavoro sul computer.

«Lucas.» Lei usa un tono cerimonioso e sorprendentemente calmo, considerando che il cuore le batte così forte che riesco a sentirlo.

«Buffo, incontrarti ieri al pub», mormora.

«Già.» Julie tiene gli occhi fissi sullo schermo. «Davvero buffo. Divertente, anzi. Io e Doug abbiamo ridacchiato per tutta la strada fino a casa.»

«D'accordo. Non è necessario esagerare.»

Julie si blocca. «Esagerare?» ripete a denti stretti, poi volta la testa e lo guarda con rabbia. «Se vuoi vedermi esagerare, posso esagerare.»

«Okay, okay. Calmati.» Luke si dà un'occhiata nervosa intorno. «Siamo ancora d'accordo per stasera?»

«Stasera?»

«È lunedì.» Lui picchietta sul calendario posato sulla scrivania, uno di quelli con una nuova frase motivazionale ogni giorno. Quella di oggi è RIMPIANGI SOLO LE COSE CHE NON HAI FATTO. Anche se in questo momento dubito che Julie la pensi allo stesso modo.

«Grazie mille, ma so benissimo che giorno è.»

«Ma il lunedì è la nostra serata. La nostra serata *abituale*», insiste Luke quasi sottovoce.

Con lo sguardo arrabbiato, lei digita alcune lettere dell'alfabeto nella prima riga del foglio di lavoro. Benché sia un po' difficile decifrarle dal pavimento, sembra che formino la parola COGLIONE in maiuscolo.

«Lo è. O meglio, lo *era*. Finché non ho visto tua moglie e ho scoperto che è *incinta*!»

Per un secondo, Luke pare soppesare l'idea di negare, il

che sarebbe l'ennesimo scivolone, particolarmente vergognoso persino per lui. «Oh, quello. Sì, giusto. Posso spiegarti», dice, anche se a giudicare dalla sua espressione preferirebbe non farlo. Soprattutto ora.

«Fa' pure.»

«Lo farò. Stasera.»

«Adesso. Oppure non ci sarà nessun stasera. O nessun'altra sera.»

Sono colpito dal tono fermo di Julie, finché noto che sta stringendo forte il bordo della scrivania, sforzandosi di trattenere le lacrime.

«Okay, okay. È incinta. Hai ragione.»

Lei tace, limitandosi a fissarlo, e Luke deglutisce a fatica.

«Ma non sono neppure... *Se potessi portarmi quei dati entro l'ora di pranzo, sarebbe...* sicuro che sia mio.»

Ha sussurrato-urlato-sussurrato l'ultima frase, anche se io e Julie impieghiamo un momento per capire che l'ha fatto per Tessa, che ci ha appena superati per dirigersi verso il distributore dell'acqua.

«Che cosa vuoi dire?» chiede Julie.

«Solo che Sarah...» Lui si concentra di nuovo sullo schermo aspettando che Tessa torni al suo posto. «Credo che frequenti un altro.»

«Che cosa?» Per una frazione di secondo, Julie sembra sul punto di consolarlo, e io sbuffo incredulo. Poi evidentemente si rende conto di qualcosa, perché si rabbuia in viso. «Aspetta. Hai detto che non sei sicuro che sia tuo.»

«Sì. Per la ragione che... ti ho appena spiegato.»

«Giusto.» Appoggiandosi allo schienale, lei volta la testa nella sua direzione. «Ma 'non sicuro' significa che potrebbe esserlo.»

«Sì, ma non ho le prove, capisci? Ho soltanto il sospetto che...»

«Aspetta un momento. Il discorso è un altro. Sarah è incinta, tu non sei sicuro che sia tuo figlio perché lei potrebbe essere andata a letto con un altro. Ma la possibilità che sia tuo significa che, nonostante quanto mi hai raccontato, vai a letto anche con lei.»

Luke la guarda per un istante, impallidendo. Per qualche secondo penso che sia davvero finita. Poi – e per certi versi è ammirevole – annuisce. «Certo che sono andato a letto con lei, ma solo per salvare le apparenze.»

«Scusa. Non...»

«È quello che volevo spiegarti stasera.» Scrolla il capo come se Julie avesse commesso un errore a pretendere spiegazioni qui e ora. «Io e Sarah siamo sposati. Non posso non andare a letto con lei, no?»

Julie lo fissa, smettendo di fingere interesse per il foglio di lavoro. «Scusa. Continuo a non...»

Luke lancia un'occhiata furtiva a destra e a sinistra. Poi, con il pretesto di indicare qualcosa sullo schermo, si piega un po' di più.

«Voglio lasciarla per stare con te, giusto? Solo che non posso ancora. Soprattutto perché è incinta. Insomma, chissà che ripercussioni potrebbe avere sul bambino. Così porto avanti la messa in scena finché...» Con le mani fa un gesto strano che dovrebbe indicare il miracolo del parto, anche se potrebbe benissimo simulare un brutto attacco di flatulenza. «E per farlo, mi spiace doverlo dire, sono costretto – ma di tanto in tanto – ad *andare a letto* con lei. Altrimenti mangerebbe la foglia.»

«Come ti salta in mente?»

Luke sospira spazientito. «Se non facessi sesso con lei, concluderebbe che lo faccio con un'altra. E poi chissà dove finiremmo!»

Allo scoperto, vorrei rispondere. *Dove saresti obbligato a prendere una decisione*. Ma non posso, ovviamente, e per ragioni molto diverse non può nemmeno Julie. O meglio, non *vuole*.

«Fidati», aggiunge Luke. «È a te che penso ogni volta.»

Julie spalanca la bocca come se non sapesse che cosa rispondere e, a essere sincero, non posso darle torto. Quel che è peggio è che *vuole* disperatamente credergli, anche solo per dimostrare a se stessa che non è stata una perfetta idiota e che c'è una logica nella follia di Luke. E se è evidente per me, sicuramente lo è anche per lui.

«So che per te è difficile», riprende. «Non è facile nemmeno per me. Ma mi serve ancora un po' di tempo. Finché...» Sta per rifare lo stesso gesto di prima, ma poi decide che forse un ufficio affollato non è il luogo più adatto.

Quindi – ed è un segno allarmante – il linguaggio del corpo di Julie cambia, forse perché Luke le ha dato una scadenza, seppure indefinita, per la fine del suo matrimonio. E, segnale ancora più sinistro, anche Luke se ne accorge.

«Dammi una possibilità», insiste. «Stasera. Per spiegarti esattamente. Te lo devo. Poi se deciderai che non vuoi continuare a...» abbassa ancora di più la voce, «collaborare con me, ti capirò.»

Persino io intuisco che non si riferisce a ciò che accade tra queste quattro mura. Lo stesso vale per Julie, immagino, perché dopo un momento sospira, afferra il mouse ed evidenzia la parola con la C in cima alle colonne. Le sue dita corrono sulla tastiera per un'eternità mentre io e Luke restiamo col fiato sospeso.

Nonostante preghi che prema CTRL e B schiaccia il tasto CANC.

Quando sostituisce le lettere con DA ME ALLE 20, alzo gli occhi su Luke, temendo già la sua faccia compiaciuta. Infatti, ha la stessa espressione che Santa aveva l'altro giorno mentre camminava sulla recinzione.

«Grazie, Julie», dice tornando a un volume normale. Poi accenna allo schermo. «È fantastico.»

Anche se, mentre lei si affretta a cancellare il foglio di lavoro, io penso l'esatto contrario.

10

Il resto della giornata scorre abbastanza tranquillo, a parte il momento in cui qualcuno finge di bere un sorso d'acqua dalla bottiglia di Tessa e, non accorgendosi che il tappo è stato tolto a scopo di aerazione, inghiotte accidentalmente il pesce. Incline a limitare i viaggi in ascensore, rifiuto quando Julie mi propone di passeggiare durante la pausa pranzo, così è un sollievo quando sospira e, confrontando il suo orologio con quello alla parete, spegne lo schermo del computer e slega il guinzaglio dalla gamba della scrivania.

«Andiamo, Doug. È ora di tornare a casa.»

Nonostante il fatto che «ora di tornare a casa» significhi «ora di vedere Luke», salto su obbediente dal punto in cui stavo sonnecchiando, mi allungo – suscitando un coro di «come sei snodato» tra i suoi colleghi – e la seguo allegramente, e coraggiosamente, nell'ascensore. Lungo il tragitto verso casa, mentre cerco di escogitare un'adeguata strategia anti-Luke, Julie mi sorprende fermandosi al parco.

Ipotizzo che sia perché non mi porterà a spasso più tardi, visto l'impegno con Luke, ma per una felicissima coincidenza, in lontananza, con indosso calzoncini, T-shirt, un cappellino, occhiali da sole, auricolari e scarpe da running, vedo Tom.

Corre verso di noi, ma invece di fare una delle lunghe corse a cui ha accennato Dot, sembra inseguire un enorme pastore tedesco dall'aria folle che si dirige a rotta di collo verso lo stagno.

Julie non l'ha visto, così – consapevole di non avere molto tempo – intuisco che devo inventarmi una scusa per convincere Tom a fermarsi, e il modo più ovvio sembra essere convincere il pastore tedesco a interrompere la sua corsa. Il fatto che sia molto più grande di me rappresenta un problema.

Mi volto verso Julie. Ha allungato il guinzaglio, concentrandosi sul telefono. Ben presto concludo che non ho altra scelta, perciò provo a intercettare l'altro cane, sperando che mi scambi per un giocherellone o almeno che faccia una sosta per annusarmi. Altrimenti dovrò sbarrargli la strada. Mi viene in mente troppo tardi che la bestiaccia potrebbe fraintendere le intenzioni di un cagnolino che, con gli occhi stravolti e la lingua penzoloni, si scaglia contro di lui alla velocità di un missile, ansimando per lo sforzo. La mia ipotesi è confermata quando il pastore tedesco mi si rivolta contro all'improvviso. Prima di capire che cosa stia succedendo, vedo un balenare di denti, una pioggia di saliva, e il mio orecchio sinistro rimane dolorosamente intrappolato tra le zanne della creatura.

Posso soltanto emettere un uggiolio patetico mentre mi guardo intorno alla disperata ricerca di Tom, con Julie che urla al bruto di lasciarmi andare. Quel maledetto cagnaccio non ha neppure il collare e, quando arrivo al punto di domandarmi se mi staccherà l'orecchio a morsi, sento qualcuno che ordina in tono deciso: «Rambo! No!» Quindi Tom piomba su di noi e, compiendo una temeraria manovra magica con le mani nella bocca del pastore tedesco, mi libera dalla stretta della morte. In una scena che mi ricorda *Il re leone*, mi prende in braccio e, sollevandomi sopra la testa in modo che la bestiaccia non possa raggiungermi nemmeno saltando, grida: «A casa, Rambo!»

Mi restituisce a Julie, e capisco di non essere mai stato più contento di vederlo. Difficile dire se la stessa cosa valga per lei, perché è troppo impegnata a esaminare il mio orecchio.

«Stai bene?» È quasi in lacrime e, benché la domanda sia rivolta a me, Tom annuisce.

«Sì. Rambo voleva solo giocare.»

«Non lei!» lo rimbecca Julie, spegnendo il suo sorriso come se avesse premuto un interruttore. «Doug?»

Con un guaito lamentoso, controllo furtivamente dove sia Rambo – mai nome fu più azzeccato – e noto con sollievo che sta tornando a casa come ordinato. L'orecchio mi brucia, ma il pastore tedesco non sta masticando niente, perciò immagino sia ancora attaccato al resto di me.

«Dovrebbe avere il guinzaglio», dice stizzita Julie mentre Rambo corre sull'erba, forse con l'intenzione di aggredire un altro cane innocente, e Tom annuisce.

«Dovrebbe.»

«Perché non ce l'ha?» Julie scuote rabbiosamente il capo. «Alle persone come lei dovrebbero proibire di possedere un cane.»

«Infatti non ce l'ho!»

«Non mi dica. In realtà, nessuno *possiede* un cane, vivono solo con te, blablà.»

«Non è...» Tom sembra un po' confuso da questi farneticamenti, e non è l'unico, «il mio cane.»

«No?»

«No.»

«Come fa a conoscere il suo nome?»

Sagace, Julie. Non capisco perché diavolo permetta a Luke di passarla liscia, qualunque cosa faccia o dica. D'altronde, si dice che l'amore sia cieco. Forse è anche sordo.

«La sua proprietaria, Emily, lo porta continuamente da me.» Tom osserva arrabbiato nella direzione in cui Rambo si è appena allontanato. «Scappa spesso. E si azzuffa.»

«Lo porta da lei?» Julie non dà ancora segno di averlo riconosciuto, anche se naturalmente potrebbe dipendere da come è andato il loro ultimo incontro o, per la precisione, da come si sono separati.

«Allo studio.» Tom si toglie il cappellino e gli occhiali, ma questi ultimi si impigliano nel filo degli auricolari e finiscono per penzolargli dal lato della testa.

«Oh», fa Julie vedendo Tom. «Oh! Sei *tu*.»

«Ciao. Tom, ricordi? Ci siamo conosciuti a casa...»

«Di Dot. Be', anche tua, suppongo.» Solleva la mano libera e, per un momento, temo che voglia fare la S di *sfigato* come l'altro giorno, ma è solo per spostarsi una ciocca di capelli dalla faccia. «Mi dispiace. E scusa per la mia piccola sfuriata. Ero solo preoccupata per Doug.»

«È comprensibile.»

«E per te, naturalmente. Sei stato molto coraggioso a intervenire in quel modo.»

«Certe volte incappi in una situazione difficile, e devi soltanto... entrare in azione.»

«Giusto», ammette Julie, anche se è arduo interpretare il suo tono. «Non so che cosa gli sia preso. Normalmente è così... pacifico.»

Tom sorride. «Sono sicuro che aveva le sue ragioni. Sono cani molto intelligenti, i carlini. In origine allevati come cagnolini da salotto per i monarchi cinesi, sai? E leali. Devoti ai loro padroni. La razza si può far risalire a duemila anni fa.»

«Giusto. Be', grazie per la conferenza, ma...»

«Era un documentario sugli animali.» Tom allarga il sorriso. «Non una conferenza.»

Dopo un momento – e sembra un momento momento,

come in quei piagnucolosi film della domenica pomeriggio che ogni tanto devo sorbirmi con Julie –, Tom riporta l'attenzione su di me. «Vuoi che gli dia un'occhiata?»

«No, non preoccuparti. Sono certa che sta...» Facendo un verso a metà strada tra lo sbuffo e l'uggiolio, incrocio gli occhi perché l'orecchio mi *fa male*, ma anche perché dovrei aver riportato una lesione al cervello per non capire che questa è un'altra delle opportunità di cui Priya parlava l'altro giorno. «Forse è meglio di sì. Se non ti dispiace.»

«Niente affatto.»

Julie mi adagia con delicatezza su una panchina, poi Tom si accovaccia davanti a me e mi esamina l'orecchio. «Da bravo, Doug», dice, e io agito appena la coda nel tentativo di comunicare che *sono bravo*, ma che in questo caso sono un po' a disagio.

Mentre mi tasta la ferita, alzo lo sguardo su Julie. Mi guarda ansiosamente, ma di tanto in tanto lancia un'occhiata a Tom, come se lo stesse studiando, forse addirittura prendendo in considerazione l'idea di perdonarlo dopo la scenata dell'altro giorno. Sia come sia, suppongo che dovrei fare i salti di gioia per questa minuscola vittoria. Anche se lui fa il V-E-T-E-R-I-N-A-R-I-O, e anche se mi sarebbe potuto costare un orecchio.

Dopo un istante, Tom si rialza con un'espressione non troppo preoccupata. «Sopravvivrà», dichiara per il sollievo di tutti i presenti. «In realtà, non sembra troppo grave. Probabilmente è meglio disinfettarlo bene, però, e mettere qualche punto. Tanto per sicurezza.»

«Va bene.» Julie abbassa gli occhi su di me e sorride con distacco. «Prenderò appuntamento con il mio...»

«Non è necessario. Il mio studio è dall'altra parte del parco. Ero uscito per una corsetta dopo il lavoro, perciò se vuoi posso applicarli io.»

Mi domando come si «applichino» dei punti, quando Julie controlla l'orologio. «Non saprei. Devo...»

«Dieci minuti al massimo», assicura Tom. «Ed è meglio disinfettare subito l'orecchio, altrimenti...» Fa una faccia che non mi piace, poi sorride, anche se non lo trovo molto confortante. Questo è il genere di cose che succede sulla strada verso il vero amore, se si deve credere a film quali *Il diario di Bridget Jones*, così se il mio piccolo sacrificio contribuirà a mettere insieme questi due, immagino che ne valga la pena.

«Sarebbe molto gentile da parte tua», accetta Julie, e lui sorride di nuovo, un gran sorriso caloroso che, quando si rivolge nella mia direzione, si irradia fino alla punta della mia coda.

«Inoltre avrò modo di scusarmi.»

«Per che cosa?»

«Per l'altro giorno. Al barbecue. Ero un po' suscettibile, e avevo bevuto due o tre birre, e mi rendo conto sia che ho problemi di fiducia sia che devo smettere di fare di tutta l'erba un fascio, perciò...» Tom ha l'aria di voler ammettere un torto, anche se evidentemente non ha il coraggio. «Be', in breve, non avrei dovuto farti la predica.»

«No, non avresti dovuto», replica Julie, ma sembra che non abbia intenzione di fargliene una a sua volta.

«Perciò prometto di scendere dal piedistallo.»

«In questo caso, affare fatto.»

Sono contento perché, anche se è un affare fatto e non un appuntamento, lei non oppone resistenza.

Tom è un bravo V-E-T-E-R-I-N-A-R-I-O. Non sento niente, benché mi faccia un'iniezione, mi rasi la parte in cui sono stato morsicato e poi mi applichi sei punti. L'unico aspetto di cui non sono contento è la necessità di indossare uno di quei ridicoli coni di plastica intorno alla testa, che mi rende simile a un paralume. Lungo il tragitto verso la macchina cerco di non urtare gli oggetti e fatico ad annusare qualunque cosa, mentre prego di non incrociare nessuno che conosco. Sebbene Julie non abbia preso il numero di Tom, e Tom non abbia chiesto quello di Julie, e sebbene l'unico contatto in vista sia il controllo per togliere i punti a fine settimana, suppongo che sia già qualcosa.

Quando raggiungiamo l'auto, mi chiedo se dipenda dall'influenza di Luke. Tom è carino – in quanto essere umano – con un bel sorriso, occhi gentili, senso dell'umorismo, e ha un lavoro che le donne dovrebbero trovare attraente, eppure Julie sembrava più impaziente di me di andarsene.

Lungo la strada di casa ci fermiamo al supermercato per comprare deliziose crocchette per cani, una cosa che normalmente mi riempirebbe di entusiasmo, ma questa volta so che Julie le userà per nascondere le compresse antibiotiche. E mi viene in mente che forse lei ha bisogno dell'equivalente relazionale degli antibiotici per espellere Luke dal suo organismo una volta per tutte.

Forse è un ruolo che Tom può ricoprire.

Ma con la visita di Luke in programma per questa sera, convincere Julie a inghiottire quella particolare pillola potrebbe essere ancora più faticoso.

11

C'È un profumino delizioso che proviene dalla cucina, e sto per entrare e aiutare Julie offrendomi di assaggiare un altro po' del chili con carne che sta cucinando quando un odore diverso, meno gradevole, mi aggredisce le narici. Luke ama una particolare marca di colonia che – almeno secondo gli spot televisivi – non appena viene aperto il flacone garantisce l'assalto di donne bellissime, spesso sulla spiaggia di un'isola deserta, e la zaffata travolgente che fiuto all'improvviso può significare una cosa sola. Sfreccio lungo il corridoio e ringhio davanti alla porta quando Julie mi guarda severa.

«*Doug!*» scandisce in tono fermo, così mi allontano con difficoltà per permetterle di aprire, poi torno in cucina. Dopo un momento, durante il quale per fortuna non risuona il «mmm» che Luke fa di solito quando si salutano con un bacio – da cui deduco che non ci sono stati baci –, lui entra in cucina, getta la chiave della macchina sul tavolo e, vedendomi, fa un sorriso di scherno.

«Bel cono, Doug.»

Questo, intuisco, è quello che si chiama «sarcasmo», anche se non sono sicuro di quale sia la reazione appropriata. So soltanto che è crudele ridere delle disabilità altrui, dunque perlomeno Luke non si sta ingraziando il karma. Non potendo morsicarlo, mi limito a guaire con tutto lo sdegno possibile. Noto con piacere che la plastica amplifica il suono.

Prendendo un nacho dalla ciotola sul tavolo, Julie lo lancia nella mia direzione ma, disorientato dal cono, non riesco ad acchiapparlo con le zampe, bensì solo a incastrarmelo sotto il mento.

«L'hanno aggredito al parco mentre tornavamo a casa.» Recuperando il nacho, Julie me lo infila in bocca.

«Capisco.» Luke pare domandarsi se mostrare solidarietà nei miei confronti possa aiutare la sua causa questa sera, ma ben presto decide che non gliene frega un fico secco. «Mi raccomando, apri bene le orecchie, eh, Doug?» scherza, malgrado nessuno, né io né Julie, lo trovi spiritoso.

Nonostante ciò, mi avvicino e mi siedo ai suoi piedi, proprio tra lui e Julie.

«Allora?» Evidentemente Julie è ancora furiosa, benché Luke abbia l'aria di chi crede di averla fatta franca.

«Allora... Eri sexy al lavoro.» Cerca di prenderla tra le braccia, una mossa che la mia posizione strategica rende un po' goffa.

«Davvero.» Non è una domanda.

«Altroché. Lo sei sempre. Soprattutto ora.»

«Non illuderti di cavartela così.»

«A che cosa ti riferisci?»

«Hai promesso che mi avresti dato delle spiegazioni.» Con calma, Julie si libera delle sue mani intorno alla vita. «Riguardo a tua moglie.»

«Per esempio?»

«Il fatto che vai ancora a letto con lei nonostante ciò che mi avevi detto.»

Luke si stizzisce, quasi dovesse ripetere un concetto a una

bambina ritardata. «Come ti dicevo, *devo* farlo. Altrimenti si insospettirebbe. Non che mi piaccia, ben inteso.»

«E il fatto che sia *incinta*?»

«È la ragione per cui non posso lasciarla. Non ancora, almeno», si affretta a specificare. «Insomma, che razza di persona sarei?»

«Così vuoi lasciarla dopo la nascita del bambino?»

«Sì.» Luke esita, o perché forse non è la cosa più onorevole da ammettere o perché vuole andarci piano con gli impegni seri. «Ovviamente non subito. Resterò con lei abbastanza a lungo per essere sicuro.»

«Essere sicuro?»

«Sì.» Vedendo il bicchiere di Julie sul tavolo, Luke lo riempie a metà e lo beve quasi tutto. «Che non sia mio. Allora...» Finisce il vino, quindi fa il gesto della fuga con le dita. «Allora avrò un motivo per piantarla.»

«Un motivo per piantarla!» geme Julie, aggiungendo un lamentoso: «O per piantare me!» in reazione alla sua espressione vuota.

«Sai che cosa intendo.»

Julie afferra un altro bicchiere dal mobiletto, poi aspetta che Luke glielo riempia. Quando lui non si muove, lei si versa quanto resta della bottiglia. «Ma... a rischio di fare una domanda scontata...» Inghiotte un sorso di vino. E poi un altro. «E se lo fosse?»

«E se lo fosse, che cosa?»

«Il bambino. Tuo.»

Una scrollata di spalle. «Non è così, no?»

«Perché no?»

«Perché Sarah, sai...» Luke aspetta che Julie finisca la frase, poi si rende conto che questa sera tocca a lui agire. «Frequenta un altro. E anche se fosse mio... Come ho detto, mia moglie cerca di mettermi il cappio al collo, no? E non è giusto. Perciò non può pretendere che stia con lei. Insomma, farò il mio dovere, capisci. Porterò l'affarino al parco nel week-end. Mi assicurerò che abbia cibo e acqua. Un po' come fai tu con Doug...» Scoppia a ridere, ma smette quando nota l'espressione contrariata di Julie. «*Scherzo.*»

«Non hai scelto le parole più adatte», commenta lei, al che faccio uno sbuffo beffardo.

«Dobbiamo proprio parlare di questo?» chiede stanco Luke.

Lei lo fissa come a dire: *Altroché se dobbiamo!*

«Sei stato tu a dire che volevi dare delle spiegazioni.»

«E te le ho date, no?» Luke alza le mani. «Non so cos'altro dire. Le cose stanno così. Puoi scegliere di credermi oppure no. E se decidi di no...»

Controlla con esagerazione l'orologio e, come se qualcuno avesse premuto un interruttore, d'un tratto Julie sembra temere di superare il confine tra il rispondergli per le rime e il farlo incazzare.

«Mi dispiace», dice, anche se è lui che dovrebbe scusarsi. «È che... vedervi così, e il fatto che lei è...»

«Lo so, lo so. È difficile per tutti noi», la tranquillizza Luke. A quanto pare, tuttavia, per lui non lo è *affatto*. «Deve essere stato uno choc per te. Fidati, lo è stato anche per me! Ma concedimi appena un altro po' di tempo. Puoi farlo? Per me? Per *noi*?»

Julie esita per un momento, nota che il bicchiere di Luke è più vuoto del suo – ma non quanto la bottiglia –, così gli dà metà del proprio vino e, in modo piuttosto inopportuno a mio parere, fa un piccolo brindisi.

«Penso di sì.» Attraversa la cucina per controllare il bollitore. «Ma sono ancora arrabbiata con te. Perché mi hai mentito.»

«Solo per non ferirti.»

«Be', l'hai fatto!»

«Mi dispiace.» Luke parla con una punta di esasperazione. «Dico davvero. Perciò mettiamoci una pietra sopra e...»

Stampandosi sulla faccia quello che credo voglia essere un sorriso seducente, raggiunge Julie e inizia a sbottonarle la camicetta, ma lei gli allontana le mani.

«Scusa. Non sono... in vena.»

«Allora che cosa ci faccio qui?»

«Non lo so.» Alza le mani, frustrata. «Pensavo che potessimo semplicemente cenare insieme. Parlare ancora un po'. Passare una tranquilla serata tra adulti.»

Il sottinteso è «come una coppia normale» e Luke si infila le mani in tasca come un teenager imbronciato. «D'accordo.» Abbassa gli occhi su di me e io sostengo il suo sguardo. «Ma ti andrebbe di uscire?»

«Uscire *uscire*?» Julie non riesce a nascondere lo stupore. «Non credevo che saremmo...?»

«Prendiamo qualcosa da asporto e lo mangiamo in auto. Potremmo parcheggiare da qualche parte.»

«Oh.» Julie sembra improvvisamente delusa.

«È solo che...» Luke punta il pollice capovolto nella mia direzione, come un imperatore romano che ordina di uccidere qualcuno. «Doug mi guarda sempre male. E sarebbe bello stare da soli. Noi due. Soltanto tu e io...»

Ha ripetuto lo stesso concetto tre volte, quasi Julie fosse stupida. Cosa che non è, anche se in questo momento dà l'impressione di aver bisogno di un'iniezione di buon senso.

«Giusto. Solo che... ho già cucinato.»

«Che cosa?»

«Ho già cucinato, ho detto.»

«E io ho detto: 'Che cosa'. Nel senso di 'cos'hai già cucinato'?»

Mi trattengo dal lanciarmi contro i suoi stinchi a tutta

velocità. È tipico di Luke. Quasi tutti sarebbero grati a Julie per aver preparato loro qualcosa da mangiare. Io lo sono, anche quando l'unica cosa che fa è aprire una confezione. Ma evidentemente Luke deciderà se cenare a casa oppure no in base a che cosa lei è stata così amorevole da cucinargli. Un esempio lampante di comportamento felino.

«Il tuo preferito.»

«Sarebbe a dire?»

Faccio l'equivalente canino di roteare gli occhi. Se Luke non sa nemmeno quale sia il suo piatto preferito... D'altronde, non sembra in grado di decidere chi sia la sua preferita tra Julie e sua moglie.

«Chili con carne.»

«Ah.»

«Che cosa significa?»

«Non mi è mai piaciuto.»

«Il chili? Ma lo mangi ogni volta che ordiniamo la consegna a domicilio da *Nacho Daddy's*.»

«Il *tuo* chili.»

Julie ci resta così male che temo possa svenire. «Ma...» Non riesce a dire altro prima che il labbro inizi a tremarle.

«Niente di personale, tesoro.» Luke suona tutt'altro che sincero. «È solo che preferisco... il loro. Ecco tutto.»

Scende il silenzio per un momento, poi Julie va ai fornelli, afferra la pentola e la svuota direttamente nel secchio collocato nell'angolo della stanza. Inorridisco, ma Luke si limita a sospirare piano.

«Ci risiamo.»

«In che senso?»

«Di queste cose ne vedo già abbastanza a casa.»

Julie incrocia le braccia con aria di sfida, nonostante al mio occhio allenato sembri sull'orlo delle lacrime. «A quanto pare, a casa vedi abbastanza di *ogni* cosa.»

Luke la fissa. «Ero certo che non mi avessi ancora perdonato!» Continua a guardarla per uno o due secondi, poi abbassa gli occhi su di me e, come un pessimo attore, si accascia senza preavviso sul tavolo della cucina, prendendosi la testa tra le mani. «Pensi che sia facile per me?»

«Sì, sinceramente sì!»

«Be', ti sbagli!» Luke dimostra la capacità argomentativa di un bambino di cinque anni. Poi, in un classico esempio di manovra diversiva e di inequivocabile ultimatum, scuote mestamente la testa. «Devi superarlo, se vogliamo avere un futuro insieme.»

«*Superarlo*?»

«È questo che vuoi, no? Noi due? Per sempre?»

Lei esita, e mi ritrovo a sperare, anzi a *implorare*, che risponda: *Non più*. Ma, come una donna che sta annegando e che si vede lanciare un salvagente, si aggrappa all'ultima frase di Luke con entrambe le mani.

«*Certo* che sì. È quello che ho sempre voluto.»

«Allora smetti di comportarti come se riguardasse solo te. Come credi che mi senta, cercando di fare la cosa giusta per tutti, vedendoti ogni giorno al lavoro, sapendo che non potremo stare insieme finché...?»

«Non... non pensavo... E ho bisogno di...»

Luke sostiene il suo sguardo per cinque secondi circa, poi, neanche fosse lui a perdonare lei, si alza spingendo indietro la sedia con il retro delle ginocchia e allarga le braccia.

«Vieni qui.»

Julie non si muove e, per un attimo, mi illudo che sia rinsavita. Pare che stia valutando le diverse opzioni, e Luke sembra temere che non vincerà questa discussione. Così – e forse è la cosa più spregevole che lui abbia fatto, il che, a ben pensarci, significa che è davvero disgustosa – sfodera un'espressione patetica e dichiara: «Non sono pronto per mettere su famiglia. Non ancora. Almeno non con Sarah. Vorrei prendere questa decisione solo con qualcuno...»

Dopo una pausa melodrammatica, guarda Julie per darle a intendere che parla di lei. «Qualcuno di cui sono innamorato.»

Con l'aria di un uomo consapevole di aver lanciato la palla nel campo avversario e sicuro che stia per tornare indietro, afferra le chiavi sul tavolo. Quindi attraversa la cucina e dà a Julie un casto bacio sulla fronte.

«Esco da solo.» Voltandosi rapidamente, imbocca il corridoio.

Lo seguo – perché non ci si può mai fidare di ciò che dice – e in quel preciso istante faccio una promessa a me stesso. Non ci sarà nessuna riconciliazione. Non sotto la mia vigilanza.

E fidatevi, vigilerò *molto* attentamente.

12

«FERITE di guerra, eh, Doug?»

Jim è venuto a prendermi per la mia passeggiata mattutina, e la sua espressione – un misto di pietà e apprensione – quando vede il cono è l'esatto contrario di quella di Luke ieri sera.

«Una piccola zuffa con un pastore tedesco al parco», spiega Julie.

Lui sembra colpito. «Meno male che non è nulla di grave, piccoletto. Ma non ti hanno insegnato a scegliere le tue battaglie?»

Lo guardo. Non ho scelto quella particolare battaglia. Inoltre, sono concentrato sulla guerra contro Luke.

«Non sei in ritardo per il lavoro?» domanda Jim, ma Julie fa no con la testa.

«Visita dal medico.»

Suo padre si preoccupa. «Stai male?» Le mette il palmo sulla fronte.

Julie ride. «No. Mi vedo con Priya per un caffè. Vado in ufficio nel pomeriggio. Perciò porto io Doug a passeggio, se non ti dispiace perdere il tuo appuntamento fisso al *Park Café*.»

Lui guarda prima me, poi lei, quindi sospira. «No, nessun problema. Probabilmente è meglio così.»

«Come sarebbe a dire?»

«Oh, lo sai.»

Evidentemente Julie non lo sa, perché incrocia le braccia con decisione. «Papà?»

Lui si siede sul divano, così cerco di saltare su per mettermi al suo fianco, ma sono disorientato per colpa di questo stupido cono, e riesco ad appoggiare al cuscino appena la metà anteriore del mio corpo. Mentre scivolo quasi al rallentatore verso la moquette, Jim scuote la testa.

«Non voglio dare a Dot l'impressione sbagliata.»

«E quale sarebbe, esattamente?»

«Di essere, sai...» Raccogliendomi, mi posa sul divano accanto a sé. «Interessato.»

«E non lo sei?»

«No!»

«Perché sicuramente al barbecue sembrava di sì.»

«Okay, sì. Ma non sarebbe...»

«Che cosa?»

«Opportuno.»

Julie mi sposta di mezzo metro lungo il divano, accomodandosi vicino a suo padre. «Lei vorrebbe che tu fossi felice, sai?»

«Eh?»

«La mamma.» Gli prende la mano. «Pensi ancora a lei, vero? Senti ancora la sua mancanza.»

Lui annuisce. «Ogni giorno. Anzi, praticamente ogni ora di ogni giorno. Tua madre era la mia vita. Finché non lo sei diventata tu.»

«Fa lo stesso.»

«Inoltre.» Le dà un colpetto alla mano. «Sono *felice*.»

«Ma potresti esserlo di più.» Lo guarda con espressione supplichevole. «Il tempo guarisce tutte le ferite eccetera.»

Suo padre fa un sorriso stiracchiato. «Se fosse vero, tua madre sarebbe migliorata, invece di soffrire per anni.»

«Non è quello che intendevo.»

«Lo so, tesoro. Ma quello che avevamo io e tua madre...» Jim si interrompe, con lo sguardo perso altrove. «Dico solo che una fortuna così non capita due volte.»

«Chi lo dice?»

«Eh?»

«So che tu e la mamma avevate un rapporto speciale e che forse non incontrerai un'altra come lei. Ma è proprio questo il punto. Potresti conoscere qualcuno di diverso. Qualcuno come Dot. E in un certo senso sarebbe meglio, perché non confronteresti continuamente la vostra relazione con quella che avevi prima.»

Suo padre la fissa per un momento. «È un ragionamento logico, ma non significa necessariamente che sia corretto.»

«Pensi davvero che la mamma avrebbe voluto che restassi solo per il resto della vita, specie se lo fai soltanto in sua memoria?» Julie lancia un'occhiata al cielo per dare enfasi alla domanda. «Scommetto che ora ti guarda da lassù con la stessa espressione esasperata di quando tornavi a casa con l'ennesimo utensile elettrico comprato alla ferramenta perché era in saldo, anche se non sapevi a che cosa servisse e probabilmente non l'avresti mai usato.»

Lui ridacchia. «Lo facevo spesso, vero?»

Julie annuisce. «O quella volta che hai deciso di produrre il vino da solo, poi hai concluso che era più rapido e più facile – nonché più economico – fare un salto al negozio all'angolo, nonostante ormai avessi acquistato l'intera attrezzatura necessaria.»

Suo padre alza le mani. «Colpevole di tutte le accuse.»

«O il giorno in cui...»

«Okay, okay.» Sollevando lo sguardo, Jim borbotta un terzo okay, quindi arrossisce.

«Coraggio. Chiedi a Dot di uscire.»

«Per un *appuntamento*?» Suo padre inorridisce.

«No, per un incontro di lotta libera. *Certo*, per un appuntamento.»

«Non posso.»

«No, non vuoi. C'è una bella differenza.»

«E se rifiutasse?»

Julie si alza a metà dal divano. «Vuoi che porti Doug al parco, così la invito al posto tuo?»

«Non azzardarti!»

Julie si risiede con un sorrisetto compiaciuto, e suo padre fa un'espressione pensierosa, come se riflettesse sui suoi consigli. Così ne approfitto per scivolare verso Julie, infilandomi tra loro.

«Immaginiamo che lo faccia.» Lui abbassa la voce. «In che cosa consiste esattamente un appuntamento, al giorno d'oggi?»

«Be'...» Un'esitazione. «Ti suggerirei di portarla fuori per un caffè, ma dato il lavoro che fa, potrebbe non essere l'idea migliore.»

«No.» Mi accarezza distrattamente. «Che cosa ne dici di una serata Netflix e coccole?»

Julie rimane a bocca aperta. «Magari non per il primo appuntamento. E almeno *hai* Netflix?»

«Non sono sicuro. Ce l'ho?»

«Allora è un no.» Lei ride. «Perché non le proponi una semplice passeggiata lungo il fiume di pomeriggio? Porta anche Doug. Ti aiuterà a rompere il ghiaccio. Vi potreste fermare a un pub lungo la strada, ordinare un drink...»

Mentre Jim riflette, lo faccio anch'io, con una certa soddisfazione.

«Ci penserò su, tesoro», dice alla fine.

«Promesso?»

«Promesso.»

«Perché altrimenti non potrai mai saperlo.»

«Okay, okay.»

Julie gli dà un bacio, poi dice: «Magnifico», e mi rendo conto che lo è davvero.

Infatti, se suo padre può rimediare a un *errore madornale* come quello di aver perso sua moglie, di sicuro Julie può rimediare all'errore che sta commettendo con Luke.

Priya ci sta già aspettando a un tavolo accanto alla vetrata, nel caffè in fondo a High Street, sorseggiando quello che, dall'odore, sembra un latte macchiato nella tazza più grande che io abbia mai visto. Agita la mano, guarda il mio cono con curiosità, quindi ci stringe entrambi in un abbraccio prima che Julie scoppi in lacrime.

«Oh, *Jules*!» dice quando la sua amica smette di piangere, anche se nello stesso tono con cui si potrebbe dire: *Che c'è adesso?* provocando un'altra crisi di pianto a cui non riesco a mettere fine nemmeno strofinando il muso contro la gamba di Julie.

«Luke... Abbiamo litigato.»

«Di nuovo?» Forse Priya sottintende qualcosa, e Julie annuisce.

«Ieri sera. È venuto per spiegarmi, sai...»

«Il fatto che si scopa ancora la moglie incinta?»

Julie fa sì con la testa, a ritmo dei singhiozzi. «E ha detto che il mio chili non gli è mai piaciuto...»

«Che *bastardo*!»

«Così l'ho buttato nella spazzatura, poi ha detto che vorrebbe un bambino da me, non da sua moglie...»

«Una reazione un po' estrema.»

«E Doug è stato morsicato all'orecchio...»

«Da *Luke*?»

«Da Rambo! Al parco.»

«Aspetta.» Priya mi guarda disperata. «Comincia dall'inizio.»

«Quale inizio?» geme Julie.

«Domenica. Quando hai detto di aver visto Luke e sua moglie in città.»

«È stato orribile», racconta Julie dopo aver ripreso fiato. «Passeggiava con lei lungo High Street come se... come se...»

«Fossero marito e moglie?»

Julie le lancia un'occhiata, poi preleva un mazzo di tovagliolini dal distributore sul tavolo. «E poi al pub, erano seduti come...» Si pulisce il naso così forte da far traballare la tazza di Priya sul piattino. «Come se fossero una coppia. E poi c'ero io, che bevevo un drink con *Doug*...»

«Prendi.» Priya mette giù il muffin che stava scartando e spinge attraverso il tavolo il cappuccino che si è presa la libertà di ordinare per Julie.

«Grazie.» Julie soffia sopra la tazza e, dopo aver fatto qualche respiro per calmarsi, beve un sorso. «Scusa, P. È stato solo lo choc di vederli insieme in quel modo. E poi, quando è venuta al mio tavolo...»

«È venuta al tuo tavolo?»

«Ha visto Doug mentre andava alla toilette, e sai l'effetto che ha sulle persone, così si è fermata ad accarezzarlo.»

«Scommetto che per poco non ti è venuto un colpo!»

«Puoi dirlo forte.»

Priya annuisce, quindi mi gratta dietro l'orecchio sano.

«Be', hai il cane più tenero del mondo. Anche con un paralume intorno alla testa.»

Sbuffo in segno di conferma, e Julie sorride orgogliosa. «Comunque», prosegue, «mentre lei era in bagno, Luke è venuto a chiedermi di andarmene...»

«Che faccia tosta!»

«Poi lei è tornata e Luke le ha detto che lavoriamo insieme, e lei mi ha invitata a pranzare con loro...»

«Che stronza!»

Ovviamente Priya è ironica, perché sorride, e Julie fa del suo meglio per imitarla, poi ricomincia a piangere. «È proprio questo il problema! È stata molto *gentile*.»

Priya le dà un colpetto sul dorso della mano, quindi si guarda intorno e abbassa la voce.

«Non hai pensato... insomma... di *dirglielo*?»

«Dirglielo?» Julie spalanca la bocca. «È *incinta*, P. Come avrei potuto?»

«Motivo in più perché sappia in che cosa si sta cacciando...» Priya si incupisce all'improvviso. «Cristo. E ti aveva detto che non facevano sesso, giusto?»

«Giusto. Che ormai erano come fratello e sorella.»

«Ancora peggio!» Facendo una smorfia e una pausa a effetto, Priya stacca un pezzetto di muffin, se lo mette in bocca e prende la tazza. «Di quanti mesi credi che sia?»

Julie mima diversi gradi di pancione, poi scrolla le spalle, incerta. «Cinque o sei mesi?»

«E tu e Luke quando avete iniziato a... sai...» Priya tentenna, «'frequentarvi', diciamo.»

«Undici mesi e due giorni fa.» Julie distoglie lo sguardo. «Più o meno.»

«Che *bastardo*!»

«Concordo! A meno che...»

«Come può esserci un *a meno che*?»

«Forse, come ha detto Luke, non è suo figlio. Forse lei ha avuto una storia, come lui, ed è rimasta incinta, e domenica si sono visti a pranzo per discutere di come procedere ora.»

Priya sospira esasperata, come l'ho sentita fare più di una volta in presenza di Julie. «Sì. Probabilmente questo spiega perché ti ha invitata a mangiare con loro. Per chiedere consiglio a una perfetta estranea.»

«O forse lui ha solo provato pena per lei una sera e... ha fatto uno sbaglio, e lei l'ha ingannato, restando incinta per cercare di tenerselo stretto e...»

«*Jules...*»

«Potrebbe essere andata così.»

«Sì, potrebbe. Ma è molto improbabile.» Priya mi dà un pezzettino di muffin. «Ammettilo, Jules. Luke ti ha mentito. E se ti ha mentito su questo, immagina su quante altre cose potrebbe averlo fatto.»

Julie si dondola sulla sedia, poi sospira forte. «Mi sono fatta fregare in pieno. Vero?»

«Forse.» Priya tintinna la tazza contro la sua. «Ma c'è un modo per appurarlo.»

«Cioè?» domanda Julie, disperata.

«Chiederlo a Sarah.»

«Che cosa?»

Priya si stringe nelle spalle. «Mi sembra sia l'unica maniera per scoprire la verità.»

Julie pare mortificata. «Non posso.»

«Perché mai? Hai detto che sembra molto gentile. Ti ha persino invitata a pranzare con loro.» Si appoggia allo schienale, incrociando le braccia. «Non hai niente da perdere, mentre per Luke è vero il contrario. Inoltre, uscirà dai gangheri, sapendo che sei culo e camicia con sua moglie. Come minimo, sarà interessante. E potrebbe persino costringerlo a prendere una decisione...»

Julie strizza le palpebre, dubbiosa, ma io allargo le mie, concludendo che è un'*ottima* idea. Anche se so che potrebbe andare malissimo, una parte di me è curiosa di vedere come finirà. Devo solo farlo accadere.

E, per fortuna, so esattamente come riuscirci.

13

È MERCOLEDÌ e, grazie a un'esibizione da Oscar del sottoscritto – con tanto di occhi tristi e cono di plastica mentre Julie si preparava –, questa mattina lei lavora a casa. Quando telefona a suo padre per informarlo che non è necessario che venga a prendermi per la solita passeggiata, lui sembra un po' demoralizzato, e mi sento un tantino in colpa, perché non avrà una scusa per andare al *Park Café*, ma è un piccolo prezzo da pagare per l'attuazione del mio piano.

«Non da quella parte, Doug», dice Julie quando svolto a sinistra in fondo alla nostra via e strattono con insistenza il guinzaglio, sperando che lei attribuisca la scelta di un itinerario alternativo al disorientamento causato dal mio ornamento di plastica. Dopo aver provato invano per qualche secondo ad attirarmi verso il solito percorso, chiede: «Niente parco oggi?» ma io sbuffo e continuo a camminare.

Ho un'idea approssimativa della strada lungo la quale mi sto dirigendo. Ci sono stato una volta, quando Julie, ubriaca, ha deciso di fare un po' di stalking a distanza durante una passeggiata serale. Spero che si renda conto di dove la porti solo quando sarà troppo tardi.

Per fortuna è più interessata al telefono e sembra felice

che la guidi, così è soltanto quando arriviamo a destinazione – una grande casa di mattoni rossi che puzza vagamente di Luke, al centro di una fila di villette a schiera vittoriane nel quartiere più elegante della città – che alza lo sguardo dallo schermo e impallidisce.

«Doug?» dice esitante quando mi fermo ad annusare il cancello, assicurandomi che l'odore provenga davvero dall'edificio anziché spandersi nel vento. Ma la traccia ha un che di invecchiato, una *stratificazione*, quasi fosse storica, perciò questa è sicuramente la casa di Luke. Dove, presumo, vive anche sua moglie.

Faccio del mio meglio per fiutare l'odore di Sarah ma, prima che riesca a individuarlo, Julie mi trascina via. Un po' bruscamente, devo dire, date le mie condizioni. Sto per dar voce alla mia irritazione quando mi accorgo che il piano ha funzionato, perché all'improvviso Julie non desidera più fuggire, bensì sbircia l'edificio con curiosità.

Attraversiamo furtivamente la strada, poi lei si preme il cellulare contro l'orecchio, fingendo di essere nel bel mezzo di una conversazione, nonostante per tutto il tempo tenga gli occhi puntati sulla casa. D'un tratto – il mio tempismo non avrebbe potuto essere migliore – un'auto si ferma, fa retromarcia nel posteggio libero davanti al cancello e, con inequivocabile orrore di Julie, Sarah scende goffamente.

Julie è ancora al telefono, anche se la finta conversazione è stata sostituita da una serie di parole più colorite e, in mancanza di altre idee, si rintana dietro una macchina parcheggiata, neanche si nascondesse da un cecchino.

Intuendo che il piano rischia di fallire, mi avvicino con cautela verso sinistra e osservo da dietro il paraurti posteriore, domandandomi come attirare l'attenzione di Sarah senza abbaiare in modo marcato. Mentre si dirige verso il lato opposto della sua auto e scarica diversi voluminosi sacchetti della spesa, guaisco per la frustrazione, temendo che di questo passo non ci veda. Meno male che il cono funge da megafono, perché Sarah alza gli occhi e mi vede dall'altra parte della strada. Sorride e poi – anche se sono troppo stordito per avvertire Julie – viene verso di noi.

«Ciao, bellissimo», esordisce. «Sei solo?»

D'istinto mi giro a guardare Julie, che scuote la testa con foga articolando con le labbra la parola «no». Tuttavia, Sarah capisce lo stesso la risposta quando si accovaccia per accarezzarmi e, seguendo con lo sguardo il guinzaglio estensibile oltre il lato opposto dell'auto, vede Julie seduta sul marciapiede.

«Tutto bene?»

Julie sussulta. «Che cosa? Io? Sì, benissimo. Stavo solo, sa...» contrae i lineamenti per lo sforzo di inventare una scusa, «raccogliendo i bisogni del mio cane», continua, come se ci avesse appena pensato e fosse molto soddisfatta.

«Capisco.» Sarah non sembra convinta fino in fondo.

«Quando mi sono accorta che era solo pipì e che dunque non c'era niente da raccogliere, ho avuto un capogiro improvviso. Così mi sono seduta per un momento.»

«Oh», fa Sarah nello stesso tono, raddrizzandosi a fatica.

«Naturalmente, per lei sarà all'ordine del giorno», aggiunge Julie, tentando disperatamente di riempire il vuoto nella conversazione.

«Che cosa?»

«Lo sa.» Julie accenna al pancione. «Scusi, non volevo... Ci conosciamo?» Evidentemente ha deciso che la miglior difesa è l'attacco.

«Non saprei.»

«Sì!» esclama Julie, come se si fosse appena ricordata la risposta a una domanda assillante. «Al pub. La scorsa domenica. Sei Sarah, la moglie di Luke. Scusa, questo lo sapevi già. Io sono Julie. Lavoro per lui. E questo è...»

«Doug! Certo! Come ho potuto dimenticarlo.» Sarah mi sorride, ricevendo in cambio uno sbuffo. «Scusa, non ti avevo riconosciuto, con il cono.»

«Pastore tedesco», spiega Julie, e Sarah assume un'espressione compassionevole.

«Questa sì che è una bella sorpresa.»

Julie fa una faccia come a dire che il mondo è piccolo, poi lo dice: «Il mondo è piccolo», tanto per avvalorare questa tesi.

«Vivi da queste parti?»

«No. Dall'altro lato della città. Sandycombe Road.» Julie salta su dal marciapiede, spazzolandosi via lo sporco dai jeans. «Stavo portando Doug a passeggio. Di solito andiamo al parco ma, a dire la verità, penso che si vergogni un po' del cono, così ha deciso di venire qui. Forse cercava un posto dove non avrebbe incontrato nessuno che conosce.»

«È... straordinario», commenta Sarah, anche se non sembra il primo aggettivo a esserle venuto in mente.

«Be', i carlini sono cani intelligenti. In origine venivano allevati come cani da salotto per i monarchi cinesi. Perciò sono, sai...» Julie mi guarda, così scodinzolo per incoraggiarla. «Svegli.»

«Giusto.» Sarah si volta verso la casa. «In macchina ho alcuni surgelati che devo proprio mettere nel freezer...»

«Oh, certo. Be', lieta di averti rivista. Togliamo il...»

«No, non intendevo...» Sarah fa un sorriso cordiale. «Ti va una tazza di tè?»

«Tè?» ripete Julie, anche se sospetto che ora gradirebbe tutt'altra bevanda. Poi mostra un'espressione strana, e capisco che la missione è compiuta.

«Molto volentieri», accetta.

* * *

Abbiamo portato dentro la spesa e Julie ammira con riluttanza la cucina di Sarah, dalle superfici di granito, le maniglie invisibili, il tavolo a penisola e gli elettrodomestici ultramoderni, forse chiedendosi se anche lei ne avrà una così quando vivrà con Luke. Di punto in bianco, Sarah dice: «Ahi!» e si lascia cadere su una sedia.

«Tutto a posto?»

Guardandola, Sarah fa un respiro e annuisce. «Sì. Grazie. Solo un piccolo calcio. Capita, ogni tanto.» Si massaggia il pancione, a sottolineare che la causa è il suo contenuto, non una sbornia pomeridiana o una malattia debilitante. Poi sorride in modo tirato. «Non preoccuparti, sto... Ahi!» Prova ad alzarsi, ma a quanto pare lo sforzo è eccessivo. «Dammi solo un minuto.»

«Posso fare qualcosa?»

«No. Grazie.» Sarah si sventola con la mano. «Forse potresti mettere su il bollitore. E trovare una confezione di biscotti nell'armadietto laggiù.»

«Per Doug?» Julie armeggia con il bollitore.

«Certo. Uno dei vantaggi di essere incinta. Mangi quello che vuoi. Anche se, a quanto ne so, è l'unico.» Sarah mi gratta tra le orecchie e io sbuffo in segno di approvazione.

«Quando partorisci?»

«A settembre. Troppo in là, per quanto mi riguarda.» Sarah sgonfia le guance. «Ne hai? Di bambini, intendo.»

«Dio, no», risponde Julie un po' troppo in fretta, poi si corregge. «Insomma, ho Doug. E inoltre mi serve prima un marito.»

«Prendi il mio, se vuoi!» L'altra fa una smorfia posando

le mani sul pancione e, anche se noto il sussulto quasi impercettibile di Julie, è ovvio che Sarah scherza.

«Davvero? Grazie!» Julie sta al gioco, credo con la giusta dose di ironia. «Comunque, tè?»

«Sì, grazie.» Sarah scuote la testa. «Stento a credere di avere davanti altri tre mesi di questa tortura. Giuro che non farò più avvicinare Luke.»

«Anch'io.» Julie arrossisce, cercando i biscotti per nascondere l'imbarazzo. «Insomma, anch'io fatico a crederci. Sei *enorme*.»

«Trovi? Forse è perché sono gemelli.»

«Gemelli?»

«Due bambini, hai presente?» Sarah rotea gli occhi quando finalmente Julie trova la confezione. «Abbiamo fatto trenta eccetera.»

«Giusto. Dunque, hai...? Ecco...» Julie prende altro tempo cercando la linguetta di plastica sul lato del pacchetto, come se fosse alla disperata ricerca di una domanda adeguata. «I gemelli sono una caratteristica di famiglia?»

«No.» Tirandosi su, Sarah raggiunge il bollitore, afferra due tazze dal piano di lavoro accanto al lavello e, dopo aver messo una bustina di tè in ciascuna, le riempie di acqua bollente. «Ma è uno dei rischi della fecondazione in vitro.» Agita le bustine.

«Fecondazione in vitro?»

«Esatto.» Rimuovendole, le butta nel secchio della spazzatura, poi tira fuori un cartone di latte dal frigo, lo mostra a Julie in attesa del suo cenno di approvazione e ne versa un goccio in ogni tazza. «Ci abbiamo provato per un'eternità, ma niente da fare, così abbiamo fatto un tentativo. E oplà...» Abbassa lo sguardo sul pancione. «Mi ha presa un po' alla sprovvista, ma Luke sembra fatto per essere padre.»

«Ottimo.» Forse Julie capisce che Luke sembra fatto anche per essere un bugiardo seriale.

Si abbandona pesantemente su una sedia, grata che Sarah sia troppo occupata per notare il suo pallore. A quanto vedo, è sull'orlo delle lacrime e, se scoppiasse a piangere proprio ora, chissà che cosa succederebbe.

Anche se implica rinunciare a un biscotto, c'è una sola cosa da fare. Con un sonoro sospiro, mi alzo e vado a grattare la porta della cucina.

«Tutto bene, Doug?» chiede Sarah e, in risposta ai miei guaiti lamentosi, lancia un'occhiata a Julie.

«Forse deve...» Julie prende un respiro, «fare di nuovo pipì. Perciò dovrei proprio...»

«Ma non hai bevuto il tè.»

Julie fissa la tazza fumante che l'altra le allunga, e mi ritrovo a sperare che non voglia ingollarla come il vino dell'altro giorno. «Scusa.» Mi guarda con intensità. «Ma le conseguenze...»

«Un'altra volta, allora. E grazie per avermi aiutata con la spesa.»

«Prego.»

Mentre torniamo a casa, qualcosa mi dice che Julie ne parlerà con Luke. Per quanto mi riguarda, è una notizia favolosa.

Perché a giudicare dalla sua espressione furiosa, se prima non era sicura che tra lei e Luke fosse finita, ora ne è certa al cento per cento.

14

È SERA, e io me ne sto a sonnecchiare accanto a Julie sul divano quando dei colpi frenetici alla porta mi fanno sobbalzare, così salto giù, giro l'angolo slittando e, abbaiando, schizzo lungo il corridoio. Julie mi segue a breve distanza e, quando inserisce la catenella e apre con cautela la porta, i miei timori (e le mie narici) trovano conferma. È Luke.

«Che vuoi?» domanda Julie, glaciale, sottolineando il vuoi. È molto più calma di quanto mi sarei aspettato, data la bottiglia di vino che si è già scolata.

«Sei venuta a *casa mia*?»

«Di che cosa stai parlando?»

«Oggi pomeriggio.» Luke fa del suo meglio per infilare la faccia nello spazio vuoto tra la porta e lo stipite. «Me l'ha detto Sarah.»

«Non sono *venuta* a casa tua. Ci sono *passata davanti* mentre portavo a spasso Doug. Sarah è scesa dalla macchina con mezza tonnellata di spesa, così mi sono offerta di aiutarla e mi ha invitata a entrare per una tazza di tè. Che cosa avrei dovuto fare? Rifiutare?»

«Sì!» Luke la guarda torvo mentre riflette sulle spiegazioni di Julie. «La mia via sembra un posto insolito per portare a spasso il tuo cane.»

«A dire il vero, è stato lui a guidare me!»

Luke mi fulmina con lo sguardo, poi torna a concentrarsi su Julie. «Bugiarda.»

«Senti chi parla!»

Lui la fissa per un momento. «Che cosa vorresti dire?»

«Non facciamo più sesso», dice Julie con una vocina buffa, che suppongo sia un'imitazione di Luke. «Cerco di capire come dirglielo. Aspetto l'occasione giusta per andarmene.» I suoi occhi lampeggiano di rabbia. «Se con 'non facciamo più sesso' intendevi 'perché vengo in un bicchierino per avere un figlio – scusa, *due* figli – tramite l'abile uso di una pipetta dosatrice', forse avresti dovuto essere un po' più chiaro.»

Luke apre e chiude la bocca per un momento, poi sospira come se facesse un favore a Julie giustificandosi. «È un tantino più complicato di così.»

«Hai deciso di mettere su famiglia quando mi avevi promesso che ne avresti piantata una.»

«Non è...»

«Pretendi davvero che creda che sia stato il primo passo per mollare tua moglie?»

«È così!»

«In che senso?»

«Fammi entrare, e ti spiego.»

«Neanche per sogno», dice Julie, ed emetto un ringhio sommesso per appoggiarla.

«Che cosa avrei dovuto fare? Rifiutarmi? Dire a Sarah che non eravamo ancora pronti? Stiamo insieme da *dieci anni.*»

«Esatto, rifiutarti! Specie dopo tutto ciò che mi avevi promesso. Anche se non sono sicura che questa parola esista nel tuo vocabolario.» Julie incrocia le braccia. «Se mai ci fosse l'opportunità perfetta per iniziare la conversazione sul 'voglio scaricarti'...»

«Io...» Luke sospira. «Okay. Il fatto è questo. Volevo lasciarle qualcosa. Sarah ha sempre desiderato un bambino, così ho pensato che forse avrebbe attutito il colpo se... insomma, se...»

L'espressione incredula di Julie deve averlo zittito, perché tace di colpo. «Dunque, eri disposto a metterla incinta e *poi* a mollarla? Che cosa ne avremmo ricavato?»

«È...»

«Se stai per dire complicato, ti sbatto...»

«Lo è!»

Sposto lo sguardo da lui a Julie. È più che complicato. Bisognerebbe essere più intelligenti di Stephen Hawking per raccapezzarsi. Cosa che evidentemente Julie non è, perché lo guarda perplessa.

«Spiegamelo, allora. Perché la reazione logica a ciò che hai appena detto – e, credimi, hai snocciolato una serie di assurdità – è chiedersi quando la lascerai, a questo punto. Quanti anni dovranno avere i gemelli? Insomma, c'è un'età ideale per abbandonare i neonati? Prima che comincino a chiamarti 'paparino', forse? Oppure aspetti qualche anno, così puoi giustificare la tua uscita di scena guardandoli in faccia?»

Luke prova a scrollare il capo, ma non ci riesce, perché ha ancora il viso incastrato. «Non pretendo che tu capisca.»

«Infatti: non capisco. Perciò siamo sulla stessa lunghezza d'onda.»

«Julie...» Luke infila una mano nella fessura, ma sfortunatamente è troppo in alto perché io possa saltare e morsicarlo.

«Vaffanculo!»

«Okay, okay», dice ma, dimostrando per l'ennesima volta

che non è capace di mantenere la parola data, aggiunge: «Promettimi solo una cosa».

«Che cosa?»

«Che non lo dirai a Sarah.»

«Dirle che cosa?»

«Di noi. La distruggerebbe. E non se lo merita.»

«Non si merita *te*.»

«Per favore.» Luke tira rumorosamente su con il naso. «Ti supplico.»

Julie è sorpresa. «Stai *piangendo*?»

Lui ha l'espressione di chi ha toccato per errore il tasto giusto. «No.» Recita peggio di qualunque attore di *EastEnders*.

Per un secondo, temo che Julie ceda e faccio uno sbuffo ironico, sperando capisca che è tutta una messa in scena. Ma quando studio il suo linguaggio del corpo, noto che c'è qualcosa di diverso. Qualcosa... di più forte. Come se finalmente avesse compreso che è *lei* a tenerlo al guinzaglio.

«Non pensi che meriti di saperlo?»

«No», risponde Luke, disperato. «Anzi, sì. E glielo dirò. Ma sarò io a informarla. Promettimi...»

«Che cosa?»

«Che non la rivedrai più.»

«Solo se tu farai la stessa cosa», ribatte Julie, e ho paura che gli dia un'altra possibilità, soprattutto perché toglie la catenella e apre un po' di più. Ma quando l'espressione di Luke si trasforma in quello che, ne sono sicuro, è un sorriso trionfante, Julie ne fa uno a sua volta, poi gli sbatte la porta in faccia. Dato l'urlo di dolore che proviene da fuori, immagino che non si fosse ancora spostato.

Lei ripercorre il corridoio a passo deciso e, arrivata in cucina, si versa il più grande bicchiere di vino di tutti i tempi, quindi – contro ogni pronostico – scoppia in lacrime.

Violenti singhiozzi che le scuotono le spalle e che, sospetto, impiegheranno molto, moltissimo tempo a esaurirsi.

«Cos'ho *fatto*?» chiede a nessuno in particolare tra i rivoli di muco, ma io posso soltanto guardarla con orgoglio.

Perché la risposta è «la cosa giusta».

15

Prima che «l'Operazione Julie e Tom» entri nella fase due (cioè quando lui mi toglie i punti), passano alcune lunghe giornate durante le quali non succede un granché. Julie si mette in malattia e, in una rara dimostrazione di correttezza, Luke sembra essere andato a fare in culo, come da sua richiesta (o almeno, non si è più fatto vivo). Anche se prima o poi lei tornerà al lavoro, mi auguro che a quel punto la mia magia abbia già dato i suoi frutti.

Con un colpo di scena, e con quella che si potrebbe considerare una strana conferma della teoria secondo cui gli animali assomiglino ai loro padroni, la scomparsa di Luke dalle nostre vite ha coinciso con quella di Santa. Lo so per due motivi: I) la moltitudine di cartelli con la scritta SMARRITA GATTA su quasi ogni lampione da qui al parco, e II) perché Miss Harris mi lancia occhiatacce ogni volta che mi vede, neanche sospettasse che io c'entri qualcosa.

«Novità, Mary?» chiede con generosità Julie da sopra la recinzione mentre usciamo per andare al negozio all'angolo.

Miss Harris si alza sulle gambe malferme dal punto in cui sarchia le sue aiuole già sarchiate. «Non ancora», risponde, e la speranza nella sua voce quasi ti spezza il cuore.

«È già sparita altre volte?» domanda Julie, forse più per educazione che per altro. Credo che non ci resterebbe male se Santa non ricomparisse, specie per il bene delle sue piante.

«Non così a lungo», singhiozza la donna.

«Sono sicura che tornerà. Specie con tutti i cartelli che hai appeso.»

Miss Harris annuisce. «Speriamo che servano allo scopo», conclude mentre ci spostiamo verso il cancello.

Nascondo invano uno sbuffo scettico – dopotutto, non è che i gatti sappiano *leggere* – e, quando Julie abbassa gli occhi su di me, mi sforzo per sembrare il più innocente possibile.

«Speri che Santa se ne sia andata per sempre, eh, Doug?» dice, e io agito la coda. Se solo potessi essere sicuro della stessa cosa riguardo a Luke, tutti i nostri problemi sarebbero risolti.

«'Giorno, Julie.»

Sanj, marito di Priya nonché proprietario del negozio, le sorride da dietro la cassa, dove impila la merce su uno scaffale. «'Giorno, Doug», aggiunge, e lo saluto sbuffando mentre entriamo. Sulla porta c'è il cartello VIETATO L'INGRESSO AI CANI, ma abbiamo stabilito molto tempo fa che non mi riguarda.

Seguo obbediente Julie fino al frigorifero in fondo al locale, poi sospiro quando afferra un cartone di latte scremato invece del solito intero. Ogni volta che una relazione finisce, associa per errore la propria taglia all'attrazione che gli uomini provano per lei, e ipotizzo soltanto che, sotto sotto, ritenga che sia questa la causa della rottura con Luke. Quel che è peggio, la sua dieta limita notevolmente la quantità di snack e biscotti in casa. Il semplice fatto che lei voglia buttar giù qualche chilo non significa che sia costretto a farlo anch'io.

Si ferma nella corsia delle verdure per prendere una confezione di insalata, e capisco che nelle prossime settimane – o almeno finché Julie e Tom non si metteranno insieme e lei non la pianterà con queste stupidaggini – dovrò contare sulle visite di Jim al caffè nel parco per mangiare qualche dolcetto. Ragione in più per darmi una mossa, suppongo.

Dopo aver scelto una scatola di Special K – li ho assaggiati, e non hanno *nulla* di speciale – deposita gli acquisti sul bancone vicino alla cassa, dove Sanj li studia con occhio esperto.

«Priya mi ha raccontato tutto», dice, cacciandosi in un ginepraio. Di solito si tiene fuori dalla vita sentimentale di Julie. E sono sicuro che certe volte vorrebbe che sua moglie facesse altrettanto.

«Okay.»

Sanj ha l'aria di sperare che finisca lì, e allo stesso tempo di sapere di dover andare più a fondo. «Come stai?»

«Benissimo.» Julie sembra convincere se stessa, e lui annuisce.

«Incontrerai qualcun altro.» Poi fa una faccia preoccupata, giustificata dall'espressione furiosa di Julie.

«Non voglio incontrare nessun altro! O almeno non volevo!»

«Non è quello che...» Sanj mi guarda, ma non posso fare molto per aiutarlo a uscire dalla fossa che si sta scavando da solo. «Intendevo qualcuno di diverso. Qualcuno che non sia...»

«Sposato?»

«Che non sia Luke, volevo dire. Ma già che ci siamo...»

«Perché nessuno ha una buona parola da spendere su di lui?»

«Forse perché se ne usano solo di cattive per descriverlo?»

Probabilmente Sanj voleva fare una battuta, ma Julie non l'ha trovata per nulla spiritosa. «Ha i suoi pregi.»

«E sarebbero?»

Julie lo fissa per un momento, poi per un altro, e infine pare che abbia avuto un'illuminazione. O questo o un colpo apoplettico.

«Perché non hai mai detto niente?»

«Che cosa avrei dovuto dire? 'Il tuo "ragazzo" non ci piace'?» Sanj fa il segno delle virgolette intorno a «ragazzo». «'Lo consideriamo un coglione fatto e finito'? Sarebbe come se ti dicessi che non mi piace *Doug*», aggiunge, e io sbuffo per l'assurdità di questa idea.

«Be', *sì.*»

«Non te ne sei accorta da sola?»

«Be', sì. Anche se pensavo che fosse perché, sai...»

Sanj la guarda sorridendo. Sappiamo tutti che ci sono diverse parole adatte per completare la frase. «Quante volte siamo usciti insieme noi quattro?»

«C'è stata la volta che siamo andati al pub. Quando io e Luke uscivamo da un mese circa.»

«È stata una coincidenza. Voi due siete entrati quando io e Priya eravamo già là. E Luke non sembrava affatto contento di vederci.»

«Solo perché era...» Julie corruga la fronte. «Insomma, era...» Si schiarisce la voce. «Vi abbiamo invitati a cena.»

«E non siamo mai venuti. Che cosa ne deduci?» Sanj scrolla il capo. «Non lo sopportavo, Jules. Mi dispiace.»

«Perché?»

Fa un profondo respiro. «Dato che sei stata tu a ricordare quella volta al pub, quando io e Luke siamo andati al bancone a prendere i drink, a parte il fatto che non ha dato segno di volerli pagare...»

«Aveva dimenticato il portafoglio, ha detto.»

«Ha passato tutto il tempo a guardare le altre donne. E ha *flirtato* con la barista.»

«Sono sicura che voleva solo essere... gentile.»

«E quando gli ho detto che quello fra me e Priya è un matrimonio combinato, ha risposto: 'Sì, be', anch'io e Jules abbiamo combinato qualcosa. Non so se mi spiego'.»

È evidente che Julie si sta innervosendo. «Forse voleva solo punzecchiarti. Sai come si dice, gli uomini sono fatti così eccetera.»

Sanj si limita a guardarla e lei apre la bocca. «Avresti dovuto dirmelo», lo rimprovera, un po' stizzita.

«Dirti che cosa, esattamente? L'uomo che frequenti è un degenerato e non lascerà mai la moglie incinta per te?»

«Non era incinta all'epoca!» Julie esita, forse si domanda se ciò migliori o peggiori le cose. Ma Sanj ha ragione e lei lo sa. Lo guarda arrabbiata e, scuotendo la testa, accenna alla spesa. «In ogni caso, ormai quella possibilità è svanita», aggiunge categorica.

«Già», dice Sanj, e restano in silenzio per un po' prima che lui si ricordi di battere gli acquisti. Indica il lettore, chiaramente facendo del suo meglio per non cominciare un'altra conversazione, anche se, quando Julie inserisce la carta di credito, si schiarisce cautamente la voce. «Volevi un sacchetto?»

«A meno che tu non creda che Doug porti tutto», lo rimbecca Julie, così lui ne stacca uno dal rotolo dietro la cassa.

«Cinque pence.» Le mostra il sacchetto, poi indica un modello di stoffa marrone su un gancio alle sue spalle. «Oppure prendi uno di questi. Sono riciclabili. Sai, per salvare il pianeta.» Si esibisce in una piccola danza, anche se non capisco che cosa c'entri con l'ecologia. «Per il bene dei... ecco...» Deglutisce così forte che non è necessario un udito fino come il mio per sentirlo. «Figli.»

Julie lo guarda torva mentre fruga nella borsa alla ricerca di una moneta da cinque pence, sbattendola sul bancone prima di strappargli di mano il sacchetto di plastica, infilarvi gli acquisti e uscire dal negozio come una furia.

E mentre camminiamo rapidi verso casa, con lei che borbotta rabbiosamente tra sé, sono ancora più deciso a risolvere la questione.

16

Oggi, finalmente, è venerdì. Sono felice perché è il giorno in cui mi toglieranno i punti, così mi sbarazzerò di questo ridicolo cono di plastica. E anche se ciò richiede un'altra visita dal V-E-T-E-R-I-N-A-R-I-O, quel V-E-T-E-R-I-N-A-R-I-O è T-O-M, e sono ancora più determinato ad assicurarmi che sia lui a far dimenticare Luke a Julie.

Forse per solidarietà nei miei confronti, lei non è andata al lavoro per l'intera settimana, un'altra cosa che è stata utile allo scopo, come il fatto che Luke non ha osato farsi vivo dopo l'ultimatum dell'altro giorno. Di questo, credo, Julie è tanto sollevata quanto infelice.

«Pronto, Doug?» chiede quando ho finito la mia «solita» colazione, e sbuffo affermativamente. Lei, tuttavia, non sembra pronta. Indossa ancora gli sciatti pantaloni da jogging e la felpa sformata che porta da una settimana. Sicuramente non il look adatto per incontrare il suo futuro fidanzato. Sarebbero preferibili persino i jeans strappati, ma sembra pensare che una visita da Tom non giustifichi lo stesso sforzo di un incontro con Luke.

Almeno non ancora.

Il tragitto fino allo studio di Tom è breve, e meno male,

perché il cono cattura così tanto il vento da impedirmi di mettere la testa fuori dal finestrino. Quando arriviamo, la sala d'attesa è il solito guazzabuglio di cani sottomessi, insieme a un paio di gatti in quei trasportini di plastica – o «prigioni feline», come li chiama Jim – e un pappagallo che continua a dire parolacce, per il divertimento del bambino di cinque anni con un cocker spaniel, seduto lì di fronte con sua madre.

«Nome?» chiede brusca la segretaria quando ci avviciniamo al bancone.

«Doug», risponde Julie, e la donna la guarda perplessa.

«Nome e cognome», dice, e Julie esita.

«Doug... Las?»

«Il *suo* nome», insiste l'altra, senza neppure accennare un sorriso alla sua gaffe.

«Oh. Giusto. Scusi. Julie. Julie Newman.»

La segretaria digita qualcosa sulla tastiera, poi la guarda perplessa. «Qualche altro nome?»

«Il mio secondo nome è Elizab...»

«Con cui potrebbe aver prenotato.»

«Oh, scusi. Mmm, no.» Chinandosi sul bancone, Julie sbircia lo schermo.

«Non vedo appuntamenti.» L'altra inclina lo schermo, sottintendendo che è l'unica abbastanza importante per guardarlo.

«Giusto. No. Tom ha detto che dovevamo solo passare di qui e...»

«Tom?» La segretaria inarca le sopracciglia così di scatto che temo le venga un crampo. «Il dottor Armstrong, intende.»

«Può darsi. In realtà non conosco il suo nome. Anzi, il suo cognome. Ha dato dei punti all'orecchio di Doug la settimana scorsa e...»

L'altra le lancia un'occhiata da cui si deduce che è abituata ad avere l'agenda di Tom incasinata. «D'accordo. Se vuole accomodarsi, farò il possibile per trovarle un buco. Anche se ci sono diverse persone in fila prima di lei.»

Julie controlla l'orologio, quindi guarda prima la porta e poi me, infine di nuovo l'orologio, come chi sta decidendo se passare una mattinata nella sala d'attesa di un V-E-T-E-R-I-N-A-R-I-O o se eseguire un intervento fai da te a casa. Per un momento temo che stiamo per andare via, ma d'un tratto sento una voce familiare che urla: «Doug!» dall'altra parte della stanza. Il cono mi ostruisce ancora la visuale, così sperimento un'insidiosa retromarcia in tre manovre e, quando mi giro nella direzione da cui è arrivata la voce, Tom è già inginocchiato davanti a me.

«Come stai?» Mi gratta con affetto la testa.

«Bene, sembrerebbe», risponde Julie.

«Qualche altro disturbo?» Tom mi esamina con delicatezza l'orecchio. «Mi pare che non abbia perso l'appetito.»

Julie scoppia a ridere. Non capisco il perché.

«Be', direi che l'orecchio sta guarendo bene.» Rialzandosi, sorride a Julie. «Gli tolgo i punti e...» Si interrompe.

La segretaria si è schiarita con ostentazione la voce.

«A chi tocca?» domanda Tom, anche se è ovvio che sta per arrivare il nostro turno.

«Mrs Waters aspetta da un po'.» La donna accenna a una signora anziana seduta nell'angolo, accanto a un alano così grande che potrebbe averlo cavalcato fin qui.

«D'accordo. Grazie.»

Tom ci indica di seguirlo, sfodera un sorriso a Mrs Waters, le assicura che la riceverà tra un momento e ci fa entrare nello studio.

«Hai avuto una buona settimana?» Mi depone sul lettino.

«Scusa», dice Julie. «Parlavi con me questa volta?»

Tom ride. «A meno che Doug non abbia acquistato improvvisamente il dono della parola, direi che sì, parlavo con te. In caso contrario vorrebbe dire che abbia perso qualche...» Si porta un dito alla tempia, ruotandolo rapidamente e incrociando gli occhi. «Comunque.» Slaccia il cono e me lo toglie dal collo. «Libertà!»

Tom imita l'accento scozzese di Jim e Julie chiede: «*Braveheart*?» Lui annuisce, e capisco che è un riferimento al film anziché un complimento per il mio stoicismo. Regalo uno sbuffo incoraggiante, poi scuoto velocemente la testa da una parte all'altra, contento di essere libero dalla mia prigione di plastica.

«Meglio?» Questa volta Tom si rivolge di sicuro a me, poi mi controlla l'orecchio. «Non hai risposto alla mia domanda», dice, e guardo Julie per suggerirle che ora parla con lei. «Una buona settimana?»

Julie si schiarisce rumorosamente la voce. «Prego?» Tom stringe una pinzetta, tenendomi dolcemente l'orecchio con l'altra mano.

«Ti interessa davvero, oppure è solo premura verso i pazienti? Del tipo, parlare del più o del meno per mettermi a mio agio, distrarmi prima di strappare i punti senza preavviso.»

Mentre mi chiedo perché mai Julie dovrebbe essere messa a suo agio, poiché sono io a subire l'intervento, Tom si china e rimuove il primo punto. Brucia e, quando lo fisso scioccato, mi sorride. «Scusa, Doug. Non esiste un modo indolore per farlo, temo.»

Sospiro con esagerazione, poi mi preparo per il resto.

«Non era premura.» Sincronizza la conversazione con la rimozione dei punti. «Perché... sai... tecnicamente non sei tu... la paziente.» Toglie l'ultimo punto, poi afferra un batuffolo di cotone e un flacone di liquido di cui non sono ansioso di conoscere gli effetti. Sulla bottiglia ci sarà anche un piccolo logo con due ossa, ma sopra c'è pure un teschio, che lo trasforma da potenziale leccornia in qualcosa di un po' spaventoso. «Ebbene?»

«A dire il vero, no. Io e Luke... ci siamo lasciati.»

Tom solleva lo sguardo di scatto, sinceramente preoccupato. «Mi dispiace.»

«Non è vero!»

«Sì, se ti rende infelice.» Mi tampona l'orecchio con il liquido. Ha un pessimo odore e brucia un po', ma sono troppo interessato a cosa succede tra loro per badarci. «Ti va di parlarne?»

«No. Insomma, so che era la cosa giusta da fare, perciò...»

«Nemmeno davanti a un caffè? Offro io.»

«Non è un po'... immorale?»

«Invitarti per un caffè?» ride Tom. «Se l'avessi proposto a Doug, forse. Bizzarro, più che altro.»

«Molto bizzarro.»

«Giusta osservazione.» Lui ride di nuovo. È una risata sfrontata, contagiosa, e non riesco a non lasciarmi trascinare, così scodinzolo e Tom mi guarda dubbioso. «È stranissimo, ma ho la sensazione che Doug capisca ogni parola che dico.»

Julie sorride. Sono contento, perché è la prima volta dopo molto tempo. «Ha questo effetto sulle persone.»

Lui ricomincia a tamponarmi l'orecchio. «Dunque?»

Lei sospira, ed è uno di quei sospiri che fa spesso attraverso il naso, per poi aggiungere qualcosa di negativo. «Ascolta», dice, anche se Tom sta già ascoltando. «Sono reduce da una rottura dolorosa, e sono certa che sei molto simpatico, sebbene in questo caso disapproveresti ciò che attualmente penso di qualsiasi uomo, ed è molto gentile da parte tua curare Doug così, e gratis, e sono lusingata che tu mi abbia invitata fuori, anche se, a prescindere da quello che hai detto, potrebbe essere un po' scorretto sul piano etico, ma...» Tace.

Lui alza la mano.

«Che cosa c'è?»

«Non ti ho invitata fuori.»

«Scusa?»

«Hai detto che ti ho invitata fuori, ma non è così.»

«L'hai appena fatto!»

«Quando?»

«Poco fa. Mi hai chiesto se mi andasse di parlarne. Davanti a un caffè.»

«Oh, quello.» Sorride. «È comprensibile che tu abbia frainteso, ma non era un invito.»

Julie arrossisce. «No?»

«No. Hai detto che...» Tom esita, forse perché non vuole ricordarle Luke, «hai avuto una settimana difficile. Mi sono chiesto se volessi parlarne. Davanti a un caffè.»

«Sì, ma invitare qualcuno per un caffè ha delle... implicazioni.»

«Invitarlo *dentro* per un caffè, forse. Dopo essere stati *fuori*. Ma...»

«Sia come sia, apprezzo la proposta, ma la risposta è no. Mi dispiace. Non sono... in vena in questo momento. Perciò non sarebbe...»

«Ho capito.» Tom alza le mani quasi le riscaldasse davanti a un fuoco.

«Perfetto», dice Julie. Poi, in tono più dolce: «Grazie». Dopo un momento di imbarazzo, continua: «Ebbene?» e accenna a me, al che Tom si ricorda all'improvviso che cosa stava facendo.

«Giusto. Doug. Certo.» Mi solleva dal lettino. «Può darsi che la ferita sia sensibile ancora per qualche giorno, ma a parte ciò...» Mi esamina con attenzione. «Mi pare tutto a posto. Anche se...»

«Anche se?»

Le lancia un'occhiata obliqua. «Forse qualcuno è un po' appesantito.»

Trattengo il respiro. L'unica volta che Luke ha commentato il peso di Julie non è finita molto bene, anche se ammetto che lei non ha un'aria così offesa.

«Non stai per fare la solita battuta, vero?»

«Quale?»

«Quella sulla dieta Dukan.»

Tom la guarda per un istante, poi prorompe in una risata evidentemente contagiosa perché Julie lo imita.

«Devo ricordarmela!» dice dopo essere tornato serio. «Non scherzavo, però.»

«Dici davvero? Nonostante le passeggiate quotidiane al parco?»

«Sì. Faccio questa cosa nel parco la domenica mattina. È una lezione di ginnastica. Una specie di corsa cronometrata, ma le persone portano i loro cani.»

«Una corsa a sei zampe, dunque», osserva Julie, asciutta.

Tom si dà una manata sulla fronte come fanno gli esseri umani quando si sentono stupidi. «Dovrei chiamarla *così* invece di Corsa Bau. Ma potrebbe essere una buona idea se tu e Doug partecipaste. Inizia alle dieci.»

«Ci penserò», promette Julie, seppure con il tono di chi probabilmente non lo farà, e non posso dire di essere sorpreso. Qualche mese fa, la sua breve incursione nella zumba – ispirata dal fatto che Luke, palpandole il sedere, aveva affermato di prediligere le donne «piene di curve» – non è durata a lungo.

«Magnifico!» esclama Tom, come se si sforzasse di essere ottimista.

«Bene.»

«Okay, allora.»

«Grazie per, sai...» Julie mi guarda e Tom si stupisce di

avermi ancora tra le braccia, così mi restituisce e lei mi fa una carezza prima di posarmi sul pavimento, grugnendo per la fatica.

«Prego.» Accenna alla sala d'attesa. «Dovrei...»

«Certo.»

«Ora fai attenzione all'orecchio.»

«Che cosa devo...?»

«Parlavo con Doug.» Tom sorride. «Starà bene, a meno che non si azzuffi con qualcun altro. Sono certo che non rivivrà questa esperienza. Vero, Doug?»

Sostengo il suo sguardo per un istante, poi muovo la testa su e giù. Nel complesso, non ho sentito niente.

Anche se temo che lo stesso valga per Julie.

17

In forte contrasto con la passività generale di Julie, Jim non potrebbe essere più su di giri quando viene a prendermi oggi, nonostante appena arriviamo al parco capisco di che cosa si tratti: *energia nervosa*.

Indossa persino una camicia nuova di zecca, tanto che ha ancora i segni nei punti in cui era piegata nella confezione. Inoltre, si è decisamente fatto il bagno nel dopobarba. La ragione per cui si è dato così tanto da fare, tuttavia, si capisce solo quando ci avviciniamo al caffè, dove rallenta a poco a poco fino a fermarsi e poi abbassa gli occhi su di me.

«Come sto?»

Lo squadro con uno sbuffo di approvazione, aggiungendo uno o due scodinzolii per sicurezza.

«Grazie, Doug.» Si volta verso l'entrata, chiaramente nervoso.

«Guarda.» Tende la mano tremante. «Ho il cuore che batte all'impazzata.»

Alzo lo sguardo e lancio occhiate oblique al caffè per incoraggiarlo a darsi una mossa.

«Aspetta. Devo...» Respira profondamente e, guardando

il cielo, sussurra: «Scusa» per qualche misteriosa ragione, poi si avvia deciso lungo il vialetto.

Lo seguo obbediente, senza accorgermi che rallenta di nuovo, o che lo sto superando, e quando esaurisco la lunghezza del guinzaglio, sono costretto a una brusca frenata.

«Scusa, Doug. Non posso... Insomma, e se...?»

Non termina la frase, perché svolta di centottanta gradi e prosegue nella direzione opposta. Per un momento punto le zampe ma, pur avendone il doppio di lui, vengo trascinato come uno sciatore d'acqua. È un po' doloroso, oltre che inutile, così lo assecondo nonostante lo sconcerto. Poi, d'un tratto capisco che cosa succede: stava per seguire il consiglio di Julie chiedendo un *appuntamento* a Dot.

Il suo comportamento è di sicuro simile a quello che Julie aveva all'inizio della relazione con Luke, quando impiegava un'*eternità* per prepararsi per il lavoro, accertandosi sempre che il make-up fosse impeccabile, e all'improvviso intuisco che tutto questo è importante, non solo per la felicità futura di Jim, ma anche per quella di Julie. Dopotutto, se vede suo padre con Dot, potrebbe decidersi ad approfondire il rapporto con Tom.

Devo sbrigarmi, e senza pensare alla mia incolumità personale, afferro una parte molle del guinzaglio, sfreccio a sinistra e giro velocemente intorno al lampione accanto al vialetto, quindi affondo le unghie nell'erba, nella speranza di costringere Jim a fermarsi. Cosa che lui fa. Un po' troppo bruscamente.

«Doug, che cavolo!» Si massaggia la spalla. «Come ti è saltato in mente? Hai rischiato di lussarmi il braccio.»

Uggiolando, mi volto verso il caffè e Jim sospira.

«Hai così tanta voglia di un muffin?»

No, ma voglio che inviti Dot a uscire, innescando una catena di eventi che dovrebbe culminare nell'unione tra

Julie e Tom, perciò aumento l'intensità dei guaiti. Dopo un momento scrolla il capo, esasperato.

«D'accordo», cede, forse in tono un po' spazientito, mentre mi libera. «Chiunque penserebbe che tu l'abbia fatto apposta», prosegue mentre torniamo indietro.

Raggiungiamo il caffè, e Jim si ferma davanti alla vetrata. Temo che perda di nuovo il coraggio, ma controlla solo il proprio riflesso. Mentre si liscia un ciuffo ribelle, noto Dot che, osservandolo dall'interno, vede che cosa fa e di colpo cambia espressione, neanche sapesse con esattezza perché si trovi qui e che cosa stia per chiederle, e la sua faccia è impagabile.

Evidentemente Jim è soddisfatto della propria immagine, perché mi sorride dicendo: «Questa vecchia volpe ha ancora qualche cartuccia da sparare». Quindi aggiunge: «Augurami buona fortuna», così con il pensiero gli faccio il pollice all'insù e lo guido dentro, dove Dot, un tantino arrossata, ci aspetta accanto alla cassa.

Mentre li guardo flirtare – Dot sorride e si tocca distrattamente i capelli, Jim se ne sta lì impalato tirando indentro la pancia –, concludo che forse il problema di Julie con Tom è il contrario di quanto suo padre ha appena dimostrato. Non sta bene con se stessa, specie dopo le prepotenze di Luke e, se ho ragione, non mi meraviglia che non flirti con Tom.

Per fortuna, però, e non per la prima volta, apparentemente io e Priya siamo sulla stessa lunghezza d'onda. Perché – nonostante il merito sia *mio* – sarà lei a indicarmi la soluzione al problema.

18

È VENERDÌ sera e Priya è venuta a vedere *Il Trono di Spade*. Ha portato una pizza, a cui Julie ha reagito con una faccia schifata perché è a dieta, nonostante io tema che di questi tempi prediliga qualcosa di più liquido.

«Povero Doug.» Prendendomi in braccio, Priya mi esamina l'orecchio, provando a baciarmi sulla testa.

«Niente lingua, Doug», mi raccomanda Julie, al che ridono così a lungo che ho paura ci perderemo l'inizio del programma.

«Bacia meglio di Sanj!» Priya si pulisce le labbra sulla manica. «E del tuo ex, immagino.»

Julie le lancia un'occhiata, ma sembra che lo trovi divertente.

«Novità?» Mi posa con delicatezza sul tappeto.

Una scrollata di spalle. «Non sono andata al lavoro, no?»

Priya ci segue lungo il corridoio, facendo una smorfia schifata quando vede lo stato in cui si trova il salotto. «Tutta la settimana?» Socchiude la finestra.

Un'altra scrollata di spalle. «Mi sono messa in malattia.»

«Sono contenta che sia uscito dalla tua vita. Nella sfera personale, almeno.»

Julie la guarda di nuovo, e all'improvviso Priya sembra un po' preoccupata. «Non sei stata male, vero?»

«No, ma non me la sentivo di...» Senza finire la frase, Julie si lascia cadere sul divano e afferra un bicchiere di vino dal tavolino. Bicchiere che è lì da ieri, noto con un misto di choc e delusione. «Vederlo.»

«Puoi avere la settimana libera da un momento all'altro?»

«Non vedo perché no.»

«Non hai paura che Luke prenda qualche provvedimento disciplinare?»

Julie la guarda come se provasse a capire se la sua amica sia stata scortese. «No. Che cosa vuoi che faccia? Che mi licenzi, rischiando che possa raccontare di noi alle risorse umane durante il colloquio finale?»

Priya sorride. «Meglio così.» Recupera un sacchetto della spazzatura dal cassetto in cucina. «Sebbene tu non possa dargliela vinta, Jules.»

«In che senso?»

«Ami il tuo lavoro.» Priya gira per la stanza, raccogliendo i rifiuti. «Ed evitare Luke ti impedisce di svolgerlo. Te ne stai chiusa in casa tutta imbronciata. Cosa che non aiuta nessuno.»

«È solo che...» Julie vuota il bicchiere, poi fa una smorfia. «Come lo affronto, P? Insomma, sono stata io a rifiutarlo, ma non faccio a meno di pensare che sia stato il contrario.»

«Tanto per cominciare, lunedì mattina entrerai in ufficio a testa alta. Dimostragli che lo sfigato è lui, non tu.»

«Come? Non mi pare proprio che sia così.»

«Oh, tesoro!» Sedendosi, Priya le mette il braccio intorno alle spalle e la stringe. «Ascolta.» Frugando nella borsetta, tira fuori una busta. «So che è un po' presto, ma ho una cosa per te.» Mi accarezza. «Per Doug, in realtà, per il suo compleanno la prossima domenica. Ma è per entrambi.»

Julie fissa il regalo. «Cos'è?»

«Il modo migliore per scoprirlo è aprirla.»

«Subito?»

Priya annuisce con foga, nonostante non condivida il suo entusiasmo. Si capisce che non è nulla da mangiare, e inoltre non sono dell'umore giusto per festeggiare il mio compleanno. Dopotutto, chi vuole sentirsi dire che ha sette anni in più?

Ma Julie afferra la busta e, strappandola, estrae un biglietto con la parola VOUCHER impressa sul retro.

«Cos'è?»

«Un voucher.»

Julie fa un'espressione che significa «ma va?» Poi chiede: «Per che cosa?»

«Giralo.»

Lei obbedisce. «*Doggy Style*. Cosa diavolo è?»

Priya picchietta sul biglietto con l'unghia. «È quel nuovo salone di bellezza per animali e proprietari in High Street. C'era la pubblicità della promozione per il restyling, così mi sono chiesta: che cosa regalare a un cane che ha già tutto? Ed ecco qui!»

«Animali e proprietari», ripete Julie, sospettosa.

«Esatto», conferma Priya, emozionata. «Vai lì e ti sistemi i capelli, il trucco e la manicure. Nel frattempo, faranno la stessa cosa per Doug. Tranne il make-up, immagino.»

«Okay.» Julie non sembra molto entusiasta, e l'altra ci resta male.

«Non ti piace?»

«Certo che mi piace, ed è una magnifica idea, P, ma...» Julie fissa con tristezza il bicchiere vuoto. «Sai che non amo i cambiamenti.»

«È un restyling, non un intervento per cambiare sesso.»

«Sì, ma... A che cosa serve?»

«Per mostrargli che cosa si perde!» Priya le dà un'altra

stretta. «Prima o poi dovrai tornare al lavoro, e puoi farlo in queste condizioni oppure...»

«Grazie mille!»

«Non fraintendermi. Volevo solo dire...» Priya fa un sospiro frustrato. «Più sei bella, e più ti sentirai disinvolta. E peggio si sentirà lui.»

«Non sono sicura, P.»

«Perché no? Cos'è la cosa peggiore che possa succedere?»

Julie alza le spalle e io mi raggelo. Perché la cosa peggiore che possa succedere è che lei diventi favolosa, che Luke veda *esattamente* che cosa si perde e la convinca a dargli un'altra possibilità. Se l'ho pensato io, con molta probabilità l'ha pensato anche Julie. Un sospetto che, temo, viene confermato quando un'espressione indecifrabile le scorre sul viso.

«D'accordo.»

Posso soltanto tenere tutte e quattro le zampe incrociate.

19

Qualunque sia la ragione, evidentemente ieri il discorso d'incoraggiamento di Priya ha avuto l'effetto desiderato, perché questa mattina Julie quasi salta giù dal letto, mi versa una generosa dose di polpette nella ciotola, poi si fa una doccia e telefona per prenotare il restyling prima ancora che io finisca di mangiare.

Profeticamente, possono inserirci subito, così Julie controlla il calendario dei carlini dagli stupidi costumi appeso alla parete della cucina, quello che ha ricevuto in ufficio durante lo scambio dei regali segreti dell'ultimo Natale. Dato che oggi non ha altri impegni, dice: «Perfetto», sebbene senza particolare entusiasmo.

Forse non è impaziente di andare perché crede che Luke l'abbia rifiutata e, a essere sincero, la capisco. Quando sei un trovatello, in un certo senso anche tu sei stato rifiutato, cosa che ti rende molto diffidente verso chiunque venga a salvarti. In parte dipende dalla sensazione di venire sballottato: sei stato in un posto, poi in un altro, ora stai andando in un terzo, senza garanzia di non essere di nuovo sostituito se le cose non funzionassero. Inoltre, c'è il timore di vivere un'esperienza analoga. Dopotutto, non si devono avere particolari requisiti per possedere un cane. E nemmeno una licenza. Puoi semplicemente... prenderne uno. E lo stesso vale per le relazioni.

Mi sono serviti mesi di convivenza con Julie prima di essere certo che non sarei ritornato in *quel* luogo. Un'eternità prima di smettere di pensare che ogni viaggio in auto fosse l'ultimo che avrei fatto con lei. Quasi un anno, prima che potessi finalmente rilassarmi.

È per questo che mi identifico con Julie, che mi immedesimo nella sua situazione, che comprendo il suo dilemma, perché io mi comporterei proprio allo stesso modo. Il suo concetto di relazione si fonda sul periodo passato con Luke. È abituata a rimanere nell'ombra. A essere sempre un ripiego. A non essere mai portata a passeggio – se capite cosa intendo – semplicemente perché è fuori questione. Perciò è nervosa.

Forse teme addirittura che le relazioni funzionino così, perché è questa la sua esperienza. Sorprendentemente, Luke è stato il suo primo ragazzo fisso, se si può definirlo così. E anche se va benissimo dire che Julie dovrebbe guardare le coppie come Priya e Sanj nello stesso modo in cui io guardavo i miei simili dalla finestra del rifugio per animali e, notando cani ben curati che venivano portati fuori con regolarità, credevo che quello sarebbe stato il mio destino, la verità è che certe volte ci vuole uno sforzo di immaginazione troppo grande. E così, come me nel periodo in cui me ne stavo rannicchiato nella mia gabbia al canile, Julie ha paura di correre un rischio con qualcun altro, nell'eventualità che non funzioni. Di nuovo.

Ma da qualche parte bisogna pur cominciare. Fare un atto di fede ogni tanto. E sono sicuro che, in cuor suo, lei lo sappia.

C'è un antico proverbio cinese, *Qiānli zhī xíng, shiyù*

zù xià, che insegna come anche il viaggio più lungo parta da un piccolo passo. E mentre Julie si infila il giubbotto, mi aggancia il guinzaglio e mi conduce decisa verso la porta, qualcosa mi dice che questa mattina lo faremo entrambi.

Il *Doggy Style* è in fondo a High Street e, benché da fuori assomigli un po' a uno studio dentistico leggermente meno sinistro, non appena entriamo ci trattano come fossimo i loro migliori – seppur unici – clienti.

«Julie! *Cara*!» Un donnone dal trucco pesante, che vista la quantità di fondotinta potrebbe avere una qualunque età dai venti ai duecento anni, si profonde in saluti. Ha un curioso taglio di capelli asimmetrico, con sopracciglia che paiono disegnate con un pennarello indelebile. E, a quanto vedo dalla mia modesta posizione sul pavimento, il tatuaggio di un serpente attorcigliato che scompare nel solco tra i seni. «Sono *Alexa*», annuncia. «Come l'assistente personale! Anche se non devi dire il mio nome ogni volta che mi chiedi di fare qualcosa. Soprattutto se sei un *uomo*!» Si sbellica dalle risate, poi stringe Julie nel genere di abbraccio che si vede durante un incontro di sumo.

Julie si stacca dalla sconosciuta – anche se forse potrebbe essere solo asfissiata dalla nuvola di profumo che la avviluppa, perché io di sicuro lo sono – e la saluta con un sorriso nervoso. Poi Alexa si accovaccia e, afferrandomi da dietro le zampe anteriori, mi solleva all'altezza del volto. «E chi è questa bella *bestiolina*?» Avvicinandomi, mi stampa un bacio smanceroso.

«Questo è Doug.» Julie sorride quando, starnutendo con violenza, ricopro la donna di un sottile strato di muco.

«È *incantevole*», esclama l'altra. «Vero, Doug?»

Lancio a Julie un'occhiata disperata, pregando che mi

salvi dalla donna più spaventosa che abbia mai conosciuto. Ma, per fortuna, prima di soffocarmi con il suo profumo, Alexa mi rimette dolcemente sul pavimento, poi torna alla reception e, inumidendosi il dito, sfoglia le pagine dell'agenda.

«Eccovi. Julie e Doug Newman. Siete qui per il restyling doppio, giusto?»

«Sì», conferma Julie, nervosa. «Ma quando dici restyling, che cosa intendi?» Si interrompe non appena Alexa le afferra una ciocca di capelli e l'ispeziona come se l'avesse appena estratta dallo scarico della doccia.

«Senti, tesoro. Questo voucher è un *regalo* di qualcuno?»

«Della mia amica Priya. Per il compleanno di Doug.»

«Per il compleanno di *Doug*?»

«Esatto.»

Chinandosi, Alexa la scruta. «E perché credi che questa Priya ti abbia regalato un restyling?»

«Be', tecnicamente, l'ha regalato a *Doug*...»

«Okay.» La donna incrocia le braccia. «Ma perché un restyling?»

«Prego?»

«Perché non qualcos'altro? Per esempio, un...» agita le dita dalla manicure spaventosa, «un collare nuovo. O un giocattolino.»

«Be', perché...»

Alexa la osserva incredula. «Mmm?»

«Perché ha pensato che fosse divertente? Sa, per me e Doug. Per...»

«Julie, Julie, Julie.» La donna le mette la mano nella propria coprendo il dorso con l'altra. «Certe volte facciamo un regalo a qualcuno perché pensiamo che ci piacerebbe riceverlo. Altre volte, perché crediamo che piaccia all'altro. E poi...»

«E poi?» Julie ha l'aria di non voler conoscere la risposta.

«A volte le persone comprano un regalo perché pensano che il destinatario ne abbia *bisogno*.»

«Io... io non...» balbetta Julie, ma poi tace perché d'un tratto è evidente che forse Alexa ha ragione.

«Siamo appena uscite da una relazione, vero? O forse siamo single da un po'?»

«Be', sì. Insomma, no, ma...»

«Non faccio la psichiatra», dice Alexa in un tono che invece fa capire di considerarsi tale. «Ma secondo me la tua amica ha comprato questo voucher per *te*, non per Doug, probabilmente perché ritiene che un cambiamento ti farebbe bene. E il fatto che tu sia venuta a riscuoterlo immediatamente conferma questa ipotesi. Ho ragione, o ho *ragione*?»

«Ecco...»

L'altra si schiocca le dita così forte da farmi sussultare e, quasi all'istante, compare una giovane donna che offre a Julie un bicchiere di qualcosa di frizzante.

«È questo che facciamo qui. Sei stata scaricata, vieni qui e noi ti trasformiamo, così puoi mostrargli che cosa si è perso.»

Sono così affascinato dal discorso di Alexa che quasi fatico a staccarle gli occhi di dosso. Persino *io* mi lascerei convincere dalle sue parole, e non c'è nulla che voglia cambiare di me stesso.

Quindi sento un suono che di recente ho udito fin troppo spesso, perciò mi giro di scatto e strofino il muso contro la gamba di Julie per impedirle di piangere.

«D'accordo.» Prendendole il bicchiere, Alexa lo posa sul tavolo, poi la stringe in un altro abbraccio da lottatrice di sumo. «Sfogati pure.»

Mentre Julie obbedisce piangendo come una fontana, la

donna le accarezza la schiena finché non smette di singhiozzare. Infine le restituisce il bicchiere.

«Ora bevi. Il resto lascialo a noi.»

Julie non se lo fa ripetere due volte.

Dopo che mi hanno fatto lo shampoo e il balsamo, asciugato con il phon, pettinato fin quasi a uccidermi, spuntato i peli ribelli, tagliato le unghie e persino pulito i denti, aspetto alla reception, dove bevo un'enorme ciotola di qualcosa che si chiama Evian, finché Alexa urla: «Ta-daaa!» presumibilmente rivolgendosi a me, perché qui non c'è nessun altro. Poi praticamente spinge Julie nella stanza.

Per un secondo non credo ai miei occhi. I capelli sono più corti, più lucidi e più ordinati, la pelle è luminosa, le unghie curate brillano di un vivido smalto scuro che contrasta con i denti di un bianco quasi accecante. In sintesi, è il mio equivalente umano femminile. E per giunta noto che è soddisfatta del risultato.

«Doug, sei...» Sollevandomi, mi mette davanti allo specchio per permettermi di guardarmi.

«Non è favoloso?» interviene Alexa, e Julie mi sorride, passando poi a studiare il proprio riflesso.

«E tu», continua l'altra. «Tu stai *da Dio*!»

«Non saprei. Non...»

«Certo che sì!» Alexa finge di darle un pugno alla spalla. «Vero, Doug?»

Sbuffo affermativamente, e lei si concentra sul riflesso di Julie. «Ricorda quanto ti ho detto su quella nuova routine per la pelle. E il taglio non richiede cure particolari, perciò puoi lavare i capelli e uscire. In teoria, sei pronta per far colpo su *tu sai chi*!» Le strizza l'occhio. «E se Doug dovesse mettere gli occhi su qualche cagnolina al parco...»

«È stato castrato.»

«Davvero?» Alexa mi fissa con occhi compassionevoli. «Peccato. Ma è il pensiero che conta. Vero, Doug?» Scoppia a ridere, un gesto forse un po' meschino, dato il motivo della risata. «E ricorda anche quello che ti ho detto riguardo al tuo uomo!»

Tendo le orecchie.

«Non sono sicura, Alexa.»

«Non dimenticare le mie parole! Una volta un famoso filosofo ha detto… o forse è stata Dolly Parton. Non ricordo. Comunque, il succo era che il modo migliore per passare sopra un uomo è infilarsi sotto un altro. E si direbbe che tu e questo Tom…»

La donna le dà una gomitata, poi mi fa l'occhiolino, ma sono ancora troppo frastornato per reagire. Evidentemente Julie si è confidata con Alexa, che di punto in bianco ha menzionato Tom. Per di più sembra che le abbia detto proprio ciò che probabilmente aveva bisogno di sentirsi dire. Anche se Julie non vuole accettare consigli da Priya, da Jim e persino da Sanj, forse il fatto che il suggerimento sia arrivato da una persona non direttamente coinvolta potrebbe spingerla a seguirlo.

«Può darsi», dice Julie, convinta. Infine, saluta Alexa con un abbraccio, mi riaggancia il guinzaglio al collare e, con passo elastico, mi guida fuori dal salone.

20

«ANDIAMO, Doug», dice Julie con la finta allegria a cui spesso ricorre per mascherare qualche attività poco divertente, come le visite dal V-E-T-E-R-I-N-A-R-I-O.

Sta ancora da Dio, in parte probabilmente perché ieri sera non si è scolata la solita bottiglia di vino, in più ha sostituito i pantaloni da jogging e la felpa degli ultimi giorni con la tenuta da zumba, forse non il look più adatto per la consueta passeggiata al parco della domenica mattina. Tuttavia, qualunque sia la ragione del suo entusiasmo forzato o del suo abbigliamento, è pur sempre una passeggiata.

C'è il sole, e ci sono molte persone che camminano nel parco, ma per qualche motivo Julie non mi lascia vagabondare. Anche se ben presto il motivo diventa chiaro, quando ci dirigiamo verso il lato opposto rispetto al caffè, dove cinque o sei donne sono in attesa, tutte accompagnate da un cane e vestite come se fossero pronte per una lezione di aerobica in una palestra di lusso.

Prima che capisca che cosa succede, un mormorio emozionato serpeggia tra il contingente umano, e a varcare il cancello del parco è niente po' po' di meno che *Tom* in tuta da ginnastica. In quel momento noto il mucchio di attrezzature a lato, e ogni cosa acquista un senso: siamo alla Corsa Bau. Evidentemente Julie ha deciso che per conoscere qualcuno di nuovo potrebbe farle bene perdere qualche chilo. E ha deciso di farlo con Tom, o per Tom, forse, dopo ciò che ha detto Alexa ieri.

Lui si avvicina, si mette davanti a noi, quindi si spoglia, restando con una T-shirt attillata e un paio di calzoncini sportivi, e stampandosi un sorriso sulla faccia. Senza i normali vestiti da lavoro, è l'equivalente umano di un bracco di Weimar, uno di quegli altri cani che hanno la fortuna genetica di possedere muscoli tonici e riserve inesauribili di energia. Dal gruppo si alza un brusio ammirato.

«Grazie a tutte per essere venute», esordisce, ignaro delle donne che sbavano per lui. «Come sapete, l'esercizio fisico è fondamentale per i nostri amici a quattro zampe. Meno peso portano con sé, meno sforzano le articolazioni e il muscolo più importante di tutti, che è...» Gira lo sguardo sul gruppo, posandolo su Julie, che ha alzato una mano esitante, e sgrana gli occhi, forse perché è stupito di vederla qui, ma più probabilmente affascinato dal suo nuovo look.

«Il *cuore*?» dice lei senza la minima traccia di ironia.

«Esatto!» Tom sorride, e tra le altre donne si diffondono borbottii invidiosi. «Ricordate, i cani sono attivi per natura. Discendono dai lupi, che di solito percorrono molti chilometri al giorno in cerca di cibo, mentre alcuni dei presenti...» Sorride. «Be', l'unica distanza che coprono è forse quella dalla cuccia alla ciotola e viceversa. L'impossibilità di svolgere quella che con molta probabilità è una quantità di movimento geneticamente programmata può trasformarsi in frustrazione, che a sua volta può portare a iperattività, tendenza ad abbaiare eccessivamente, a scavare, a cercare di afferrarsi la coda e addirittura, in casi estremi, a distruggere la casa.»

Le donne annuiscono dandogli ragione, anche se non posso fare a meno di domandarmi perché Tom si riferisca al contingente canino. Poi noto che, a parte una signora con un chihuahua così grasso da risultare quasi comico, non sembra ci siano esseri umani corpulenti. Quindi capisco. La lezione di ginnastica non è per le nostre padrone, bensì per *noi*.

Guaisco inorridito, e Julie mi dà un colpetto con il piede. «È per il tuo bene, Doug», dice in tono di scusa, e io sbuffo sdegnato.

«Come probabilmente sapete, io sono Tom», annuncia lui al gruppo, un'affermazione accolta da un coro adorante di «ciao, Tom», che lo spinge a incrociare le braccia per l'imbarazzo. «Vedo che questa settimana abbiamo qualche faccia nuova, dunque perché non ci presentiamo? Iniziamo...» Guarda ciascuno di noi e, rivolgendosi a Julie, le fa un malcelato occhiolino. «Da te con il carlino, se non ti dispiace.»

Lei sorride, poi capisce di dover parlare. «Sì, ciao. Mi chiamo Julie.»

«Ciao, Julie», replica Tom, seguito da un «ciao» apparentemente risentito (e da un impercettibile «la cocca del maestro») dal resto del gruppo. «E...?»

«Scusa?»

«Non c'è bisogno di scusarsi.» Tom sfodera un altro sorriso. «Chi hai portato con te oggi?»

Accenna a me, e io sbuffo imbarazzato per la mancanza di buone maniere da parte di Julie.

«Oh. Giusto. Questo è Doug.»

«*Doug*?» La donna accanto a noi, con un bassotto tedesco obeso che si chiama Frank, fa una breve risata. «Che razza di nome è?»

Sospiro con enfasi. Di cognome, Julie fa Newman, e nessuno commenta *questo*.

«Gliel'ha dato mio padre», spiega Julie.

«Be', gli calza a pennello», interviene Tom, e d'un tratto mi piace ancora di più.

Le altre nuove arrivate si presentano senza intoppi, a eccezione di quando le femmine roteano gli occhi per un terrier di nome Kanye. Poi è il momento di iniziare la lezione, perché Tom ordina di raggiungere il lato opposto del parco e tornare indietro.

Lancio a Julie la mia migliore occhiata scettica. È molto ingiusto verso i cani piccoli dalle zampe corte, come dimostrato dal fatto che io e Frank impieghiamo quasi il doppio degli altri. Anche se, quando la proprietaria del bassotto si chiede ad alta voce perché Tom non abbia pensato di introdurre delle categorie come si fa alle Paralimpiadi, lui ci assicura che non è una gara.

Infine, ci guida verso la zona del parco accanto al campo da calcio, dove ha creato un piccolo percorso a ostacoli con salti, tunnel e una curiosa fila di bastoni verticali tra cui dobbiamo «zigzagare» rapidamente. Quando ci indica l'esercizio, alcune donne ansimano quasi quanto i loro cani.

Per fortuna, Julie non è la più veloce tra gli esseri umani, perciò non è troppo difficile rimanere al passo con lei. Anzi, ne ho passate di peggio inseguendo Santa in giardino, perciò il percorso non è troppo faticoso. Finora la Corsa Bau non si è rivelata l'ora di tortura che avevo temuto all'inizio. E a parte un momento leggermente sgradevole al termine, quando Tom rimprovera la padrona di Kanye dopo che ha cercato di convincere con un biscotto il terrier a eseguire un salto particolarmente difficile – a quanto pare, vanifica lo scopo della lezione –, mi sento in forma. Quasi tutti abbiamo preso il ritmo giusto, anche se il passo di alcuni è molto più lento di quello di altri. Julie, tuttavia, è un po' arrossata. Quando il gruppo si incammina verso il caffè, Tom, che è ancora fresco come una rosa e corre nella nostra direzione.

«Com'è andata?»

«È stato... divertente.» Julie è stupita dalla propria risposta.

Lui si accovaccia accanto a me sull'erba. «E per te, Doug?» Mi lascio cadere sul prato rotolandomi sulla schiena per fingere di essere KO.

«È piaciuto anche a lui, credo», dice Julie.

«Fantastico!» Tom mi gratta velocemente il petto, poi si raddrizza con un salto atletico e sorride. «Ricorda, niente spuntini tra i pasti, vacci piano con i dolci...»

«Ti riferisci a me o a Doug?»

«A Doug, ovviamente. Tu non hai bisogno di perdere... Insomma, hai già una figura...» Tace, arrossendo. «Ci rivediamo?» chiede, e io trattengo il respiro.

Forse ci siamo, penso, tirandomi su. Julie potrebbe invitare Tom a uscire e i nostri problemi sarebbero finiti.

«Ecco, veramente...» risponde lei, un po' titubante. Ma poi accade la cosa peggiore e Tom scambia il suo nervosismo per resistenza. Forse per salvare la faccia – quella di Julie *o* la propria –, lui si affretta ad alzare la mano.

«Alla settimana prossima», aggiunge, nonostante sia un po' difficile interpretare la sua espressione. «Qui. Alla Corsa Bau. Anzi, a sei zampe.»

«Sì, credo di sì.» Julie resta sul generico.

«Sei d'accordo, Doug?» mi interpella Tom, così commento con uno sbuffo di approvazione.

«Ma se hai voglia di un caffè...»

Julie sbarra gli occhi e io cerco mentalmente di afferrarmi la coda per festeggiare. *Ci siamo!* Penso che lo capisca anche lei, perché respira profondamente. Ma prima che dica qualcosa in più di: «Mi pia...» Tom accenna al resto del gruppo.

«Di solito andiamo tutti al caffè di mia madre dopo la lezione.»

«Oh. Giusto.» Pare così delusa che è un miracolo che non svenga seduta stante. *Come ho potuto fraintendere fino a questo punto?* si chiederà, e sinceramente vorrei saperlo anch'io. «No, grazie. Devo, insomma, dobbiamo...»

Tom sorride, seppure senza allegria. «Non è un problema.» Ma chiaramente lo è. «Se non ci vediamo...»

«Accendiamo la luce!» conclude Julie, nonostante poi abbia tutta l'aria di volersi coprire il viso con la mano. «Scusa. Intendevi la settimana prossima, vero?»

«Sì. La settimana prossima. Sai, per il bene di Doug.»

«Per il bene di Doug.»

Tom sorride con malinconia, quindi raggiunge le altre e io mi lascio cadere di nuovo sulla schiena. Dobbiamo tornare la settimana prossima. E ogni settimana successiva, finché questi due non capiscono di essere fatti l'uno per l'altra. Il vantaggio, naturalmente, è che ora ho un pretesto per abbuffarmi per i prossimi sette giorni.

E nonostante faccia volentieri a meno dell'attività fisica, se è necessaria per metterli insieme, dovrò farmene una ragione.

21

Nonostante l'accaduto, dopo la lezione Julie sfodera un certo fascino mentre ci dirigiamo verso il centro della città, tanto che attira gli sguardi ammirati di quasi ogni uomo che superiamo. Sebbene possa dipendere dal semplice fatto che i suoi leggings siano piuttosto trasparenti, noto che è lusingata da questa attenzione. Ma quando una voce femminile la chiama dall'altra parte della strada, il colore le scompare dalle guance come se qualcuno avesse premuto un interruttore.

Alzo gli occhi dal punto in cui annuso un lampione particolarmente aromatico, appena in tempo per vedere Sarah che, agitando la mano con foga, attraversa la strada nella nostra direzione. Si trascina dietro Luke, riluttante quanto un bambino che va dal dentista e, a giudicare dall'espressione, anche Julie affronta l'incontro con lo stesso stato d'animo.

«Come stai?» Sarah esita per un momento, poi la stringe in un abbraccio. «E Doug, sarai contento di esserti finalmente sbarazzato di quel coso orribile.»

Sbuffo affermativamente, dando per scontato che si riferisca al cono e non a Luke o a Santa, benché la risposta sarebbe un sonoro «sì» in tutti e tre i casi.

«Stiamo... bene», dice Julie.

«Più che bene, mi sembra.» L'altra la stacca da sé, tenendola per le spalle. «Anzi, sei strepitosa!»

Julie abbassa lo sguardo su di me, poi evidentemente decide di non parlare del restyling. «Siamo appena stati a una lezione di ginnastica.»

«Interessante.»

«Sì. La tiene Tom, un ragazzo che ho conosciuto. Per farla breve, fa il V-E-T-E-R-I-N-A-R-I-O e ritiene che Doug debba perdere un po' di peso, così...»

«Tom, hai detto?» Luke si pente subito di aver fatto questa domanda ma, se teme che Sarah abbia colto la sfumatura di gelosia nella sua voce, lei non sembra essersene accorta.

«Doug non è l'unico!» Si passa la mano sul pancione. «A parte gli scherzi, sei stupenda.»

«Non saprei», dice Julie, a disagio.

«Sì, invece. Vero, Luke?»

«Può darsi», risponde lui con un misto di imbarazzo e ritrosia. «Però negli ultimi giorni è stata assente dal lavoro, quindi è bello vedere che... insomma... sprizza salute da tutti i pori.»

«Non essere sospettoso!» Sarah posa la mano sul braccio di Julie. «Nulla di serio, spero.»

«Credevo di sì, ma...» Julie si fissa i piedi, poi guarda Luke. «No. Alla fine non si è rivelato nulla di serio.»

«Bene.» Sarah le stringe il braccio, quindi mi sorride. «Adesso che ci penso, è l'ora di pranzo. Se tu e Doug non avete impegni, possiamo mangiare insieme.»

Nessun impegno, e il pranzo è un'ottima idea, ma a giudicare dal suo linguaggio del corpo, Julie non sembra d'accordo. E neppure Luke.

«Tesoro?» dice a sua moglie, e devo riconoscere che Julie si trattiene dal rispondere.

«Sì?»

«Volevo... Insomma...» Controlla l'orologio, ma più per prendere tempo che per conoscere l'ora. «La partita di calcio inizia tra poco, così...»

«E perché dovrebbe interessarmi, esattamente?»

«È solo che, sai, volevo *guardarla*, perciò forse il pranzo non è...»

Sarah sospira. «Be', ho bisogno di sedermi e di mangiare un boccone, dunque...» Stringe gli occhi, poi li allarga di nuovo, come se avesse appena avuto un'ispirazione. «Ho un'idea. Perché tu non vai a vedere la partita, mentre io, Julie e Doug pranziamo da qualche parte e chiacchieriamo tra donne? Se ti va, ovviamente.»

«Ecco...»

«L'ultima frase era rivolta a Julie.»

«Giusto.» Luke fissa Sarah per un momento, poi Julie e infine me, neanche sperasse che uno dei tre trovi una scusa per impedire a moglie e amante di consumare un pranzetto insieme. Com'è prevedibile, è destinato a restare deluso.

«Ebbene?»

Sarah ci guarda impaziente, e Julie stringe un po' di più il guinzaglio, quindi si stampa un sorriso sulla faccia e annuisce. «Perché no?»

Mentre noi tre proseguiamo lungo High Street, penso che probabilmente Luke potrebbe elencare diverse ragioni valide ma, considerando il modo in cui rimane intontito sul marciapiede, sembra che non abbia nessuna voglia di comunicarcele.

Seduti su una panchina al parco, stiamo finendo il pranzo del *McDonald's* quando d'un tratto Sarah fa una smorfia, passa a Julie le patatine che stavano dividendo, e si mette una mano sul pancione. Julie si preoccupa, ma l'altra la rassicura agitando la mano.

«Niente di che. Solo un calcio. Lo fanno di tanto in tanto. Per ricordarmi che ci sono, immagino. Non che ce ne sia *bisogno*!»

Julie scuote lentamente la testa. «È incredibile. Due gemelli.»

«Già.»

«Non sei un po'... spaventata?»

Sarah fa un sorriso affermativo. «Terrorizzata! Ma anche impaziente. Perché a prescindere da tutto, sarà un sollievo partorire.»

«Come ha reagito Luke?» chiede Julie dopo essersi spremuta le meningi per trovare una domanda adeguata. «Quando ha scoperto che erano gemelli.»

«Oh, lo conosci. Dice tutte le cose giuste, ma...» Abbassa la voce. «Detto tra noi, credo che la notizia l'abbia preso alla sprovvista.»

«Come mai?»

«È un po' distante ultimamente. Si ferma al lavoro più a lungo del solito. Per qualche tempo ho sospettato addirittura che avesse... No. Che sciocca.» Si interrompe, guardando lontano.

Poi, di punto in bianco, Julie scoppia in lacrime.

Sarah scivola goffamente lungo la panchina e le mette un braccio intorno alle spalle. «Cosa c'è che non va?»

Lasciando cadere le patatine per terra, Julie si copre il viso con le mani. «Scusa», singhiozza.

«Non preoccuparti. Non avrei dovuto mangiarle in ogni caso.»

«No, non per questo. È...» Julie alza tristemente gli occhi e Sarah le accarezza la schiena.

«Dovrei essere io quella in preda a una tempesta emotiva. Non tu.»

«Mi odierai.»

«*Odiarti?*»

Julie si tampona gli occhi con un tovagliolino. «Non so come dirtelo. Insomma, non volevo, ma poi ho imparato a conoscerti, e sei davvero gentile, e mi piaci molto, e così ho deciso che *non* potevo, soprattutto perché...» Lancia un'occhiata al pancione. «Poi ho deciso che dovevo, perché...» Un'altra occhiata. «Perché al tuo posto vorrei saperlo.»

«Sapere cosa?» Il tono di Sarah è conciliante anziché rabbioso, e questo sembra turbare Julie ancora di più.

«Quello... che hai appena detto. Che forse Luke aveva una...» Deglutisce forte. «Una relazione.»

«*Un ripensamento*, stavo per dire.»

«Cosa?»

Julie inorridisce, ma Sarah sorride, il che pare un po' in contrasto con l'andamento della conversazione.

«Ma ora che mi ci fai pensare, ne sono sicura.»

«Di cosa?»

A mio parere, Julie fa benissimo a voler scoprire esattamente cosa Sarah stia per dire prima di sbilanciarsi di nuovo.

«Di te e di Luke.»

Come sapete, ho visto Julie piangere spesso, soprattutto (e di recente) per colpa di Luke, ma ora, strano a dirsi, il nome di lui è la cosa che la fa *smettere* di piangere.

«Lo... sai?» Julie si soffia rumorosamente il naso nel tovagliolino. «Quando hai...?»

Sarah si stringe nelle spalle. «Dal pub.»

«Dal... *pub*?»

L'altra annuisce. «Conosco Luke da molto tempo. Credimi, non sei la prima. E probabilmente non sarai l'ultima.»

«Ma... come fai a...?» Julie guarda il pancione per la terza volta. «Sapendo che lui...»

«Fai una valutazione, no? Decidi che cosa vuoi. Che cosa sei disposta a sopportare. Io voglio questo.» Sarah si posa una mano sul pancione. «E io e Luke... andiamo d'accordo. Lui ha la sua vita, io ho la mia. Ogni tanto si intersecano, probabilmente solo quanto basta per ciascuno dei due...»

Julie la fissa sempre a bocca aperta e, forse in modo un po' inopportuno, Sarah scoppia a ridere. «Scusa. È soltanto... la tua faccia!»

C'è una pausa, quindi Julie si rende conto che tocca a lei parlare. «Ma come riesci a rimanere sposata con un uomo che...» Deglutisce a fatica. «Non ti ama...»

«Ma Luke mi ama. A modo suo. E io... gli voglio bene. Dico sul serio. Sono molto dolci, in realtà, gli sforzi che compie per nascondermi le sue... avventure. Senza offesa.»

«Figurati», dice Julie, pur faticando ancora a credere che la conversazione abbia preso una piega così surreale.

«Per rispondere alla tua domanda, resterò sposata con Luke finché tornerà a casa da me. E non mi lascerebbe mai...» Si accarezza il pancione. «Soprattutto ora. Perciò che importanza ha se – ancora una volta, non prenderla sul personale – si trova un piccolo 'hobby'? Altri uomini della sua età dilapidano una fortuna in biciclette oltre le loro possibilità e passano ogni domenica mattina in sella. Luke... Be', non voglio fare il paragone ovvio. Frequentava un'altra quando l'ho conosciuto, e il lupo perde il pelo ma non il vizio, dunque perché avrei dovuto pretendere che con me le cose fossero diverse? E anche se, naturalmente, in un mondo ideale preferirei che lo fossero, questo non è un mondo ideale. Tutt'altro.»

Sarah si guarda i piedi, vede le patatine e, per un secondo, sembra indecisa se raccoglierne una e mangiarla. «Ma in qualche modo, nel nostro caso pare che funzioni. Come ho detto, sto per ottenere ciò che voglio. Anche lui, immagino. E a lungo termine è l'unica cosa che conta. Non pensi?»

Julie fa un'espressione buffa – a metà strada tra l'orrore e l'ammirazione – e non sono certo che pensi proprio questo. Con molta probabilità non lo è nemmeno lei, poiché le occorre qualche momento per ricominciare a parlare.

«Ma tu e io... Mi hai incoraggiata a essere tua *amica*.»

«Perché no? Sembravi molto corretta, come hai dimostrato confessandomi ogni cosa. Inoltre, avevamo qualcosa in comune e ho provato compassione per te. Evidentemente Luke ti ha fatta soffrire, e mi sono ostinata a pensare di poter rimediare.»

«Capisco», dice Julie, nonostante il suo tono riveli che non capisce affatto.

«Ed è stato divertente vedere Luke sulle spine.» Sarah fa una breve risata, poi cambia espressione. «Scusa se ti ho ingannata. Spero che tu possa perdonarmi.»

«Speri che io possa perdonare *te*?» Julie sgrana gli occhi così tanto che i bulbi rischiano di cadere. «E quello che ho...»

L'altra sorride. «Non è stata colpa tua. Immagino che Luke non ti abbia detto di essere sposato?»

«No, non subito.»

«E quando l'ha fatto, ormai eri troppo... coinvolta per reagire?»

Julie annuisce vigorosamente. «Ho provato a chiudere, ma tornava sempre alla carica.»

«È bravo in questo. Ottima capacità di persuasione...» Sarah sgonfia le guance. «Ci sei cascata con tutte le scarpe, vero?»

«Sì.» Julie sorride in modo forzato. «E ho pensato di vendicarmi, ma poi ti ho conosciuta e ho capito.»

«Che cosa?»

«Che forse non meritavi un marito così. In senso buono.»

«Forse no. Ma sono consapevole delle conseguenze delle mie azioni...» Sarah ride. «Sono maggiorenne e vaccinata. So in cosa mi sono cacciata. E mi sta bene. Dico davvero. Più tardi gliene canterò quattro, lo sbatterò fuori a calci per qualche giorno, poi tornerà praticamente strisciando e lo perdonerò, quindi righerà diritto fino...» Esibisce un sorriso tirato. «Be', fino alla prossima volta. E sì, un giorno, potrei decidere di puntare i piedi, ma ora? Più o meno è così che funziona.»

Sorride, anche se con poco entusiasmo, poi accenna al chiosco dei gelati. «Ti va un cono?»

Non saprei dire se Julie abbia fame o se semplicemente sia troppo scioccata per discutere, perché guarda Sarah per un istante, quindi la sua pancia, quindi me e infine risponde: «Perché no?»

22

MENTRE torniamo a casa, fatico a stare dietro a Julie, forse perché cerca di smaltire l'enorme gelato che ha appena divorato, ma più probabilmente perché vuole arrivare prima di ricominciare a piangere. Anche se, a essere sincero, al posto suo non saprei come sentirmi.

Da una parte, la confessione di Sarah è *preziosissima*, perché dimostra la teoria del «non è colpa tua, ma mia», nel senso che non è stata colpa di Julie, ma di Luke, perciò lei non dovrebbe avere il minimo rimorso. Dall'altra, non soltanto è stata ingannata da Luke, ma persino dalla moglie e, se è così, potrà mai essere di nuovo sicura di qualcosa?

Meno male che questa sera viene Priya, che forse sarà in grado di aiutarla. Infatti, quando bussa alla porta, Julie non si è ancora mossa dal divano.

«Santo cielo, Jules!» Priya la segue lungo il corridoio fino al salotto. «Su col morale. Sta' tranquilla.»

Restando in silenzio, Julie adocchia la bottiglia di vino tra le sue mani, così Priya gliela porge.

«Santo cielo, Jules!» ripete quando Julie svita il tappo e beve un sorso a canna. «Cosa ne dici se prendo due bicchieri e poi mi racconti ogni cosa?»

Julie la guarda come a dire: *Fa' pure* e le restituisce il vino come una bambina costretta a rinunciare al suo giocattolo preferito, quindi la segue in cucina, con me alle costole. Priya recupera i bicchieri dallo sgocciolatoio, che si trovano ancora lì dalla sua visita di venerdì, e versa una generosa dose di chardonnay in ciascuno. «Ebbene?» chiede, curiosa.

Julie si siede al tavolo, apre il sacchetto di patatine che Priya ha appena tirato fuori, e se ne infila una manciata in bocca. «Sciara sciapeva fuffo.»

«Che cosa?»

Alzando la mano per invitarla ad aspettare, Julie mastica e deglutisce, per poi rendersi conto di non aver masticato abbastanza.

«Sarah sapeva tutto.»

Priya si siede lì di fronte, allungandole un bicchiere. «Riguardo a cosa?»

«A me e Luke.»

«Cristo! È... Non so che dire.» Priya afferra una patatina e me la offre. «E vuole ugualmente essere tua amica?»

Sgranocchio mentre Julie descrive l'incontro di oggi pomeriggio, inghiottendo in tempo per sentire le sue ultime parole contrite.

«Caspita.» Priya scrolla appena il capo per mostrare ammirazione. «Ha appena guadagnato cento punti ai miei occhi.»

Julie la fissa, poi beve un lungo sorso di vino. «Ho provato a dirglielo, ma ha detto che lo sapeva già, che aveva *sempre* saputo di me. E delle altre.»

«Ce ne sono state altre?» Priya tace. «Certo che ce ne sono state. Lo dirai a Luke?»

«Sarah mi ha chiesto di non farlo. Sostiene che potrebbe essere il nostro piccolo segreto. Inoltre, a cosa servirebbe?»

«A molto.»

«E poi significherebbe parlare di nuovo con Luke: è già abbastanza difficile avere a che fare con lui al lavoro.»

«E come ti senti dopo questo particolare fulmine a ciel sereno?»

«Non lo so. Come *dovrei* sentirmi?»

Priya riflette per un momento. Poi per un altro. «Sollevata?» suggerisce alla fine.

Julie la fissa per uno o due secondi, si avvicina il bicchiere alla bocca, quindi lo rimette giù proprio quando sta per bere un sorso, rovesciandosi un po' di vino sulla T-shirt. «Hai ragione.» Guarda la macchia con espressione infastidita. «Dovrei. Ma invece mi sento stupida. E usata. E...»

«Lascia che ti interrompa qui», dice Priya in tono fermo. «Non sei stata né stupida né usata. Sei stata ingannata. C'è una bella differenza.»

«E sarebbe?»

«Volevi credere che tu e Luke avreste avuto un futuro. Anche lui ti ha indotta a crederlo. E ora sai che questa possibilità non è mai esistita.» Prendendo il bicchiere, Priya lo avvicina a quello di Julie per brindare. «Se vuoi il mio parere, dovresti festeggiare.»

«Festeggiare?»

«La fine di Luke. Ora puoi finalmente smettere di perdere tempo con lui e trovare qualcuno di più... adatto.»

«Suppongo di sì.» Seppure con scarso entusiasmo, Julie tintinna il proprio bicchiere contro il suo. «Ma temo che non riuscirò più a fidarmi di un uomo.»

«Sì che ci riuscirai.»

«E come faccio, *Signorina So tutto io*?»

«Trovandone uno di cui puoi fidarti», risponde Priya, come se fosse così semplice.

Sebbene Julie non sembri d'accordo, sono quasi sicuro che in realtà lo sia. Principalmente perché l'ha già trovato.

* * *

È quasi ora di andare a dormire, e le due amiche fanno zapping su Netflix e cercano di decidere se hanno l'energia per guardare un'altra puntata di *Suits*, quando qualcuno bussa energicamente alla porta. Abbaiando come un pazzo, la raggiungo in circa mezzo nanosecondo nonostante la partenza da fermo, e quando Julie mi solleva in braccio, il suo incerto «chi è?» riceve l'unica risposta che non vorremmo sentire.

«Sono io.»

Julie sorride con astuzia, quasi l'avesse previsto. «Mi scusi. Deve essere un po' più preciso.»

«Dai, Julie!»

«Mi dispiace. Continuo a non...»

«Sono *Luke*!»

«Luke, chi?»

«Julie, per favore!»

«Che cosa vuoi?»

«Ho bisogno di vederti.»

Julie mi lancia un'occhiata, e ce la metto tutta per assumere un'espressione che significhi «non aprire!» ma il messaggio è compreso solo a metà, perché inserisce la catenella e socchiude la porta. Quasi subito, Luke, agitatissimo, infila la faccia tra il battente e lo stipite. Evidentemente non si è accorto della catenella, perciò rimane incastrato con le orecchie, più o meno come è successo a un bambino nella recinzione intorno all'area giochi del parco l'altra settimana.

«Sai che ore sono?»

«È tardi, lo so, ma...»

«Stavo per andare a letto.»

Luke non si trattiene. «Tempismo perfetto, allora», dice sorridendo, ma Julie lo fulmina con lo sguardo e fa per chiudere.

«Julie, per favore. Dobbiamo parlare.»

Ha infilato anche un piede nella fessura, facendo del suo meglio per allentare la pressione sulle orecchie, e prego che Julie sbatta forte la porta. Lo spiraglio è abbastanza largo perché io me la svigni fuori e lo insegua lungo il vialetto del giardino, e prendo questa idea in seria considerazione, perché temo che stia tentando di ingannare Julie.

«Di che cosa?»

«Di noi due.»

Lei emette un sospiro esasperato. «Non esiste nessun noi due. Perché esistete tu e tua moglie. Ricordi?»

«Sì. Be', a proposito.»

«A proposito di *che cosa*?»

«L'ho lasciata.»

Julie si blocca, e anch'io. «Lasciata?»

«Sarah.»

Come se stesse estraendo un coniglio da un cappello a cilindro, Luke mostra il borsone che stringe in mano ma, a giudicare dalla sua espressione, Julie sta facendo due più due. Invece di essere il clamoroso annuncio che forse sarebbe potuto essere prima del suo *tête-à-tête* con Sarah, è più probabile che Sarah abbia messo in atto la minaccia di buttarlo fuori per qualche giorno e che Luke cerchi di sfruttare la situazione a proprio favore.

«Immaginavo che ti riferissi a lei. A meno che tu non abbia un'altra moglie di cui né io né Sarah conosciamo l'esistenza.» Julie controlla che la catenella sia ben fissata. «Perché?»

Luke la guarda come se gli avesse formulato la domanda più stupida del mondo. «Per te, naturalmente.»

«Bene», dice Julie. È un'unica parola, ma ho imparato che può avere diversi significati. E Luke sembra non avere dubbi su quale le abbia assegnato Julie.

«Fammi entrare, okay?»

«A che scopo?»

Lui alza gli occhi al cielo, non perché voglia sottintendere che Julie è ottusa, ma perché ha cominciato a piovere e, siccome casa nostra non ha la veranda, si sta bagnando. «Per parlare.»

«Di che cosa? Di come mi hai mentito e ingannato, venendo spudoratamente a letto con me all'insaputa di tua moglie, che tra parentesi è incinta?»

«Be', sì.» Poi si affretta ad aggiungere: «Ma c'è una ragione per tutto questo».

«Certo. La ragione è che sei uno schifoso bugiardo.» Comparendo dietro Julie, Priya incrocia con decisione le braccia.

Per la prima volta, la spavalderia di Luke vacilla.

«No, è perché...» Esita, quindi abbassa gli occhi su di me. «Ero confuso.»

Anche Julie incrocia le braccia. «E ora non lo sei più?»

«No!» esclama Luke, quasi avesse appena trovato Dio. «Quando ti ho vista oggi eri bellissima, e ho capito che non volevo stare con lei un minuto di più, così...»

«Ti rendi conto di quanto questo ti faccia sembrare superficiale?»

«Così ho deciso su due piedi di lasciare Sarah. Per te.»

«Lo dici come se fosse una buona cosa.»

«Lo è!»

«Abbandonare una moglie incinta.»

«Non la sto... abbandonando.»

«Mi sembra di sì», replica Julie. Ne approfitto per sedermi, curioso di vedere come farà Luke a cavarsela.

«Okay. Forse. Ma a lungo andare sarà meglio per tutti.»

Julie lo guarda torva, forse domandandosi se *tutti* comprenda anche lei.

«Insomma», continua Luke. «Ai bambini non fa bene crescere in una famiglia infelice. Sarò pur sempre il loro papà. E magari...» Fa una faccia supplichevole. «Avranno due mamme...»

«Per favore!» sbotta Priya alle mie spalle, nonostante osservi nervosamente la sua amica. Sa che la questione dei bambini le sta molto a cuore, che teme di aver rimandato la maternità troppo a lungo. Perciò forse condividere l'esperienza con Sarah potrebbe anche andarle bene.

Luke sembra formulare lo stesso ragionamento, perché sa di aver giocato l'asso nella manica e, per un secondo, ho paura che Julie ceda. L'ho già visto in quei film che fanno sempre piangere lei e Priya, dove ogni cosa sembra perduta, ma poi l'«eroe» esegue un eclatante gesto romantico, una dichiarazione d'amore eterno, di solito sotto la pioggia (e ora piove), e l'eroina lo riaccoglie a braccia aperte.

Ma Luke non è di sicuro un eroe, non c'è nulla di romantico nel mentire sull'aver scaricato una moglie incinta, e per il momento – grazie al cielo – l'argomento dell'amore non è neppure stato menzionato. Per fortuna pare che Julie sia finalmente diventata immune al suo fascino.

«E ne hai discusso con Sarah?» domanda in tono piatto.

«Di che cosa?»

«Di questo tuo progetto favoloso.»

«Non ancora. Un passo alla volta.»

Luke mima con le dita una persona che cammina, e Julie tentenna, poi i suoi lineamenti si induriscono. «Aspetta. Sarah sa che l'hai lasciata?»

«Sa che...» Deglutisce rumorosamente. «Me ne sono andato di casa.»

«E sa dove ti sei trasferito? E tu lo sai, a proposito?»

«Be'...» Luke alza lo sguardo al cielo, quindi si asciuga la pioggia dalla fronte. È fradicio. «Pensavo di poter dormire qui.» La guarda con occhi da cucciolo smarrito.

«Certo che puoi!» assicura Julie, scioccando me, Priya e

Luke. Poi accenna al gradino davanti alla porta. «Ma temo che non starai molto comodo.»

«*Tesoro...*»

«Non chiamarmi 'tesoro'!»

«Ti prego, dammi un'altra possibilità.»

«No!»

«Perché no?»

Julie lo fissa per un momento, forse indecisa su quale ragione indicare tra le mille possibili, ma poi Priya la affianca, con le braccia ancora incrociate, pari a un buttafuori, e dà una risposta che sorprende Luke e Julie quasi quanto me.

«Perché ha un altro.»

«Cosa?»

Julie avvampa di colpo. «Esatto!» conferma, facendo del suo meglio per non sembrare stupita. «Ho un altro.»

Luke boccheggia, ricordandomi il pesce rosso di Tessa. «Ma... come?»

«Non resto ad aspettare che tu ti faccia vivo, sai?»

La guardo, sconcertato. È *esattamente* ciò che ha fatto negli ultimi undici mesi. Anche se capisco perché non voglia che Luke lo pensi.

«Ma... Sarah?»

«Che cosa c'entra?»

«Me ne sono...» deglutisce a fatica, quasi avesse bisogno di una gola più grande per buttare fuori l'ennesima menzogna, «andato di casa.»

Julie fa un sorriso di sufficienza. «E io sono andata avanti. Perciò ti suggerisco di fare lo stesso.»

Ignorando l'espressione stordita di Luke, gli posa il palmo sulla faccia, lo allontana dalla fessura con un gesto delicato ma fermo, e spinge la porta. Infine, la chiude a doppia mandata, mi prende in braccio e, fermandosi appena per dare il cinque a Priya, torna trionfante verso il salotto.

23

QUELLA notte, anzi ogni notte della settimana seguente, dormo come un neonato. Con Luke finalmente fuori dai piedi, mi devo preoccupare solo di alzarmi in tempo per la consueta passeggiata al parco con Jim e, visto che ormai sembrano fare «coppia fissa», per una puntatina al caffè di Dot. Cerco anche di scroccare il maggior numero possibile di colazioni extra, per gentile concessione di Jim, in modo da non perdere peso e da continuare a frequentare la Corsa Bau, tutto parte del mio piano geniale per mettere insieme Julie e Tom.

Forse inaspettatamente, il resto della settimana scorre tranquillo, nonostante il ritorno un po' nervoso di Julie al lavoro. Secondo quanto le ho sentito dire mentre era al telefono con Priya, Luke è rimasto quasi tutto il tempo chiuso nel suo ufficio, impegnato in videoconferenze, o è stato fuori per pranzi di lavoro durati fino a cena. Julie non ha nulla da ridire ma, quando arriva il venerdì sera (e di conseguenza anche Priya), sembra sempre meno convinta di aver fatto la cosa giusta.

«Come sarebbe a dire, non ci vai?»

Priya le lancia un'occhiata di disapprovazione dall'altra

parte del tavolo. Parlano dell'imminente party estivo dell'azienda di Julie, un evento che ha richiesto mesi di organizzazione e che, sospetto, potrebbe diventare l'ennesimo episodio del *Julie and Luke Show*.

«Non mi va.»

«Non sembrerebbe un po' strano?»

«Forse.» Julie beve ciò che resta di quello che non è il suo primo bicchiere di vino. «Prenderò un giorno di permesso.»

«Ma sei già rimasta a casa diversi giorni in malattia.»

«Inoltre è colpa tua.»

«*Mia*?»

«Ci saranno perlopiù coppie. E non ho un accompagnatore, nonostante ciò che hai detto a Luke l'altra sera. Perciò si aspetterà che io porti 'il più uno' e, quando invece mi presenterò con Doug...»

«Ho dovuto pensare in fretta. In più sembrava l'unico modo per sbarazzarci di lui.» Priya assume un'espressione colpevole. «Sicura di non avere nessuno da portare?»

«A che scopo?» chiede Julie, disperata.

«Anziché dargliela vinta rinunciando ad andare, fatti viva al braccio di qualcuno. Tanto per sbatterglielo in faccia.»

Julie sospira. «Chi, esattamente? A parte mio padre...»

«Vuoi che lo chieda a Sanj?»

«È molto gentile da parte tua, ma non pretendo che tuo marito mi accompagni al party solo per...» Julie si rende conto del fraintendimento. «Intendevi che volevi chiedergli se conosce qualcuno, vero?»

Priya annuisce lentamente, come quando si parla con un tonto. «Deve pur esserci qualcuno.»

Julie le dà a intendere che no, non c'è nessuno.

«Sei sicura?»

«Sì, sono sicura.»

Restano in silenzio per un momento – evento raro, ma è

l'occasione perfetta per intromettermi –, così corro al centro della stanza, da dove mi vedono entrambe, abbaio per attirare la loro attenzione, quindi comincio a grattarmi furiosamente l'orecchio ferito.

«Doug!» mi rimprovera Julie, così mi paralizzo come se giocassimo alle belle statuine, e Priya scoppia a ridere.

«Che cosa gli prende?»

«Tom gli ha tolto i punti la settimana scorsa. Aveva detto che forse avrebbe avuto un po' di...»

«*Tom*?»

«Il V-E-T-E-R-I-N-A-R-I-O di Doug. Be', non proprio. Ha uno studio al parco. È il figlio di Dot. L'ho conosciuto a un barbecue un paio di settimane fa. Ha pensato che fosse un appuntamento combinato, e credo che stesse per invitarmi fuori, così gli ho raccontato di Luke e lui mi ha fatto una predica su... Comunque, per farla breve, quando Doug è stato aggredito dal pastore tedesco, è stato Tom a salvarlo e a curargli l'orecchio, poi mi ha proposto di partecipare alla Corsa Bau la domenica mattina, una lezione di ginnastica per cani al parco. All'inizio ho pensato che me l'avesse chiesto solo perché, sai...» Julie tace, forse perché Priya ha l'aria di una che ha visto improvvisamente estratti i suoi numeri alla lotteria. «Che cosa c'è?»

«Tom!»

«Tom, che cosa?»

«Potrebbe accompagnarti lui!»

Mentre mi congratulo con me stesso per le mie capacità da mimo, Julie fa una smorfia. «Priya, *per favore*!»

«È single?»

«Divorziato.»

«Come volevasi dimostrare!»

Julie emette un sospiro esagerato. «Magari bastasse così poco», osserva in tono piatto.

«Sembra simpatico, però. O sbaglio?»

«Credo di sì, ma...»

«Ma, che cosa? Piace a Doug?»

«Perché non lo chiedi a lui?» domanda Julie, sarcastica, ma Priya la prende in parola.

«Doug? Impressioni su Tom?»

Alzando gli occhi su di lei, scodinzolo con entusiasmo. Sì che mi piace. Tralasciando come si guadagna da vivere.

«Visto? E Doug detestava Luke.»

Julie le lancia un'occhiata, ma evidentemente decide di non rispondere.

«Vediamo.» Priya prende il telefono. «Tom, *Park Veterinary Practice.*» Scandisce teatralmente le parole mentre le digita, poi sgrana gli occhi. «Niente male!» Le mostra la foto di Tom con il camice. «E la ragione per cui non ti piace è...?»

«Mi piace. Non piace *piace*, ma piaciucchia. E non voglio che si faccia un'idea sbagliata.»

«Cioè?»

«Lo sai.» Julie si porta il bicchiere alla bocca, per poi scoprire che è già vuoto. «Che sono interessata.»

«E quale sarebbe la ragione per cui non sei interessata a un ve... scusa, V-E-T-E-R-I-N-A-R-I-O single, affermato e attraente, che a quanto pare è interessato a *te*?»

«Non sono pronta, P.»

«Fa' in modo di esserlo, Jules. Quando lo rivedi?»

«Non in quel senso», risponde Julie, irritata. «Doug ha la prossima lezione di ginnastica domenica mattina, ma non...»

«Ecco. Puoi approfittarne per chiederglielo.»

«*Priya...*»

«*Jules...*» dice Priya, imitando abbastanza bene la sua voce, poi sorride. «Coraggio. Che cos'hai da perdere?»

«A parte la dignità?»

«Che di sicuro non perderai se ti presenterai al party e Luke ti vedrà *sans beau...*»

«Non sarebbe un problema se non gli avessi detto che sono...»

«*Avec?*»

Non so perché Priya sia passata al francese, ma funziona, perché Julie riflette sul suo suggerimento.

«Okay», accetta alla fine. «Ma come...?»

«Ho un'idea.» Priya si piega sopra il tavolo e batte leggermente le nocche sulla fronte di Julie. «Chiediglielo e basta.»

«Non sono sicura...»

«Il tuo problema è che hai dimenticato com'è avere una relazione normale.»

«Che cosa vorresti dire?»

«Calmati. Intendo solo che tu e Luke... Be', non era una relazione nel senso tradizionale del termine, no? Tutto quell'agire di nascosto, senza mai farsi vedere in pubblico insieme e, le rare volte che succedeva, senza potersi tenere per mano o roba simile. Dover sempre aspettare che fosse lui a chiamare, perché non potevi telefonargli nell'eventualità che sua moglie fosse nei paraggi.»

«E la tua tesi è?»

«Le relazioni dovrebbero essere divertenti. Ciò che avevate... e lo dico solo perché sono tua amica, e perché non lo farà nessun altro, *e* perché hai bisogno di sentirlo.»

«Dillo e basta!»

«Tu e Luke. Ciò che avevate era una serie di incontri sessuali.»

«Non è...»

«Giusto?»

«No! E non è nemmeno vero.»

«Sì, invece. Te ne stavi lì senza far niente, aspettando che ti chiamasse per avvisarti che stava arrivando, poi compariva e...» Priya fa un gesto che credo sia una rappresentazione dei «rapporti» interpersonali. «Dimmi cos'era, se non quello che ho detto.»

«Okay, okay. Ma è perché...»

«Luke è uno stronzo che ti usava per il sesso?»

Quando Julie sobbalza, trattengo l'equivalente canino di un «sì!» perché Priya ha riassunto la situazione in modo molto più eloquente e sintetico di quanto potrei mai fare io.

«Ma lo amavo, P!»

«Interessante.»

«Che cosa?»

«Hai detto 'amavo'. Tempo passato.»

«E con questo?»

«Significa che non lo ami più.»

«Be'...» Julie raddrizza la schiena, poi il suo viso passa da un'espressione all'altra, fermandosi su quella che indica una rivelazione improvvisa.

«Allora perché non riesco a dimenticarlo?»

«Perché non vuoi.»

«Eh?»

«Puoi scegliere di chi innamorarti, sai?»

«Tu non hai potuto!»

Chinandosi sopra il tavolo, Priya le dà un colpetto affettuoso al cuore. «A dire il vero, sì. I nostri genitori si sono limitati a presentarci. Nient'altro. Nessuno ci ha puntato una pistola alla tempia dicendo: 'Dovete sposarvi'. In altre parole, non hai il controllo della situazione. Né delle tue azioni quando ci sei *dentro*. Ma quando non ci sei...» Sospira. «Nonostante ciò che Luke ha detto l'altra sera, ha preferito sua moglie a te. Forse perché ha compreso di non poter più fare i propri comodi o, probabilmente, perché temeva di essere scoperto ma, sia come sia, ha preso quella che a un osservatore imparziale sembra la decisione più logica e razionale. E l'unica a non capirlo sei tu. Perché ci sei dentro. Dunque, vedi la situazione proiettata su te stessa. Ti senti indegna. Pensi di non poter piacere a nessuno perché non sei riuscita a tenerti Luke...»

«Grazie mille!»

«Ma non è affatto vero.»

«Come fai a essere così sicura?»

«Perché non ha mai avuto intenzione di lasciarla.» Priya mostra un sorriso compassionevole. «Sono una dentista, Jules. Le persone vengono da me perché soffrono, e il guaio del mal di denti è che non passa mai da solo. Ti viene un ascesso, devi prendere gli antibiotici. L'otturazione ti causa dei problemi, devi farla sostituire. Hai un dente guasto? Devi fartelo togliere.»

Julie finge di sbadigliare. «Per quanto affascinante sia questa lezione di odontoiatria, a che cosa serve?»

Priya le dà un secondo colpetto, più forte questa volta. «Questa sensazione che provi dopo Luke? Può darsi che migliori nel tempo, ma d'altronde può anche darsi di no. E l'unico modo per assicurarsi che migliori è...»

«Prendere qualcosa?»

«O qualcuno.» Priya sorride. «Dunque, porta Tom al party. Vedi come ti senti. Divertiti un po'. Sbattilo in faccia a Luke. È possibile che si risolva in un nulla di fatto, ma...»

Julie sospira forte. «Okay, okay. Ci penserò su.»

È un passo avanti, suppongo. Purché non si limiti a fare solo questo.

24

OGGI succede una cosa buffa. È sabato, tarda mattinata, e stiamo tornando dalla spesa quando Julie telefona a suo padre per vedere se sia libero a pranzo.

«Strano.» Si tiene il cellulare all'orecchio. Quando inclino la testa con aria interrogativa, fa una faccia perplessa. «Non risponde.» Poi, con un «andiamo, Doug» un poco spaventato, cambia direzione e ci incamminiamo verso la casa di Jim.

È a circa cinque minuti a piedi da dove viviamo noi, anche se Julie sembra un po' impaziente di arrivare e, benché io cerchi di conservare le energie per la Corsa Bau di domani, pare ansiosa di coprire la distanza in forse metà del tempo.

Le tremano le mani quando recupera la chiave di riserva da sotto il grosso vaso a sinistra della porta, dove Jim la tiene per le emergenze. Evidentemente teme che sia uno di quei casi, perché invece di bussare apre dall'esterno. In salotto, la TV è accesa su un documentario sulla natura, ma nessuno la sta guardando, un fatto che aumenta il suo livello di panico.

«Papà?» sussurra, quindi controlla la cucina e sbircia in giardino, ma di lui neanche l'ombra.

Preoccupata, mi sgancia il guinzaglio dal collare. «Dov'è mio padre, Doug?» mi domanda, e la fisso con occhi inespressivi per un momento, finché capisco che mi chiede di svolgere il mio «lavoro» e di trovarlo per lei.

Sbuffando, mi accovaccio ad annusare la moquette – più per darmi delle arie, in realtà, perché sento dei movimenti dal piano di sopra –, così percorro il corridoio e, fermandomi in fondo alle scale, appoggio una zampa sul primo gradino.

«Vai, Doug. Trovalo.» Julie accenna alle scale, aspettando che la preceda, ma i rumori che sento assomigliano un po' a quelli di una zuffa, e la mia fantasia si scatena. L'ultima cosa che voglio fare è salire e affrontare ciò che sta accadendo lassù. Poi un altro odore familiare mi aggredisce le narici e riformulo mentalmente la scena, rilassandomi un pochino. Sono ancora maldisposto ad andare di sopra, tuttavia, perché ciò che immagino ha luogo in camera da letto. Ma Julie non mi lascia altra scelta. Mi prende in braccio e, tenendomi davanti a sé come un'arma da fuoco, sale in punta di piedi verso il pianerottolo del primo piano.

«Coraggio, Doug», dice, forse più per rassicurare se stessa che me, anche se mi contorco tra le sue braccia. Se ho ragione, è una cosa che posso fare a meno di vedere, e sono quasi certo che Julie direbbe la stessa cosa.

I miei timori sono confermati quando raggiungiamo il pianerottolo e, con un esitante «papà?» Julie spinge la porta della camera e lancia un urlo che mi spacca i timpani. Perché Jim è steso supino (e nudo) sul letto e, a cavalcioni sopra di lui, avvolta in un lenzuolo, c'è una persona che entrambi conosciamo bene.

«Ciao, Julie cara», saluta Dot.

Benché Julie abbia rifiutato in modo piuttosto netto il suo invito, Dot è in cucina a preparare il pranzo. Indossa la vestaglia di Jim, perciò lui è seduto in salotto, infagottato nel lenzuolo. L'ha trasformato in una toga improvvisata per non rimanere come mamma l'ha fatto da un momento all'altro, e assomiglia a una comparsa del *Gladiatore*.

In verità, è difficile dire chi sia più imbarazzato, anche se probabilmente è Dot, perché – forse molto saggiamente – non partecipa alla conversazione. Non sono sorpreso, naturalmente: l'entusiasmo con cui ha accettato la proposta di Jim di una passeggiata lungo il fiume l'altro giorno, e il loro linguaggio del corpo durante l'incontro, sono cose che ho osservato molto bene mentre li accompagnavo, con la speranza di ricevere qualche dritta per Julie e Tom. Ma ora mi accorgo che questa è una novità *favolosa*. Dopotutto, Luke è fuori dalle scatole, Priya e Sanj sono sposati, perciò ora che Jim e Dot fanno coppia fissa, Julie non avrà altra scelta se non uscire con Tom, altrimenti farà il terzo (o anche il quarto e il quinto) incomodo.

«Tesoro...» dice suo padre nello stesso momento in cui lei inizia: «Ascolta, papà». Così si interrompono entrambi, poi Julie dice: «Prima tu» nel medesimo istante in cui lui dice: «Dopo di te», e si zittiscono di nuovo.

Restano in silenzio per qualche secondo, aspettando ciascuno che l'altro parli, quindi sorridono all'idea che nessuno dei due esprima qualcosa. Infine, dicono: «Dunque...» nel frangente in cui Dot compare portando un vassoio con tre tazze di tè e una confezione di biscotti.

Li guarda e, prendendo la sua tazza, torna veloce in cucina. Jim aspetta che chiuda la porta, poi sospira. «Mi dispiace, tesoro.»

Julie sembra incredula. «Di cosa?»

Suo padre arrossisce. «Di quanto hai appena visto, ovviamente.»

Lei alza una mano. «Anche a me dispiace di averlo visto. Sebbene questo sia l'unico dispiacere, a parte essere entrata senza suonare il campanello. Ma non rispondevi al telefono, e ho pensato che ti fosse successo qualcosa!»

«Mi *è* successo qualcosa, tesoro.» Jim lancia un'occhiata adorante in direzione della cucina. «Dot è...» Inclina la testa, un po' come me quando cerco di capire qualcosa. «Mi fa sentire vivo. Inoltre, è così... ecco... facile...»

Dalla cucina arriva il rumore di un cucchiaino che cade nel lavello. «Ehi!» urla bonariamente Dot, e Jim avvampa.

«*Da amare*, stavo per aggiungere.» Ride.

«Salvato in calcio d'angolo!» Dot socchiude la porta per un istante.

«Papà, per favore.» Julie appare insieme contenta e disgustata.

«Insomma, naturalmente mi sento un po' in colpa, dato...»

Lei gli afferra la mano. «Papà, non devi. La mamma è morta *da cinque anni*. E tu meriti di essere felice.»

«Sì, c'è anche questo, ovviamente, ma riflettendo ho deciso di seguire l'esempio di Doug.» Mi copre le orecchie. «Ricordi quanto era triste al canile? Che cosa gli era successo? Non ha permesso che quell'esperienza lo ostacolasse. E ora è felice come una Pasqua.» Staccando le mani, mi gratta sotto il mento. «Inoltre non è la sola ragione per cui mi sento in colpa.»

«No?»

«È più che altro...» Jim mi guarda, forse spera che intervenga, ma il massimo che posso fare è uno scodinzolio incoraggiante. «Il fatto che Dot è la madre di Tom eccetera.»

Julie è sbalordita. «Che cosa c'entra con tutto il resto?»

«Be', potrebbe essere un poco imbarazzante.»

«Più di quanto lo sia già?»

«Per te e Tom, intendevo.»

Julie sospira esasperata. «Io e Tom non stiamo insieme, papà.»

«E di chi è la colpa?»

Anche se forse Jim aggiungerebbe: *Di Luke*, Julie lo guarda incredula. «Perché tutti sono così impazienti di mettermi insieme a...?» Jim indica con foga la porta della cucina, probabilmente per ricordarle di nuovo che Dot è la madre di Tom e perché stia attenta a quanto dice.

Julie abbassa la voce. «Prima Priya, ora tu. Ho il crescente sospetto che sia coinvolto persino Doug.»

Si voltano a guardarmi ma, per non scoprire le carte, tengo lo sguardo fisso sul tavolo dove ci sono i biscotti.

«Doug è bravo a giudicare le persone.» Soffiando sopra il tè, Jim beve un sorso esitante.

«Vuoi che esca con un uomo in base all'approvazione di un *cane*?»

«Potresti fare di peggio.»

«Peggio di uscire con Tom? O di accettare il consiglio di Doug?»

«Di entrambe le cose!» Jim sorride, nonostante sembri serissimo.

Prendendo un biscotto, ne stacca un pezzettino. Prima che me lo dia, Julie emette un sospiro frustrato, così forte che di sicuro Dot lo sente dalla cucina. Senza dubbio origlia, perché socchiude di nuovo la porta.

«Tesoro, sei sicura di non volerti...» inizia, ma Julie alza le mani.

«La smettete di interferire?» Scandisce ogni parola per una maggiore enfasi. Poi salta su dalla sedia, mi raccoglie dal pavimento ed esce dalla porta d'ingresso.

«Fermare a pranzo?» le urla dietro Dot, sebbene non sia certo che Julie lo stia ascoltando.

Comincio a temere che stia diventando un problema diffuso.

25

È DOMENICA e, a quanto pare, è il mio compleanno. Sebbene reagisca con entusiasmo saltando verso tutti e quattro gli angoli della stanza con il mio giocattolo preferito in bocca, francamente non sono felicissimo di compiere trentacinque anni.

Se non altro, credo, non sono turbato quanto Julie quando ha raggiunto la stessa età l'anno scorso. Al punto che Priya l'ha quasi trascinata fuori e poi riportata a casa praticamente in braccio, mentre Julie, ubriaca, si lamentava biascicando che la sua vita era finita. E anche se questa mattina dobbiamo ancora andare alla Corsa Bau, il miglior regalo che vorrei è che Julie chieda a Tom di accompagnarla alla festa.

Il campanello suona proprio quando stiamo uscendo per andare al parco e, per lo stupore di entrambi, è Priya. «'Giorno, Jules!» esordisce, entrando senza aspettare di essere invitata. Raccogliendomi dal pavimento, mi stampa un bacio sulla fronte. «Buon compleanno, Doug!»

Per tutta risposta, scuoto la testa e le lecco il naso, facendola ridacchiare. Indossa una tuta da ginnastica, e Julie la guarda diffidente.

«Che cosa ci fai qui? E così presto?»

«Volevo fare gli auguri a Doug...» risponde Priya, evasiva.

«Okay. E vai in palestra o...?»

«Non proprio.» Mi rimette giù. «Ti accompagno alla – come si chiama? – Corsa Bau.»

«Corsa a sei zampe. Ma...»

«Ma cosa?»

«Ti serve un cane. Per partecipare. Come si deduce dal nome.»

«Davvero?»

«Sì, davvero!»

«Possiamo dividerci Doug cinquanta e cinquanta.»

«P...»

«Dai, Jules. Ho solo voglia di fare un po' di esercizio.»

«In realtà non è un allenamento pensato per noi. È per...» Julie accenna a me. «Loro.»

«Non importa. Dirò che sono lì per dare un'occhiata. Per capire se sia l'attività adatta per il mio cane.»

«Ma non hai un cane.»

«Be', forse medito di prenderne uno. Inoltre, non è necessario che Tom lo sappia.»

Julie la guarda sbalordita. «Così è di *questo* che si tratta.»

«Di cosa?» chiede Priya, non troppo candidamente.

«Vuoi... *indagare* su Tom. Per *me*.»

Priya alza le mani. «Ascolta, Jules. Ti serve un accompagnatore per il party. È chiaramente interessato a te. L'hai detto tu stessa. Per qualche ragione, tu non sembri molto interessata a lui. Così ho pensato che ti avrebbe fatto comodo un secondo parere.»

«Non ho bisogno di un secondo parere. Sono capacissima di decidere da sola quando devo scegliere gli uomini della mia...»

Julie tace e Priya la guarda, poi le afferra la mano e la porta fuori. Dopotutto, abbiamo già verificato l'attendibilità di quest'ultima affermazione.

* * *

È una mattinata gelida, ma questo non ha scoraggiato le padrone dei cani, anzi alcune indossano vestiti ancora più succinti della settimana scorsa, forse nel tentativo di attirare l'attenzione di Tom e di contrastare ogni favoritismo verso noi due. Julie, invece, in netto contrasto con il look dell'altra volta, è infagottata nel vecchio e sformato completo da jogging. Mentre Priya si spoglia, restando con quello che definisce un «coordinato all'ultima moda», Tom si avvicina.

«Magnifico!»

«Che cosa?» dice Julie.

«Vederti. Vedere che sei tornata!»

Julie sospira. «Non sono riuscita a starmene lontana.» Il suo tono, però, rivela il contrario.

«Magnifico!» ripete Tom, un poco meno entusiasta di prima. «E sei... Insomma, hai fatto qualcosa ai...» Allunga la mano verso i suoi capelli, poi ci ripensa. «Ciao, Doug.» Si piega per esaminarmi l'orecchio, e io reagisco con uno sbuffo affabile.

«Ciao, Tom!» si intromette Priya, che appare un po' infastidita perché Julie non l'ha presentata. «Sono Priya, la migliore amica di Julie. Ovviamente non nel senso di...» Accenna a me, poi gli afferra la mano e gliela stringe con vigore. «Oh, che stretta energica.» Lancia un'occhiata obliqua a Julie, quindi sorride a Tom. «Julie mi ha raccontato tutto di te!»

«Davvero?» Tom è sorpreso quanto Julie è imbarazzata.

«Be', non *tutto*, ovvio. Solo che fai il V-E-T-E-R-I-N-A-R-I-O, che hai divorziato da poco e...» Sorride. «Nient'altro, in realtà. E che tieni queste lezioni per cani. Così sono venuta a darti un'occhiata... cioè, a *dare* un'occhiata. Non che io sia un cane!» Rovescia la testa, ridendo così forte che Tom fa mezzo passo indietro.

«Magnifico», dice per la terza volta, toccando un nuovo minimo storico dell'entusiasmo. «Anche se...»

«Anche se?»

«Te ne serve uno. Di cane, intendo. Per partecipare.» Tom indica il resto del gruppo, poi fissa con evidenza il quadrato di terreno occupato da Priya. «E non lo vedo...»

«No. Hai ragione. Non ce l'ho. Ottimo spirito di osservazione. Sei proprio un bravo V-E-T-E-R-I-N-A-R-I-O! Ma se ce l'avessi e ingrassasse – senza offesa, Doug –, vorrei avere un posto in cui portarlo, così ho pensato... donna avvisata, mezza salvata.»

«D'accordo.» Tom sembra rimpiangere che Julie non l'abbia avvisato di Priya. «Se vuoi, puoi guardare dalla panchina.»

Lei accenna al percorso a ostacoli. «Dunque non partecipo?»

«Non sono sicura che riusciresti ad attraversare il tunnel», interviene Julie, e Priya scoppia di nuovo a ridere.

«È molto divertente!» Dà una gomitata a Tom. «Julie è molto spiritosa. Grande senso dell'umorismo. Ed è anche una brava cuoca...»

Gli altri due si scambiano sguardi imbarazzati e Priya si mette una mano sulla bocca. «Scusate. Vado a sedermi. Sbizzarritevi pure, ma andateci piano con il povero vecchio Doug questa mattina. Tra il suo compleanno e tutto il resto.»

«È il compleanno di Doug?» si stupisce Tom.

«Cinque anni oggi», risponde Julie, poi mima un «urrà» muto, e lui esita per un momento, quasi si chiedesse se farmi gli auguri sia poco professionale per chi svolge il suo lavoro. Quindi evidentemente pensa: Chi se ne frega?

«Cento di questi giorni.» Mi gratta il petto. «Sebbene non

credo che una lezione di ginnastica sia il suo modo preferito di festeggiare.»

«Non preoccuparti», lo rassicura Priya. «Più tardi avrà una festa di compleanno in piena regola.»

«Veramente?» dice Julie, e l'altra annuisce.

«Altroché! Alle tre. A casa di Julie. Con tanto di torta e compagnia bella!»

Alzo gli occhi su Julie. Sembra un po' in ansia. Forse perché, come me, sa esattamente cosa dirà Priya.

«Anzi, dovresti venire anche tu.»

«Che cosa?» sbotta Julie, anche se prima che Tom parli, l'altra lo afferra per il braccio.

«Non accetteremo un no come risposta. Vero, Jules?»

Julie ha tutta l'aria di volerlo accettare eccome, ma la sua amica è irremovibile. Inoltre, a giudicare dall'espressione di Tom, si direbbe che la sua risposta non sarà un no in ogni caso.

«Molto volentieri, allora!» E sfodera un gran sorriso.

26

SONO le tre e Julie non ha ancora perdonato Priya per: A) essersi inventata di sana pianta la mia festa di compleanno all'evidente scopo di invitare Tom, e B) aver invitato Tom. Forse non c'è da meravigliarsi, poiché «è per il tuo bene» non sembra una frase che rende le persone più propense ad accettare ciò che viene imposto. Ma la bottiglia di vino, che hanno diviso mentre versavano nelle ciotole le patatine acquistate in quattro e quattr'otto e sistemavano sui piattini i cupcake comprati al negozio all'angolo, ha un poco allentato la tensione.

In qualche modo, Priya ha miracolosamente convinto Julie che deve flirtare per un po' con Tom, tanto per vedere come va, e soprattutto per capire se sia il caso di invitarlo al party. Anche se sospetto che Tom la seguirebbe in capo al mondo, Julie non dimostra il mio stesso ottimismo.

La lista degli invitati di oggi comprende me, Julie, Priya, Jim e Dot (solo per aumentare il numero, credo, perché Tom non immagini che la festicciola sia stata organizzata solo per lui), e naturalmente Tom. È un elenco modesto ma, vista la scarsa varietà di stuzzichini offerta dal negozio all'angolo, forse è meglio così.

Invece non si può dire altrettanto dello stupido cappellino a punta che Julie mi ha fissato alla testa con un elastico e che sembra una versione in miniatura del cono della settimana scorsa. Neanche a farlo apposta, qualcuno suona il campanello, così zampetto lungo il corridoio per dare il benvenuto al nuovo arrivato. Jim, a giudicare dall'odore, ipotesi confermata quando Julie apre la porta. Suo padre tiene Dot per mano, ma si affretta a lasciarla andare quando Julie lo guarda con aria di rimprovero.

«Tanti auguri, Doug!» Jim si abbassa a massaggiarmi la pelle flaccida al centro della schiena come piace a me, quindi si raddrizza per baciare la figlia sulla testa. «Sei in forma, per avere trentacinque anni!»

Sbuffo nel momento in cui suonano di nuovo il campanello, e questa volta fiuto *Tom*.

«Bel cappellino!» commenta quando Priya gli apre, e io inizio a fare il pazzo, impegnandomi per dimostrare a Julie quanto lo adori nonostante la tortura della Corsa Bau. Mi precipito persino a prendere il mio giocattolo preferito per mostrarglielo – cosa che non ho *mai* fatto con Luke –, poi Tom lo usa per misurarsi in un tiro alla fune con me, benché non abbia la minima chance di vincere. Jim e Tom si salutano cordiali. A quanto pare non ci sono rancori dopo il barbecue di Dot o per il fatto innegabile che Jim si scopa la madre di Tom (parole di Julie dette a Priya, che sono l'unico ad aver sentito). Quindi Tom porge a Julie una bottiglia destinata a me, e Jim corruga la fronte.

«*Birra per cani*?»

Tom annuisce. «Be', è il compleanno di Doug. È maggiorenne, dopotutto.»

Julie ride. «Sulla soglia della mezza età, direi!»

«Benissimo!» Tom abbassa la voce. «Non è vera birra. Nel senso che non contiene alcol.»

«Un po' come quell'intruglio che Julie mi ha fatto bere quando sono stato male l'anno scorso», dice Jim, e tutti ridono, anche se all'epoca non è stato affatto divertente. Le ambulanze fanno un rumore pazzesco e io non avevo mai visto Julie così preoccupata.

«Più che altro è un beverone salutare. Zeppo di vitamine. Ma possiamo fingere.»

«Forse dovrei berlo io», replica Jim, facendo ridere gli altri.

«A proposito, volete assaggiare qualcosa di raffinato?» Priya pronuncia le ultime due parole con una strana voce cerimoniosa. Tiene in mano una bottiglia di cava che ha appena prelevato dal frigorifero e, secondo Jim, si tratta di «champagne per persone che non badano alle etichette».

«Sembra buono», osserva Tom, ma Jim fa una smorfia – al che mi chiedo se lui badi alle etichette – finché, con un «io bevo il solito», prende dal frigo una lattina di *vera* birra.

Tra un coro di «oh», Priya stappa il cava con i pollici e io corro diligentemente a recuperare il tappo nell'angolo della cucina. Riempiendo quattro bicchieri, ne porge uno a tutti tranne a Jim, quindi apre la mia «birra» e la svuota nella ciotola. A essere sincero, non è saporita quanto l'acqua, ma fingo di leccarla con entusiasmo per convincere Julie che Tom ha fatto un'altra cosa buona.

«Doug!» dice Priya. «Avresti potuto aspettare il brindisi!»

Mi fermo, guardandola impaziente mentre alza il bicchiere.

«A Doug!»

«A Doug!» rispondono gli altri all'unisono.

«Buon compleanno!» Tom tenta di brindare con il bicchiere contro la mia ciotola, un gesto che fa colpo su Julie, a giudicare dal sorriso che si sforza di nascondere.

Scodinzolando, mi getto allegramente sulla «birra». Dopotutto, se oggi andrà come previsto, questo compleanno si rivelerà il più felice che abbia festeggiato finora.

* * *

Ben presto capisco che Julie è una schiappa a flirtare. Forse è semplicemente perché è fuori esercizio, ma è un po' come la mia cecità ai colori, solo che, se io non so distinguere tra il blu e il verde, lei non riesce a capire se Tom la punzecchi o la insulti.

Per esempio, quando gli porge un cupcake, lui chiede: «Che lavoro fai?» e Julie risponde: «L'organizzatrice di eventi». Tom annuisce, poi continua: «Sarebbe a dire?» Al che lei dice: «Organizzo eventi». Lui scherza: «Come questo?» e Julie lo fissa, senza degnare di risposta il suo commento. Non lo biasimerei se si alzasse e se ne andasse, ma non è così scortese, perciò sorride sorseggiando il cava, poi dice: «Dunque...» e Julie dice: «Dunque?» Sebbene mi sia fatto in quattro per dimostrare a Julie che impazzisco per Tom, non sembra intenzionata a invitarlo al party aziendale più di quanto non lo fosse quando è arrivato.

Non mi resta che scuotere la testa per lo sgomento ma, quando Tom mi guarda con un'espressione curiosa, fingo che la mia reazione sia il tentativo di togliermi questo stupido cappellino, anche se mi incastro l'elastico dietro le orecchie.

«Ha...» fa lui.

Julie lo guarda titubante. Lo fa spesso, e temo non sia buon segno. «'Ha', cosa?»

«Doug.» Prendendo il telefono dal tavolo, Tom mi scatta una foto. «Ha le orecchie rovesciate!»

Me le sistema, poi mostra l'immagine a Julie. Prima, però, la gira verso di me, una premura per cui lo apprezzo ancora di più. A costo di sembrare vanitoso, la combinazione delle orecchie rovesciate e dello stupido cappellino dall'angolazione sbarazzina mi rende tenerissimo.

«Dovremmo spedirla a *We Rate Dogs*.»

Julie sembra un po' infastidita, forse per l'uso presuntuoso del *noi*.

«Cos'è?»

Tom la guarda scandalizzato. «È un'iniziativa nata su Twitter. Le persone inviano le foto dei cani e loro le valutano.»

«Per che cosa?»

«Per la tenerezza, principalmente.»

«No, volevo sapere a quale scopo le persone facciano valutare i loro cani.»

«Perché fa ridere, forse?»

Tom sembra sottintendere che Julie dovrebbe ridere un po' di più, ed evidentemente lei coglie l'allusione, perché sospira forte.

«Giusto.»

«Fidati, è divertente.» Lui preme un paio di tasti sul telefono e, passandoglielo, le mostra di far scorrere le fotografie. «Vedi?»

«Sì, tenerissimi. E allora?»

Tom fa un sospiro spazientito. «Guarda meglio.»

«Cosa?»

«Le valutazioni.»

«Aspetta.» Julie lo guarda di nuovo perplessa, questa volta davanti alla foto di un cucciolo di labrador con un fiore dietro l'orecchio e un'espressione così dolce da sciogliere persino il cuore più duro. «Questo ha una valutazione di tredici su dieci.»

Tom dà un'occhiata all'immagine. «Sì», ride.

«Tredici. Su dieci?»

«Sì.»

Julie fa scorrere lo schermo, poi scoppia in una risata sdegnosa. «E questo. Il bassotto tedesco.»

«Il dachshund, vuoi dire.»

Julie lo fissa. «No, il bassotto tedesco», ripete in tono categorico. «Travestito da hot dog. Dodici.»

Guardando la foto, Tom sorride, poi me la mostra e ridacchia, anche se non è il tipo di cosa a cui vorrei offrire una reazione positiva, nell'eventualità che a Julie venga in mente di travestirmi.

«Su dieci.»

«Sì.»

«È una cosa stupida.»

«Perché stupida?»

«Perché non si può ricevere più di dieci su dieci.»

«Perché no?»

«Non si può, punto», dice Julie, esasperata. «È come quando gli atleti intervistati dopo una gara dicono: 'Ho dato il centodieci per cento'. È impossibile. È più del...» Lo guarda dubbiosa, rendendosi conto di essersi impappinata. «Totale.»

«È una figura retorica, no?»

«Be', non dovrebbe esserlo.»

Tom si concentra ancora sulla foto. «Così non pensi che il povero vecchio...» Allarga lo schermo, zumando sul muso del dachshund. «*Edgar* meriti questo punteggio?»

«Non è questione di merito, ma di possibilità. E non è possibile. Altrimenti tanto varrebbe assegnare a tutti dei punteggi più che perfetti.»

«Appunto. È più o meno questo lo scopo.»

«Assegnare a ogni cane più di dieci punti su dieci?»

«Sì.»

«Che senso ha?»

«Perché sono cani.»

«E?»

«E...» Tom si chiederà se valga la pena spiegare. «Perché è *divertente*.»

«Divertente.» Julie ha la faccia di una persona che ha dimenticato il significato di questa parola.

«Sì. E se sei un cane, è un onore essere selezionati, immagino. Almeno per il padrone, naturalmente.»

«Giusto. Ed è un concorso popolare?»

Tom annuisce. «Nove milioni di follower non possono sbagliare.»

«*Nove milioni*?» L'espressione di Julie suggerisce che sì, possono sbagliare eccome.

«Comunque.» Tom riprende il telefono, preme qualche tasto, poi lo posiziona a schermo in giù sul tavolo, come farebbe chi si riferisca a qualcosa di definitivo. «Ormai è fatta.»

«L'hai spedita?»

Lui sorride, poi fa sì con la testa. «Doug diventerà famoso.»

«Valutano tutti?»

«Ogni cane, vuoi dire? No, immagino che ricevano moltissime foto.» Mi toglie con delicatezza il cappellino e io scrollo tutto il corpo per la gratitudine. «Ma pochissime irresistibili come quella di Doug.»

«Suppongo di sì.»

Julie si china ad accarezzarmi nel preciso istante in cui Tom decide di fare altrettanto, e le loro mani si toccano, nonostante Julie ritiri la sua come se avesse preso la scossa.

«A ogni modo», riprende Tom dopo un colpo di tosse imbarazzato. «Ricordati di seguirli.»

«Perché?»

«Per vedere se Doug ce la fa.»

«Anche se probabilmente non ce la farà.»

«Ma *potrebbe*.» Tom rotea gli occhi quasi a sottolineare che la differenza tra i loro atteggiamenti verso la vita è appena stata accuratamente sintetizzata da quest'ultimo scambio di battute.

Fissa il tavolino o meglio il punto del tavolino dove Julie ha lasciato il cellulare, quindi lo prende e glielo allunga. Con un sospiro, lei sblocca lo schermo, entra in Twitter, cerca *We Rate Dogs* e preme SEGUI.

«Contento?» Gli mostra il telefono.

«Contentissimo.»

A giudicare dal tono, non si direbbe, ma almeno hanno un'altra ragione per restare in contatto, così faccio un grugnito soddisfatto. Poi Tom controlla l'orologio.

«Dovrei...»

Priya si schiarisce forte la voce dall'altra parte della stanza. Julie incrocia il suo sguardo, il suo cenno tutt'altro che discreto e il suo «invitalo» tutt'altro che impercettibile, così respira profondamente.

«Prima che tu te ne vada. Ci sarebbe questa... cosa.»

Alzandosi, lui si infila il telefono nella tasca posteriore. «Quale cosa?»

«Una specie di party.»

«Una specie di party.» Tom si gratta la testa. «No, non ti seguo.»

«È una cosa *di lavoro*.»

«Una cosa *di lavoro*, ma una specie di party? Sembra... No, non so cosa sembri.»

«Non è proprio lavoro. È organizzato dal mio ufficio... Anzi, per il mio ufficio... Un evento. Che, sai, ho organizzato io.»

«Non mi meraviglia, visto che fai l'organizzatrice di eventi.»

«Domani. Dopo il lavoro.»

«Una specie di party.»

«Esatto. Ma all'aperto. Il tema è il luna park. Con giochi e tutto il resto. E...» Julie si alza quando Tom decide di risedersi, e per poco non gli dà una testata sul naso. «Con accompagnatore.»

«Con accompagnatore?»

«Sì, posso invitare qualcuno...» Fa per risedersi quando Tom si rialza, così deve correggere il movimento, rischiando di sbilanciarsi. «Scusa. Ovviamente sai cos'è un accompagnatore.»

«Chi vuoi portare? Doug?»

«Sì, naturalmente, ma ho pensato che forse ti farebbe piacere... Per ringraziarti di aver salvato Doug l'altro giorno e...» Julie lascia la frase a metà.

Tom inclina la testa, un po' come faccio spesso anch'io.

«No, che sciocca. Certo che no. Come mi è saltato in mente?» Julie arrossisce, d'un tratto affascinata da una lentiggine sul dorso della propria mano.

«Mi piacerebbe.» Tom sorride. «Fammi solo controllare...» Tirando fuori il telefono, consulta il calendario. «Quando hai detto che è?»

«Domani. Alle sei di sera.»

«Invece delle sei di mattina?» scherza Tom picchiettando sullo schermo. «Nessun problema. Non ho impegni per domani sera. Ho tutta la serata libera.» Arrossisce a sua volta. «Così posso fermarmi in caso il party vada per le lunghe, intendo.»

«Come stai facendo ora?»

Quando Julie mima uno sbadiglio, li osservo con interesse, godendomi il botta e risposta, notando con sollievo che Julie è solo fuori allenamento. A poco a poco, *finalmente*, sembra ricordarsi come si flirta.

«Qual è l'accordo?» Tom si rinfila il cellulare in tasca.

«Accordo?»

Chinandosi, le dà una leggera gomitata. «Immagino che

ci sarà anche Luke. Dato che è una cosa di lavoro e che lui è il tuo capo.»

Julie ha le guance più rosse che durante gli scatti della Corsa Bau di questa mattina. «Sì, ma...»

«Con sua moglie?»

«Non lo so. Credo di sì», risponde Julie, cupa. «Considerando che è una festa per coppie e tutto il resto.»

«Per *coppie*?»

«Scusa. Con accompagnatore.»

Julie fa un sorriso timido all'idea di essere stata beccata, e Tom ricambia. «Dunque, dicevo, qual è l'accordo? Fingo di essere il tuo ragazzo? Mi comporto come se fossi pazzo di te?»

«Che cosa? No!» Incrociando le braccia, Julie lo guarda severa. «Come ho detto, è perché volevo ringraziarti per...»

«Perché potrei. Fingere, intendo. Per Luke. Per ingelosirlo. Se è questo che vuoi. Una buona vecchia V-E-N-D-E-T-T-A.» Scrolla il capo. «Scusa. Non so perché abbia sentito il bisogno di fare lo spelling.»

«Più che altro è perché...» Julie tace di colpo, quasi avesse deciso che confessargli di aver detto a Luke che frequenta un altro potrebbe fare cattiva impressione.

«Come minimo te lo toglierai dai piedi.»

Li guardo, chiedendomi cosa diavolo succeda e perché mai Tom insista così tanto, poi ho una folgorazione. Tom vuole diventare il ragazzo di Julie, e questa sarà l'occasione perfetta per dare prova di sé. Dimostrerà a Julie quanto sarebbe bravo, come durante un vero appuntamento, ma senza alcuna pressione. E forse, solo forse, se Julie riuscirà a superare l'odio per Luke, se ne accorgerà anche lei.

«Lo faresti?» chiede.

«Fingere di essere pazzo di te? Farò un tentativo.»

È buffo, perché ho il sospetto che non fingerà affatto.

27

Tom arriva presto, indossando un completo con la camicia dal collo aperto, scarpe lucide quanto specchi e uno sbarazzino fazzoletto a pois che spunta dal taschino della giacca. Probabilmente è così che mi vestirei se dovessi indossare degli indumenti, perciò non posso far altro che approvare. Ha anche un buon odore. O almeno, molto più discreto di quello di Luke.

«Wow!» esclama non appena Julie apre la porta. Prima Priya l'ha aiutata via Facetime a scegliere il look per la serata: un vestito estivo che sottolinea le forme (anziché appiattirle), tacchi che potrebbero ferirmi gravemente, e un grande cappello floscio. «Sei...» Tom non finisce la frase e, tirando fuori la mano da dietro la schiena, le offre un garofano.

«È per me?»

«No, per Doug. Ho pensato che avrebbe apprezzato uno snack salutare.» Glielo porge. «*Certo* che è per te.»

«Sì, scusa. Io...» Julie fissa il fiore con diffidenza, quasi fosse un mandato di comparizione, poi scuote rapidamente la testa come per sgomberare la mente. «Capisco che cosa stai facendo. Ti sei calato nella parte del fidanzato.»

Tom la guarda per un istante, quindi scoppia in una risata che però non suona molto sincera. «Mi hai beccato!»

«Già.»

«Chi ben comincia è a metà dell'opera. Metodo Strasberg e compagnia bella. Dopotutto, non si sa mai chi ti stia guardando! A proposito, concordiamo la versione ufficiale?»

«Eh?»

«Nel caso in cui qualcuno ce la chieda. Sai, quando ci siamo conosciuti, dove ci siamo conosciuti, *come* ci siamo conosciuti. Dettagli di questo tipo.»

Julie si infila il garofano nel nastro del cappello. «E se dicessimo la verità?»

«Che ci siamo conosciuti a un barbecue e ci siamo odiati a prima vista?»

«Non è esattamente...»

Tom la zittisce con un sorriso. «Scherzavo! Oppure potremmo raccontare che cosa è successo la seconda volta, quando Doug è stato aggredito da un malvagio pastore tedesco fuori controllo e io sono intervenuto con coraggio per salvarlo. È un po' più...»

«Romantico?»

Tom annuisce. «In più farei la figura dell'eroe.»

«Agli occhi di altri cagnolini, forse.»

Le fa la linguaccia. «Nulla da obiettare.»

«Benissimo!» Julie pare esasperata, ma intuisco che si sforza di non sorridere. Restano lì imbarazzati finché lui controlla l'orologio.

«Andiamo?» Accenna alla sua auto.

«Perché no? Anche se siamo un po' in anticipo.»

«È una bella serata. Potremmo prendere la strada panoramica. Fare un giro.»

Mentre Julie accetta con una scrollata di spalle, sbircio tra le gambe di Tom verso la macchina parcheggiata davanti alla casa. È la Mercedes di cui ci ha parlato Dot e, benché Julie finga indifferenza quando Tom abbassa la capote premendo un tasto sul telecomando, credo sia rimasta colpita.

«Signora, la sua carrozza la aspetta.» Lui mi raccoglie dal pavimento con una mano e con l'altra prende Julie per il braccio.

Ci scorta entrambi fino al marciapiede, aiuta Julie a salire e mi adagia sulle sue ginocchia prima di spostarsi sull'altro lato.

Mentre Tom parte, posso soltanto sperare che Julie non si prenda gioco di lui.

La Mercedes è fantastica! L'equivalente di una gigantesca finestra aperta che copre *l'intero veicolo* comporta il vantaggio di poter sporgere completamente fuori la testa. E, nonostante Julie rischi di perdere il cappello quando sfrecciamo lungo la strada, capisco che anche lei ha gradito il viaggio.

Mentre posteggiamo, l'atmosfera cambia un pochino. Il party si tiene nel giardino di un hotel che assomiglia a un castello e, nonostante Tom sfoderi un sorriso a trentadue denti, Julie è tesa quanto una corda di violino.

«Pronta?» chiede lui quando ci avviamo verso l'ingresso.

Le offre il braccio e Julie lo fissa come se non ne avesse mai visto uno, poi fa un'espressione che significa «oh, giusto» e lo aggancia con il proprio. Io e Tom ci scambiamo un'occhiata, quindi – contenti di esserle entrambi d'aiuto – entriamo. Una volta all'aperto veniamo accolti da una cacofonia di rumori.

In un angolo c'è una piccola versione gonfiabile dell'hotel, dove, dato il livello di strilli e schiamazzi, quelli che devono essere mille bambini circa saltano qua e là con una foga tale da sembrare appena usciti da una degustazione in una fabbrica di caramelle. Nel prato ci sono diversi chioschi dedicati ai giochi del luna park. Sul lato opposto (dove la folla è più numerosa) c'è il bar, mentre al centro ci sono due piccole piattaforme su cui due donne eccessivamente vestite, con caschi simili a quelli dei pugili dilettanti, se le danno di santa ragione con quelli che sembrano enormi bastoncini cotonati.

Tom osserva la scena con un'espressione sorpresa. «È davvero...»

«Un incubo?» Julie reagisce con un mezzo sorriso e una mezza smorfia. «È troppo tardi per girare sui tacchi e andarsene? Se non ci hanno ancora visti, forse possiamo...»

«Non essere una guastafeste.» Tom le fa un altro dei suoi sorrisi, e la sento allentare la stretta sul guinzaglio. «La prima cosa di cui hai bisogno è un drink, poi ci divertiamo un po'.»

«D'accordo.» Julie abbassa gli occhi sulle loro braccia intrecciate. «Dobbiamo continuare a...?»

«Assolutamente sì. Ricorda il motivo per cui siamo venuti.»

«Giusto», dice lei, pur sembrando ancora più nervosa.

«Ora, dov'è... Come hai detto che si chiama?»

«Luke. Anche se al lavoro vuole che tutti lo chiamino Lucas.»

«Luke Vaffanlucas», scherza Tom, strappandole un vago sorriso. «È questo lo spirito giusto. Almeno fingi di divertirti.»

«Scusa.» Julie gli lascia andare il braccio, ma solo per fare il saluto militare. «Agli ordini.»

«Come faccio a riconoscerlo?»

«Un metro e ottantacinque, corporatura media, capelli castani piuttosto corti...» Julie fa un respiro. «Moglie molto incinta.»

«Okay.» Devo riconoscere che Tom si astiene da qualunque commento, nonostante riesca quasi a sentire gli ingranaggi del suo cervello che ronzano.

Li guido verso il bar, dove Tom si procura due Pimm's – che sospetto non siano particolarmente salutari, benché abbiano dei pezzetti di frutta che galleggiano nel liquido –, poi si siedono su una panchina.

«Cincin», dice. Julie fa tentennare il bicchiere contro il suo, poi beve la maggior parte del drink mentre scruta con ansia la folla. «Ebbene?» aggiunge Tom mentre lei soffoca un rutto.

«Ebbene, cosa?»

«Lui è qui?»

«Non l'ho ancora visto. Forse è scappato come un coniglio.»

«Come volevi fare tu prima?»

Julie gli lancia un'occhiata. «Tom, io...» Scuote la testa, quindi gli dà un colpetto sul braccio. «Niente.»

«Che cosa?»

«Stavo per dire che non puoi capire, ma immagino che dopo quanto hai passato probabilmente tu capisca benissimo o, in alternativa, non provi la minima compassione per me, così ho cambiato idea.» Un sorriso timido. «So che stavamo facendo una cosa sbagliata, ma all'epoca non me ne rendevo conto, perciò volevo che fosse diverso.»

«E ora?»

Julie alza il capo di scatto, ma è chiaro che Tom non si riferisce a loro due. «Ora dubito di me stessa, domandandomi come abbia potuto prendere un simile abbaglio.»

«Succede. Io credevo di aver trovato l'amore della mia vita. Evidentemente il sentimento non era reciproco. E non puoi lasciare che ti consumi o...»

Guarda lontano per qualche secondo, e Julie gli accarezza il braccio. «Quanto tempo ci vuole?»

«Per che cosa?»

«Per smettere di incolpare se stessi.»

Tom fa un sorriso forzato. «Ti faccio sapere», risponde, e l'espressione di Julie si addolcisce.

«Mi dispiace molto.»
«Per che cosa?»
«Per tutto. Pensavo di essere l'unica a soffrire, mentre...» Dandogli una gomitata, respira profondamente e si alza decisa. «Andiamo a divertirci?»
Tom posa il drink sull'erba. «Nulla in contrario.»

L'ora successiva scorre tranquilla, forse perché Luke non si vede da nessuna parte. Peccato, perché fornire a Julie un confronto diretto tra i due può portare soltanto a una vittoria schiacciante per Tom. Affinché accada, tuttavia, devo prima trovarlo, ragione per cui mi sposto da un chiosco all'altro, annusando il terreno in cerca di tracce.

Benché non sia molto ferrato negli inseguimenti, almeno Tom ha la possibilità di sfoggiare la sua destrezza in varie attività: lanciare sacchetti di fagioli in un foro, pescare anatre di gomma e persino sferrare un pugno così forte a un punching ball meccanico che il proprietario, forse temendo di ricevere lo stesso trattamento, consegna a Julie un grosso orsacchiotto di peluche. Sebbene, per deontologia professionale, Tom si rifiuti di gettare palline da ping-pong in una boccia di vetro contenente un pesce rosso vivo, preferendo passare dieci minuti a spiegare alla titolare di non tenere i pesci in bocce così piccole, perché altrimenti nuoteranno nella loro urina, Julie pare colpita anche da questo.

Nonostante la mia figuraccia al tiro alla noce di cocco, quando provo a inseguire le palle scagliate da Tom e finisco per farmi cadere addosso uno dei bersagli quando tento di recuperare un lancio sottomisura, ci divertiamo un mondo. L'iniziale cortesia forzata sembra essersi trasformata in sincero apprezzamento della compagnia reciproca, e comincio a pensare che, in realtà, oggi non abbiamo bisogno di Luke.

Ma proprio mentre conduco Tom e Julie di nuovo verso il bar, congratulandomi con me stesso per la riuscita del mio piano, un odore familiare che viene dalla direzione del combattimento con i bastoncini cotonati mi aggredisce le narici.

Affondo le zampe nell'erba e riesco a fermare Julie così bruscamente che le sfugge l'estremità del guinzaglio.

«Tutto bene, Doug?» chiede quando la guardo, sentendomi un po' in colpa per ciò che ho in mente di fare.

«Credevo che andassimo a prendere da bere», dice Tom.

«A quanto pare, Doug non ha sete.» Non appena si china a raccogliere il guinzaglio, faccio un passo indietro per allontanare il manico dalle sue dita.

«Doug?»

«Vuoi che...?» Tom cerca di mettere il piede sull'estremità sciolta, ma sono troppo veloce per lui e, quando ritrova l'equilibrio, sto già correndo verso l'odore di Luke.

«Doug!» chiama Julie mentre si lanciano all'inseguimento. Si tengono ancora per mano (lei stringe anche l'orsacchiotto), perciò Julie rallenta Tom e io raggiungo facilmente il traguardo.

Emetto un ringhio sommesso. Luke si gira con gli occhi sbarrati e, vedendomi, spicca un salto di una trentina di centimetri. Odora di Pimm's – che, lo ammetto, è un piacevole cambiamento rispetto alla sua solita marca di deodorante – e non solo perché tiene tra le dita quello che di sicuro non è il suo primo bicchiere. Quando atterra, appare un po' instabile sulle gambe.

«Doug?» Poi, quasi a rallentatore, alza lo sguardo, come si fosse reso conto che non posso essere qui da solo. «E Julie!» esclama, con i lineamenti che si contraggono in un sorriso da far accapponare la pelle.

Devo riconoscere che lei non batte ciglio. Anzi, si stampa

un sorriso sulla faccia, dicendo con freddezza: «Luke». Al sentire il suo nome, Tom si irrigidisce.

«Ti stai divertendo?» Luke si rivolge a Julie, ma ha gli occhi puntati su Tom e lo osserva cauto.

«Ce la spassiamo un mondo», taglia corto Julie.

È un'ottima risposta, tanto che Luke sussulta. «Bene. Dunque...» Scruta Tom come se aspettasse una presentazione e, quando vede che non arriva, si accovaccia. «Doug! Come stai, amico?» Cerca di accarezzarmi la testa, ma mi affretto a fare un passo verso Tom.

Si rialza vacillando, quindi squadra lentamente Julie dalla testa ai piedi. «Sei...» Sembra brancolare nel buio alla ricerca dell'aggettivo giusto, ma l'oscurità deve essere assoluta, perché non lo trova.

«Vero, eh?» Tom allunga la mano. «Io sono Tom, a proposito.»

«Bene.» Luke fissa prima la mano, poi lui, poi di nuovo la mano e infine gliela stringe. «E tu sei...?»

«Tom», ripete Tom.

«No, intendevo...»

«Oh!» Una breve risata. «Sono il...» Sorride voltandosi verso Julie. «Qual è la parola esatta?»

«Accompagnatore.»

«Anche se tecnicamente ci accompagniamo a vicenda», continua Tom.

Luke lo ignora, lanciando un'occhiata torva a Julie. «Me l'hai tenuto nascosto.»

«Che cosa?»

«Che hai una...» Esita. «RE-LA-ZIO-NE», finisce, allungando soprattutto la seconda sillaba.

Non è una domanda, perciò non richiede una risposta, ma Julie gliela dà ugualmente, ed è una chicca. «Idem.»

«Bene. Così...» Luke tace e sembra voler andare via,

ma non può, dunque Julie ne approfitta per guardare con esagerazione oltre la sua spalla.

«Niente Sarah?»

«Sarah?» chiede Luke, ancora indietro di uno o due secondi rispetto alla conversazione.

«Tua *moglie.*»

«Che cosa? Oh...» Luke alza le spalle. «Non c'è. Sono...»

«Nei guai?»

«No», risponde dopo un momento. «Non c'è perché è...»

«Incinta?» aggiunge Julie, e Luke fa una smorfia.

«Stavo per dire stanca, ma ormai le due cose sembrano andare a braccetto. Un po' come voi due.»

Tom abbassa lo sguardo, quasi si fosse accorto solo ora che Julie l'ha ripreso sottobraccio, e pare piuttosto compiaciuto.

«Che cosa fai nella vita, Tom? A parte...» Luke accenna a Julie.

«Faccio il...» Tom mi guarda, «V-E-T-E-R-I-N-A-R-I-O.»

«Il che cosa?»

Tom mi copre le orecchie con le mani. «Il veterinario.»

«Il veterinario?» ripete Luke ad alta voce, senza la minima considerazione per i miei sentimenti. «Dev'essere comodo. Sai, per...» Mi indica con la mano in cui stringe il Pimm's, rovesciando il drink sulle scarpe di Tom. «Scusa.» D'un tratto nota l'orsacchiotto. «Un colpo di fortuna, eh?»

«Questo? L'ha vinto Tom.»

Luke lo studia sospettoso. «Ci scommetto.»

«Sì», dice Tom. «Al vecchio...» Mima un pugno lento in direzione di Luke, che non è né troppo stupido né troppo ubriaco per non captare il messaggio.

«Bene», commenta, per poi borbottare: «Bravo».

Segue un silenzio imbarazzato, interrotto all'improvviso da un fragoroso applauso alle nostre spalle. Una delle lottatrici è sulla sua piattaforma, con le braccia sollevate in segno di vittoria. Luke sogghigna, poi fa la classica faccia che significa «mi è venuta un'idea», e guarda Tom con sfida.

«Ti va di tentare la sorte con qualcosa di un po' meno... passivo?»

«Prego?»

Luke indica da quella parte. «Noi due. Con *quello*!»

«Non penso proprio.»

«Paura, eh?»

«Che cosa? Perché dovrei avere...?» Tom incrocia le braccia quasi gli fosse appena venuto in mente che non gli dispiacerebbe affatto fracassargli la testa con un grosso bastoncino cotonato, o forse addirittura con qualcosa di un po' meno imbottito. Guarda Julie, che fa un'espressione stupita, come a dire: *Se vuoi*... E annuisce. «Accetto.»

Senza fiatare, Luke passa il bicchiere vuoto a Julie e ci indica di seguirlo verso il punto in cui le ragazze hanno appena finito di combattere. Quindi, spostando Vinay della contabilità con una gomitata, sale deciso su una piattaforma. L'addetto gli porge il casco protettivo, così se lo infila, prende il bastoncino cotonato e fa cenno a Tom di raggiungerlo.

Sospirando, l'altro consegna la giacca a Julie e salta agilmente sulla piattaforma vicina, sebbene non abbia ancora avuto il tempo di allacciarsi il casco quando Luke prende furtivamente lo slancio, assestandogli un colpo obliquo alla tempia.

Tom fatica ad assorbire l'urto. «Ehi», protesta sistemandosi il casco sbilenco. «Non è corretto.»

«Corretto?» lo schernisce Luke. «Non venirmi a raccontare che non eri pronto.»

«Sono nato pronto.»

«E io sono nato...»

«Ieri?»

Luke lo guarda di traverso, forse perché non capisce se

abbia voluto insultarlo oppure no, e ne approfitto per studiare Julie. Qualcosa mi dice che troverà questo spettacolo interessante.

Tom si rivolge all'addetto. «Quali sono le reg... Ahi!»

Luke ha attaccato di nuovo, questa volta con una specie di tuffo in avanti, colpendolo allo stomaco.

«Regole?» Luke impedisce all'addetto di spiegarle, poi fa una breve risata. «Non ci sono regole. Tranne che il primo spinto giù dalla piattaforma perde.»

«D'accordo.» Raccogliendo il bastone, Tom ne testa il peso, quindi lo rotea come una majorette. «Attento a non farti male quando cadi.» Le sue parole accendono un lampo di rabbia negli occhi del suo avversario.

Lancia un rapido sguardo a Julie, Luke afferra il bastone all'estremità, si accovaccia e vibra un colpo al lato delle ginocchia dell'avversario. Per fortuna, Tom intuisce le sue intenzioni e lo scavalca con un salto.

«Niente colpi sotto la vita», avverte l'addetto, e Luke reagisce con un'occhiata noncurante.

«Va bene tutto, per quanto mi riguarda.»

«L'ho sentito dire», ribatte Tom, malizioso.

Luke apre la bocca per rispondere, poi ci ripensa, forse ricordando che siamo a un evento di lavoro. Si è riunita una folla abbastanza numerosa, probabilmente perché tutti i dipendenti sono ansiosi di vedere il loro direttore regionale fare una magra figura.

«Pronto?» chiede Luke, sarcastico, fronteggiando Tom.

«*Ora* sì.» L'altro assume la posizione di difesa.

Iniziano una serie di finte nel tentativo di studiarsi a vicenda, poi un paio di slanci incerti, ma senza contatto. Ben presto è evidente che, benché Luke abbia il vantaggio del peso, Tom è più agile e, dopo un movimento rotatorio particolarmente violento, Luke perde l'equilibrio e vacilla in avanti, permettendo a Tom di centrarlo in pieno viso con il bastone.

«Ehi!» Con gli occhi che lacrimano, si porta una mano al naso, quasi si aspettasse di trovarla sporca di sangue.

«Mi dispiace», dice Tom, per nulla dispiaciuto.

Dopo diverse stoccate e parate, sferra un colpo circolare così forte alla tempia di Luke che sembra provocargli un capogiro. L'altro, stordito, lascia cadere il bastone, quindi scende dalla piattaforma per recuperarlo, ma Tom alza il pugno nell'aria con un trionfante «sì!»

«Come sarebbe a dire, sì?»

«Ho vinto.»

«No.»

«Sì, invece.»

«No, invece. Non mi hai buttato giù. Sono sceso di proposito.»

«Giù significa giù.»

«No. Mi è caduto il...» Luke brandisce il bastone, evidentemente non sapendo come chiamarlo. «Ero vulnerabile.»

«Davvero? Pensavo che saresti stato l'ultima persona ad approfittarsi di qualcuno che è...» Tom guarda Julie, assicurandosi che Luke se ne accorga. «Vulnerabile?»

«No, io ho solo...» Luke deglutisce a fatica. «Bisogna vincere onestamente.»

«Va bene.» Tom scrolla il capo, poi lo incoraggia a risalire con un'imitazione esagerata del suo gesto precedente. «Fa' del tuo meglio. A meno che questo non sia già il tuo meglio.»

Tende il bastone, forse sperando che Luke tocchi l'estremità con il suo, come fanno i pugili all'inizio di un incontro. Luke finge di assecondarlo, ma poi si abbassa e gli dà una bastonata tra le sue gambe. Tom fa una smorfia e gli spettatori mandano un gemito, ma lui non cade dalla piattaforma.

«Sopra la vita», interviene timidamente l'addetto, e Luke lo fulmina con lo sguardo.

Lottano per qualche istante, con Tom che blocca o schiva i violenti colpi di Luke, rispondendo abilmente con affondi precisi. Quindi, quando Luke si ferma per riprendere fiato – con una mossa magistrale –, Tom abbassa il bastone e, girandosi a metà, finge di sistemarsi il casco. Luke sembra non credere alla propria fortuna, così si prepara a un attacco poderoso, investendovi tutte le proprie energie. Ma Tom si tira rapidamente indietro, poi – quando Luke è sbilanciato – lo colpisce alla spalla, sfruttandone lo slancio. Non è un'offensiva vigorosa, ma funziona, perché Luke scivola dalla piattaforma e finisce lungo disteso sull'erba.

Tom getta via il bastone come un gladiatore vittorioso, facendo un inchino a Julie.

Luke lo fissa con odio e, per un momento, temo che lo aggredisca sul serio. Quindi, forse ricordando dove si trova e *chi* è, si rialza.

«Rivincita?» propone.

«No, grazie. Ho già trascurato troppo a lungo questa incantevole signora.»

Infine, Tom scende dalla piattaforma, incede impettito verso il punto in cui Julie ancora applaude e – prendendo il guinzaglio con una mano e il suo braccio con l'altra – ci porta via.

28

«È STATO...» Julie, incredula, alza gli occhi su Tom, quindi scuote lentamente la testa quando non trova la parola adatta.

«Vero?» Sorridendo, lui afferra la fibbia della cintura e finge di allentare il davanti dei pantaloni. «Anche se ho i gingilli spappolati.» Fa una smorfia esagerata. «Comunque abbiamo raggiunto il nostro scopo.»

«Altroché!» Julie gli strofina affettuosamente il braccio, poi forse capisce che non avrebbe dovuto. «Perciò probabilmente puoi staccare...» Abbassa gli occhi verso la mano di Tom, che stringe forte la sua. «Se vuoi, naturalmente.»

Un altro sorriso. «Meglio di no. Non ancora, in ogni caso. Aspettiamo finché non ci saremo allontanati. Tanto per salvare le apparenze.»

«Okay. Certo.» Julie sorride esitante, nonostante non sembri troppo delusa.

Camminiamo in un gradevole silenzio fino a una panchina, facendo una sosta al bar, dove Tom offre a Julie un altro drink e io e lui dividiamo una bottiglia d'acqua. Poi, mentre il sole tramonta e io mi sforzo di non appisolarmi, Tom si schiarisce la voce.

«Ascolta, Julie, e per favore dimmi che non sono affari miei...»

«Non sono affari tuoi!» Lei sorride. «Continua.»

«È solo che... Tu e Luke...» Esita per qualche istante, come se cercasse di capire come formulare la domanda, poi scrolla esageratamente le spalle. «Che cosa ci vedevi in lui?»

Mi preparo al peggio. Ho notato Julie reagire male ogni volta che Priya le ha chiesto la stessa cosa, ma per qualche ragione – forse per ciò che Tom ha appena fatto per lei, o forse perché è arrivata a metà del secondo Pimm's – sembra felice di rispondere.

«Il semplice fatto che fosse... interessato, credo.»

«Interessato?»

«A me.»

«Avevo intuito che non ti riferivi al collezionismo di francobolli.»

Julie gli dà una gomitata nelle costole. «Era da molto tempo che un uomo non si interessava a me, che non mi dava tutte quelle attenzioni.»

«Trovo difficile cred...» Tom si copre il viso con il palmo. «Scusa. Una battuta di cattivo gusto.»

«Sì, ma grazie ugualmente.»

«E, a rischio di fare una domanda ovvia...»

«Quale sarebbe?» dice Julie, imbarazzata.

«Il fatto che è sposato?»

«All'inizio non lo *sapevo*. Me l'ha detto solo dopo alcune settimane. E anche allora mi ha raccontato che era separato, che la situazione era complicata...» Julie alza gli occhi al cielo con un urlo silenzioso. «Ma quando stai con qualcuno, e quella persona ti piace e ti tratta come una regina – e fidati, era molto affascinante e premuroso, almeno in un primo momento – e poi dopo qualche settimana ti fa sedere e dice: 'Dobbiamo parlare', e tu ti aspetti il peggio, ma in realtà non è il peggio, pur essendo piuttosto grave, è una specie di sollievo. E tendi a perdonare anziché...» Riprende fiato. «E poi aveva sempre una scusa per tutto quello che succedeva. Quando ho scoperto che lui e sua moglie vivevano ancora insieme, era perché lei non poteva permettersi di traslocare e, quando gli ho chiesto perché non potessimo farci vedere in pubblico, era perché non voleva ferirla finché non avessero ufficializzato la separazione e, in modo perverso, lo stimavo per questo. Pensavo che fosse rispettoso. Stupido da parte mia, lo so.»

«E la storia della gravidanza?»

«È folle, lo riconosco, ma anche allora una parte di me voleva credergli. O almeno ero disposta a concedergli il beneficio del dubbio...»

Julie guarda Tom con espressione seria, notando i suoi occhi sbarrati. «Nessuno di noi è perfetto. Tutti commettiamo degli errori.» Beve un sorso di Pimm's. «Ma poi, quando ho scoperto che lui e sua moglie erano ricorsi alla fecondazione in vitro...»

«Come diavolo hai fatto a scoprirlo?»

Julie arrossisce. «Non è importante.» Forse non vuole annoiarlo raccontandogli di quando abbiamo stalkerizzato Sarah. «Ma certe volte, in qualche modo, succede qualcosa che d'un tratto ti aiuta a vedere ogni cosa per quello che è.»

«Dunque quella è stata la cosa che ti ha spinta a renderti conto di dover...»

«Mettere fine alla relazione?» Julie sporge il labbro inferiore per indicare che sta riflettendo. «Sì. Inoltre, ormai avevo conosciuto sua moglie e...»

«*Conosciuto sua moglie*?»

«Sì. Ed è dolcissima. Perciò mi sono sentita molto in colpa.» Julie mi sorprende a guardarla, così mi gratta la testa, e io le sfrego affettuosamente il muso contro la mano. «Ero appena riuscita a convincermi che se la loro relazione fosse finita, come mi aveva detto Luke, non facevo nulla di male. Ma non era finita, dunque – come sei stato così gentile da puntualizzare al barbecue di tua madre –, facevo qualcosa di male. È un bel dilemma, no?»

«Sì.» Tom annuisce, ma pare scettico. «A che cosa ti riferisci esattamente?»

«Se fare la cosa giusta oppure no. Come ho detto, ho constatato che Sarah è molto gentile e, naturalmente...» Julie disegna un pancione con le mani. «Così ho deciso che sarebbe stato meglio andarmene e lasciare che se la sbrigassero da soli. Essere corretta, insomma.»

«Invece di scorretta. Come ha fatto lui per tutto quel tempo.»

Julie lo ignora. «Poi una parte di me riteneva che sua moglie meritasse di essere messa al corrente. Dopotutto, avrebbe cresciuto un figlio con Luke e doveva sapere che razza di uomo fosse.»

«Cos'hai deciso?»

«Ovviamente volevo vendicarmi, ma questo non fa di me una brava persona. E, se glielo avessi detto, Sarah l'avrebbe piantato? Sarebbe stata colpa mia se i bambini fossero cresciuti senza padre.»

«I bambini?»

«Avranno due gemelli. So che cosa significa perdere un genitore, e non lo augurerei a nessuno.»

«Mi sembra giusto.»

«In più è saltato fuori che lo sapeva già.»

«No!»

«Ha detto che si era rassegnata. Così ho pensato che la cosa migliore fosse farmi da parte.»

«È stato un gesto nobile da parte tua, sai?»

«Può darsi. Ma non placa i rimorsi.»

«Invece dovrebbe. Perché hai molte cose di cui essere

contenta. Non da ultimo il fatto di aver dimostrato di essere una persona corretta. Altruista. E con molto da offrire a...» Tom distoglie lo sguardo. «All'uomo giusto.»

«Tom, io...»

Julie pare sull'orlo delle lacrime e, all'improvviso, lui la guarda come se temesse di aver passato il segno. Le dà una gomitata scherzosa. «Hai soltanto bisogno di riflettere su ciò che vuoi.»

Lei gli lancia una lunghissima occhiata obliqua, poi lo prende per mano e si alza.

«Voglio che mi porti a casa.»

29

Il viaggio di ritorno non richiede molto tempo. Nonostante ciò, Julie lo trascorre guardando in silenzio fuori dal finestrino, come se la brezza tiepida, unita al ronzio soporifero del motore, la rilassasse così tanto da farla appisolare. Quando si addormenta e comincia a russare, la testa le cade sulla spalla di Tom. Lui è costretto a guidare leggermente curvo per non svegliarla, e non posso fare a meno di pensare che tra loro due ci sia un legame molto più profondo della finta relazione di oggi.

Quando ci fermiamo davanti a casa, Julie è ancora nel mondo dei sogni. Tom parcheggia il più dolcemente possibile, quindi mi sposta dalle sue ginocchia alle proprie, accarezzandomi distrattamente, e sembra che si trovi proprio dove desidera essere. Alla fine, Julie socchiude gli occhi, così ne approfitta per scrollarla piano.

«Che cosa? Oh.» Julie sembra scioccata quando si accorge di avere la testa appoggiata sulla sua spalla. Raddrizzandosi di colpo, capisce dove siamo e si stiracchia. «Mi sono addormentata?»

«Spero di sì. Altrimenti devo portare subito la macchina dal meccanico.»

«Che cosa c'entra?»
«Se quel rumore non eri tu che russavi...»
«Io non russo!»
Tom la guarda sorpreso.
«*Non* russo!»
«Dammi una mano, Doug.»
Sentendo il mio nome abbaio, e Julie fa un verso irritato. «Dovresti stare dalla mia parte!»
Allunga il braccio per accarezzarmi nello stesso momento in cui lo fa Tom, così finisce per sfiorargli le dita. Dopo un attimo di imbarazzo, forse come pretesto per ritirare la mano senza offenderlo, controlla l'orologio.
«Grazie, Tom.»
«Di che cosa?»
«Di tutto. Di avermi accompagnata oggi. Di avermi portata a casa. Di aver rimesso Luke al suo posto. E di aver fatto finta di... lo sai.»
Tom fa un gran sorriso, da cui si deduce che non è stato affatto un disturbo. «Prego.»
Julie guarda di nuovo l'orologio. «Ti va di entrare?»
«Di entrare?»
«Sì. In casa. Per un caffè.»
Dopo averla fissata per un istante, Tom scoppia a ridere, per poi fermarsi di colpo. «Tanto per essere chiari, ti riferisci a un vero caffè?!»
«Sì! Che cosa pensavi che...?» Arrossendo, Julie gli dà un leggero pugno sul braccio.
«Scusa.» Lui si massaggia il bicipite. «Non sapevo fino a che punto saremmo arrivati con questa storia del finto appuntamento.» Fa uno dei suoi sorrisi e Julie si gira nella sua direzione e lo fissa per un attimo. Poi, sussurrando: «Almeno fino a questo punto», si piega e lo bacia.
Avendo la sensazione di reggere il moccolo, salto giù dalle

ginocchia di Tom e mi sposto sul sedile posteriore, fingendo di essere interessato a qualcosa nei vani della portiera. Ma poi, quando Tom inizia a tempestarle il collo di baci leggeri, con palese orrore di tutti i presenti Julie dice la cosa peggiore possibile.

«Oh, *Luke...*»

Paralizzandosi, Tom si districa dal suo abbraccio e torna nella posizione di guida, con le mani attentamente posate sul volante.

«Oddio, Tom! Mi dispiace.»

«Anche a me.»

Dopo un silenzio imbarazzato che dura un'eternità, Julie sospira. «Ho bisogno di...»

Lui alza la mano. «Non importa. Io...» Si schiarisce la voce, quindi gira la testa verso di lei. «Tu mi piaci molto, anzi *moltissimo*, e so che probabilmente non sei pronta per iniziare una relazione, ma il problema è che io lo sono e che vorrei averla con te, per dimostrarti che non tutti gli uomini sono come Luke. Potremmo passare momenti magnifici insieme e stare benissimo.» Si volta verso di me. «Noi tre. Insomma, quante coppie conosci che possono fare una prova generale per un appuntamento come abbiamo fatto noi oggi, e andare d'amore e d'accordo? Questo dovrebbe farti riflettere...»

Fa una smorfia, e ho la sensazione che sia per questa dichiarazione pasticciata. «Dopo quello che mi è successo, come ti ho detto l'altro giorno, penso di avere problemi di fiducia, quindi non voglio correre rischi se non hai davvero dimenticato Luke. Perciò se c'è anche solo la più remota possibilità che voi due...» Scrollando il capo, guarda dritto davanti a sé, quasi non avesse il coraggio di pensarci. «Può sembrare egoista, ma mia moglie mi ha ferito così tanto quando... lo sai... che non riesco...»

Pare aver perso la capacità di finire le frasi, ma evidentemente Julie capisce.

Alza la mano per zittirlo, quindi gliela posa sulla coscia. «Sono stata bene. Dico sul serio. E ti prometto che riparleremo dell'argomento. Di *ogni cosa*. Presto. Ma ora sono un po' brilla e credo di dover...» Esita, ma giusto per correggersi. «Di *voler* essere completamente lucida per affrontare questa conversazione.» Fa un'espressione «addolorata». «Ma ricorda una cosa: tra me e Luke è finita. Freudiano oppure no, è stato solo un lapsus.»

«Va bene», dice Tom, rassegnato. «Ti chiamo io? Oppure puoi chiamarmi tu. Come preferisci. Oppure ci vediamo alla Corsa Bau. Oppure, naturalmente, se Doug dovesse azzuffarsi di nuovo...» Si gira verso di me. «Ora chiudo il becco.»

«Probabilmente è meglio così.» Julie sorride. «Dunque...»

«Dunque... Potremmo rifarlo?» chiede Tom quando lei apre la portiera e, prendendo l'orsacchiotto, scende.

«Certo.» Si affretta verso il cancello, poi mima il gesto del telefono. «Rifacciamolo pure...»

«Fantastico.» Tom non sembra molto convinto.

Girando la chiave, accende il motore e si allontana dal marciapiede, ma all'improvviso Julie si ferma, si volta e corre al centro della strada agitando le braccia come una pazza.

«Tom! Aspetta!» urla. Inchiodando, lui fa retromarcia.

«Che cosa c'è?» domanda speranzoso, e Julie fa un sorriso colpevole.

«Scusa!» Dispiaciuta, mi recupera dal sedile posteriore e sorride. «Ho dimenticato Doug!»

Nonostante lei non veda l'espressione di Tom, io la noto e... be', ti spezza quasi il cuore.

30

È MERCOLEDÌ, due giorni dopo l'episodio del «oh, Luke», e Tom non ha chiamato. Ho sentito Julie che lo diceva a Priya al telefono durante la loro autopsia dell'«appuntamento». E anche se ci sarebbe l'opzione che sia lei a chiamarlo – un gesto che Tom potrebbe aspettarsi, data l'ambigua separazione dell'altro giorno –, a quanto pare «sarebbe ridicolo».

Invece Julie passa molto tempo a fissare il cellulare sperando che suoni, un po' come faccio spesso io quando mi siedo in corridoio e fisso la porta d'ingresso sperando che lei torni dal lavoro. Ma a differenza del mio caso, in cui prima o poi Julie torna sempre, il suo telefono resta chiuso in un silenzio sinistro.

Nel tardo pomeriggio andiamo al negozio all'angolo. Rinunciando alle sue recenti abitudini salutiste, Julie è riuscita a scolarsi quasi tutti gli alcolici della casa. Quando il campanello sopra la porta suona al nostro ingresso, Sanj alza gli occhi dal suo solito posto dietro la cassa e sorride.

«'Sera, Jules!»

«Lo è davvero?»

Sanj controlla l'orologio. «Sì, a meno che...» Si avvicina il polso all'orecchio come per sentire il ticchettio, quindi si accorge che è un modello digitale. «Che volpe!» dice bonariamente, ma Julie non coglie l'umorismo.

«Scusa», dice cupa. «Credevo avessi detto: 'Buonasera'.»

«Così il tuo 'lo è davvero?' significava che non lo è?»

«Che volpe!» ripete Julie, ma non con lo stesso tono bonario.

Prendendo un carrello, va dritta verso il reparto vini e lo riempie con tutte le bottiglie possibili del suo chardonnay preferito, poi torna alla cassa. Quando le trasferisce rumorosamente sul bancone, Sanj stacca gli occhi dal cellulare e li sgrana.

«Dai una festa?»

«No.»

«Oh. Capisco.»

«Cosa vorrebbe dire?»

«Niente.» Sanj mi guarda, poi comincia a battere la merce. «Trentasei e sessanta.» Accenna al display della cassa, quindi incrocia lo sguardo di Julie. «Per il vino.»

Con un lampo negli occhi, Julie prende una confezione di gomme da masticare dall'espositore accanto alla cassa e glielo porge. «Soddisfatto adesso?»

Sanj batte le gomme, poi si accorge che Julie sfodera la carta di credito come un'arma offensiva durante una rapina, così lascia scivolare il lettore sul bancone. «Tutto bene?» chiede mentre lei preme la carta contro l'apparecchio.

«Perché dovrebbe essere il contrario?»

«Per nessuna ragione particolare.» Sanj tentenna mentre Julie digita rabbiosamente il PIN, quindi deglutisce forte. «È solo che Priya mi ha detto...»

«Be', non avrebbe dovuto!» lo rimbecca Julie, ma poi si addolcisce. «Scusa. Sono solo...»

«In quei giorni del mese?»

Lei lo fulmina con lo sguardo. «No. Non tutti i malumori femminili dipendono dagli ormoni.»

«No, certo che no.» Sanj preme un tasto sul lettore, quindi aspetta la ricevuta per quella che di sicuro gli sembra un'eternità. «Allora è per...» Deglutisce di nuovo, ancora più forte. «Luke?»

«Luke non c'entra niente.»

«Bene. Insomma, bene se *tu* pensi che vada bene. Come tutti noi, d'altronde.»

«Immagino che Priya ti abbia raccontato cosa è successo con Tom.»

Sanj sembra non sapere se la risposta giusta sia sì o no, così si limita a un mezzo sorriso, che chiaramente *è* la risposta giusta, perché Julie sospira rassegnata, abbandonando ogni aggressività.

«E immagino che tu stia per dirmi di chiamarlo. Di chiedergli scusa. Di promettergli che non succederà più. Ma se succedesse di nuovo? Se non avessi dimenticato Luke? Non è corretto illudere Tom e poi spezzargli il cuore, se non ho ancora voltato pagina e se c'è il rischio che non mi sia buttata completamente Luke alle spalle. Se non posso fidarmi di me stessa, non è giusto pretendere che qualcun altro si fidi di me, no?»

Sanj pare ancora più a disagio di prima. Poi mi guarda ed evidentemente ha un'idea.

«Che cosa pensi che dovresti fare?»

È un colpo da maestro, una domanda geniale. Perché le persone sanno già che cosa fare per risolvere il problema che le angoscia. Hanno soltanto bisogno di una spintarella per riconoscerlo.

«Che cosa penso *io*?» dice Julie, quasi non avesse mai considerato di interpellare se stessa.

«Sì.»

«Vediamo un po'. Posso farmi suora, suppongo, così non avrò mai più legami intimi con gli uomini, salvando me stessa da tipi come Luke, e Tom da tipe come me. Oppure potrei rifiutarmi di aprire la porta, prendere una gatta e fare come la mia vicina. Ti confesso una cosa. In questo momento, la seconda opzione è molto più allettante di dover sopportare di nuovo questo schifo!»

È entrato un altro cliente, e Sanj non nasconde il sollievo. «Bene», dice dopo un silenzio imbarazzante, nonostante abbia evidentemente deciso che è meno imbarazzante di qualunque cosa possa dire.

«La gattara svitata sta arrivando», dice Julie a voce un po' troppo alta, facendomi irrigidire. «Nel frattempo mi consolerò con lo chardonnay, se non hai nulla in contrario.»

Sanj annuisce, poi prende due sacchetti di plastica da sotto il bancone e li riempie con il vino. Non appena finisce, Julie glieli strappa quasi di mano, uscendo dal negozio prima che lui riesca a sussurrare: «Dieci pence».

Ci dirigiamo verso casa, con le bottiglie che tintinnano al ritmo dei passi di Julie. Non riesco a fare a meno di pensare che abbiano un suono tetro quanto quello delle campane a morto. Come mai siamo tornati al punto di partenza, dopo tutta questa fatica? L'aspetto ironico è che Julie sa con esattezza che cosa fare, ma non vuole farlo, e capirne la ragione potrebbe essere la cosa più difficile di tutte. Confortato al pensiero che questa domenica mattina ci sarà la Corsa Bau, sono sicuro che non appena Julie e Tom si guarderanno, intuiranno di essere stati entrambi sciocchi a non chiamare e vivranno per sempre felici e contenti.

Soprattutto perché l'idea che non vada così è semplicemente insopportabile.

31

È TRASCORSA quasi una settimana, e Julie è ricaduta nella stessa depressione in cui era scivolata dopo aver mollato Luke. Si è data di nuovo malata, ma non credo che stia davvero male. Benché in una o due occasioni abbia vomitato rumorosamente in bagno appena sveglia, la nausea è la conseguenza delle sbronze serali necessarie per riuscire a addormentarsi. Ancora più preoccupante è che sia sprofondata in una tristezza generale che peggiora di giorno in giorno. Le cose vanno così male che persino quando una bambina e sua madre ci fermano mentre andiamo al parco, la prima mi riempie di coccole e la seconda dice: «Dovresti chiedere come si chiama il cagnolino», e poi la piccola mi avvicina la faccia al muso e domanda: «Come ti chiami?» Julie non accenna neppure all'ombra di un sorriso.

L'aspetto peggiore è che si rifiuta di reagire. È chiaro che è arrabbiata perché Tom non ha chiamato ma, per qualche misteriosa ragione, non lo chiama nemmeno lei. E nonostante sia forse comprensibile (e, in certa misura, rassicurante!) che non voglia portarmi alla Corsa Bau domenica, l'effetto domino (niente passeggiate che ci conducano nel raggio di un chilometro e mezzo dallo studio di Tom, o vicino alla casa di sua madre, o lungo il suo tragitto per andare al lavoro o addirittura per fare jogging) mi crea qualche problemino.

È questo che non capisco. Se ho fame, mi piazzo accanto alla ciotola finché Julie non la riempie. Se ho bisogno di sgranchirmi le zampe, mi sistemo vicino all'ingresso finché non mi porta fuori. Se voglio che si svegli e mi faccia uscire in giardino, gratto la porta della sua camera finché non ottengo il risultato desiderato. Ma Julie non fa nulla di tutto questo. Invece sembra aspettare che il telefono squilli, senza muovere un dito affinché succeda.

Guardando *Frasier*, ho scoperto che esiste una citazione famosa di un certo Einstein, secondo cui la follia è continuare a fare la stessa cosa aspettandosi un risultato diverso. Seppure al contrario, questa definizione è una descrizione perfetta di Julie, che continua a non fare niente, tranne affogare i dispiaceri nell'alcol, pensando che succederà qualcosa. Questo significa che non c'è tempo da perdere.

Così il venerdì sera, quando Priya viene a guardare un'altra puntata del *Trono di Spade*, escogito un piano infallibile. Attendendo astutamente che Julie vada in bagno, corro verso la portafinestra del salotto e gratto senza tregua.

«Hai bisogno di uscire?» Di certo la domanda è retorica, perché Priya sta già aprendo le ante.

Con uno sbuffo di gratitudine, mi precipito all'angolo del giardino in cui ho posizionato strategicamente il mio giocattolo di gomma preferito dietro l'enorme mucchio di bottiglie vuote destinate alla raccolta differenziata. Priya è rimasta dentro, perciò – avendo messo in conto questo dettaglio – abbaio. Come avevo previsto, dopo qualche istante esce a controllare che cosa stia succedendo.

«Che cosa c'è, Doug?» Si avvicina al punto in cui sono seduto, davanti a una dozzina di bottiglie di chardonnay. A dire il vero, il puzzo di vino stantio mi dà la nausea, ma non desisto, spostando lo sguardo dal giocattolo a Priya e viceversa finché lo nota.

«Come diavolo ha fatto a finire...? Santo cielo, Jules!»

Mentre conta i vuoti, e poi li riconta incredula, intuisco che il piano ha funzionato. Priya era qui per il mio compleanno la settimana scorsa e, dopo, lei e Sanj hanno aiutato Julie a buttare le bottiglie nel bidone del riciclaggio. Non occorre essere un genio per capire che *queste* risalgono alla settimana in corso.

Resta in giardino con me per un momento, quindi mi lancia un'occhiata prima di scavalcare con cautela il mucchio per recuperare il giocattolo.

«Tieni, Doug», dice, così glielo prendo delicatamente dalle dita scodinzolando. Mentre lo rosicchio allegramente, guarda le bottiglie per l'ultima volta e mi sorride.

«Sembra che qualcuno abbia ottenuto ciò che voleva», osserva.

Agito la coda ancora più energicamente, perché sono quasi sicuro di sì.

32

È LA sera seguente e, senza dubbio grazie alla mia abile manovra di ieri, Priya e Sanj hanno deciso di portare a termine una missione. Fondamentalmente significa venire da noi con Jim e invitarci a casa loro per cena.

Anche se tutti sappiamo che è una missione – soprattutto perché il «che cosa sta succedendo?» di Julie mentre la spingevano in auto quasi a forza è stato accolto da uno «portiamo a termine una missione» –, Sanj, che senza dubbio è stato istruito in precedenza, affronta l'argomento solo quando è a più di metà della seconda birra Cobra extralarge.

«Se vuoi un punto di vista maschile, devi prendere il comando.»

«A che cosa servirebbe?» domanda Julie, sconsolata. «Evidentemente non è interessato.»

«C'è un unico modo per scoprirlo», interviene Priya. «Chiamalo.»

«Oppure inviagli un messaggio», suggerisce Sanj.

«No, chiamalo e basta. Si sentirà lusingato. In più non si può ignorare una telefonata. Un messaggio, invece...»

Julie fissa il piatto per un momento, quindi mette giù coltello e forchetta. «Per quanto apprezzi la tua lunga esperienza sentimentale, ripetimi come tu e Priya vi siete messi insieme», dice in tono noncurante, ma Sanj si limita a scrollare il capo.

«Mi dispiace, ma...»

«Ma che cosa?» sibila Julie.

Sanj fa per bere un sorso di birra e, accorgendosi di averla finita, prende quella di Priya e, forse perché ormai è tecnicamente arrivato alla terza bottiglia – dato che sicuramente non l'ho mai sentito parlare in questo modo prima d'ora –, la frase successiva che esce dalla sua bocca ci coglie tutti di sorpresa. «È frustrante, cazzo.»

«Che cosa?»

«Tu! Soprattutto nel periodo in cui stavi con Luke. E ora, questo rifiuto di fare qualcosa per una persona a cui piaci davvero...»

«Piacevo anche a Luke.»

«È qui che ti volevo!» esclama Sanj con un'espressione compiaciuta.

«Che cosa vorresti dire?»

«Che avresti potuto ingannarmi, visto il modo in cui ti trattava, eppure hai tenuto duro...» La indica con la bottiglia, ironicamente come potrebbe fare un cobra prima di attaccare. «In realtà, comincio a pensare che l'unica ragione per cui stavi con Luke fosse il fatto che era sposato e che non avrebbe lasciato sua moglie, così avresti sempre avuto qualcosa di cui lamentarti nel tuo solito tono piagnucoloso, con la certezza che non saresti mai stata costretta ad...» e disegna nell'aria due virgolette con le dita, «'assumerti le tue responsabilità e ad avere una relazione normale'.»

«Ti chiedi come faccio a saperlo? Perché l'unica volta che finalmente hai la possibilità di avere una storia con un uomo normale, ti fermi al primo ostacolo, qualunque sia il motivo, e non solo scappi lontano un chilometro, ma passi tutto il tempo a ripetere a chiunque sia disposto ad ascoltarti che è colpa tua e che non troverai mai un uomo...»

Fa una pausa per bere un altro sorso di birra, e siamo ancora tutti troppo sbalorditi per aprire bocca. «E sai qual è la cosa *più* frustrante? Continui a chiedere a Priya che cosa fare, e lei ti ascolta con pazienza e ti dà consigli – buoni consigli –, ma poi *non li segui mai*. Ho perso il conto delle volte che è tornata a casa dopo una serata con te, esasperata dalla tua ostinazione, dal tuo rifiuto di accettare che non è colpa loro, ma tua...»

Priya interviene. «Non è vero, Jules. Sinceramente...»

«Sì che è vero», insiste Sanj. «Julie deve saperlo, perciò non intendo indorare la pillola.»

Dopo un altro goccio di birra, si concentra di nuovo su Julie. «Ti ritrovi ogni volta nella stessa identica situazione, ma quali cambiamenti hai fatto per uscirne? Nessuno. Perciò dimmi una cosa, per favore. L'idea di avere una relazione normale che cos'ha di così spaventoso da non poter – scusa, voler – nemmeno iniziarla?»

Mi alzo dalla mia posizione sotto il tavolo, accanto ai piedi di Sanj, e mi sposto verso l'altro lato della stanza per avere un punto d'osservazione migliore. Julie è scombussolata. Priya fissa Sanj con orrore, o ammirazione incredula. Jim fa del suo meglio per continuare a mangiare. E Sanj? Devo riconoscere che riesce a mantenere la calma.

«Okay. Lascia che te lo spieghi in un altro modo», riprende. «Che cos'era a rendere a Luke così allettante?»

«Be'... Insomma, io...» Julie annaspa, e non solo perché è stata messa alle strette.

«Io ho capito che era un verme. Priya ha capito che era un verme. Tuo padre ha capito che era un verme. Se n'era accorto persino Doug.»

Julie mi lancia un'occhiata accusatoria, io evito lo sguardo.

«Sapevamo tutti che non avrebbe mai lasciato sua moglie, principalmente perché i tipi come lui non lo fanno mai. Dunque, a meno che il sesso non fosse straordinario – scusa, Jim – e, guardando Luke, trovo difficile crederlo, non mi viene in mente *nemmeno una* ragione per capire perché mai tu sia rimasta con lui così a lungo. A meno che...»

«A meno che?» chiede Priya.

«Tu non voglia essere infelice», finisce Sanj a bassa voce.

Per un istante regna un silenzio confuso.

Sanj fissa Julie, Julie fissa il piatto, Priya fissa alternatamente entrambi, e Jim sembra affascinato da qualcosa sull'etichetta della birra.

«Da dove diavolo hai tirato fuori tutte queste cose?» domanda Julie alla fine.

Sanj si stringe nelle spalle. «Non sei l'unica fan di *Frasier*.»

Poi la faccia di Julie inizia a... be', «raggrinzirsi» è la parola più adatta che riesco a trovare, il suo petto comincia ad alzarsi e abbassarsi, quindi lei emette un gemito che si trasforma in una serie di singhiozzi e, di lì a poco, in un pianto sfrenato.

«Oh, Jules...» Priya la abbraccia e io corro a strofinarle il muso contro la gamba.

Sanj ha un'aria terribilmente colpevole, ma non credo affatto che dovrebbe sentirsi così, perché ha soltanto detto ciò che pensiamo tutti. Inoltre, le lacrime di Julie non mi sembrano dettate dalla rabbia, bensì dal sollievo e dal senso di liberazione. Come se finalmente qualcuno avesse avuto il fegato di darle una bella strigliata.

«È perché... Perché... Io...» È difficile capirla, soprattutto perché più che parlare singhiozza. «Non... merito... di... esserlo.»

«Non dire sciocchezze.» Tenendola stretta, Priya le accarezza delicatamente i capelli. «Tutti meritano di essere felici.»

«Davvero?»

«Certo!» risponde Jim.

«Ma...» Prendendo un pezzo di carta da cucina dal rotolo sul tavolo, Julie si soffia il naso così forte da farmi sobbalzare. «Ho paura.»

«Di che cosa?» chiede Priya.

«Lo sapete!» dice Julie ma, quando è evidente che non lo sappiamo, scuote la testa. «Di innamorarmi.»

«Perché mai?» domanda Jim. «È il sentimento più bello del mondo.»

«Forse.» Julie si tampona gli occhi. «Ma quando perdi qualcuno, è il *peggiore*!»

Jim si appoggia allo schienale della sedia, un po' confuso. «C'entra come i cavoli a merenda.»

«Ti ricordi in che stato eri quando hai perso la mamma?»

Jim parla con un leggero tremore nella voce. «Non lo dimenticherò mai, tesoro.»

Julie gli prende la mano tra le sue. «E se succedesse a *me*? E se conoscessi qualcuno e mi innamorassi come è capitato a te e alla mamma, e poi lo perdessi? Ho visto quanto fa male e...» Tira su rumorosamente con il naso. «Credo che non sopravvivrei.»

«Sì, tesoro, ma...» Jim, che di solito ha la risposta pronta o una battuta brillante per tutte le occasioni, sembra a corto di parole. «È come dire, non saprei, che non vuoi metterti al volante di un'auto perché un giorno potresti avere un incidente. Insomma, potresti averlo, data la tua guida spericolata, ma rinunciare al piacere di guidare solo per la paura di...» Sospira, quindi avvicina la sedia a Julie per cingerle le spalle con il braccio.

«Vuoi la verità? Quando ho perso tua madre, è stata la cosa peggiore che mi sia mai successa. Non deve essere stato piacevole nemmeno per lei, beninteso», aggiunge facendole l'occhiolino. «Ma l'ho superato. Le persone hanno più capacità di recupero di quanto tu creda. E anche se sì, è stato orribile, terribile, spaventoso, ti dico una cosa. Rivivrei ogni singola cosa anche se sapessi in anticipo che cosa accadrebbe. Perché per quanto insopportabile sia il dolore della perdita, non è nulla in confronto alla gioia del vero amore.»

Faccio uno o due passi indietro, confortato dalla scena davanti ai miei occhi. Jim coccola Julie, dondolandola lentamente da un lato all'altro. Priya singhiozza in silenzio lì accanto, nonostante un vago sorriso le compare sulle labbra. Sanj pare domandarsi se sia il caso di andare a prendere un'altra birra. Dopo un momento decide di sì.

Non faccio lo psichiatra – non penso sia consentito, e a quanto pare i cani «da terapia» non sono la stessa cosa –, ma capisco che cosa fa Julie. La difficoltà è come convincere qualcuno che i benefici dell'amore superino il possibile dolore della sua perdita. Soprattutto se quel qualcuno non ha nulla da usare come pietra di paragone.

«Ti chiediamo soltanto di seguire alcuni dei tuoi consigli», continua Jim dopo un momento.

«Dei *miei* consigli?»

«Sei stata tu a insistere perché invitassi Dot a uscire. 'Perché altrimenti non lo saprai mai', hai detto.»

«Non sono certa che queste siano state le mie parole...»

«E sono davvero contento che tu l'abbia fatto.» Jim sorride. «Non avrei mai dovuto permettere che la perdita di tua madre mi frenasse per così tanto tempo. E non dovresti farlo nemmeno tu. Fa' un tentativo con Tom, tesoro. Vedi che cosa succede. Perché altrimenti non lo saprai mai. E odierei l'idea che ti lasciassi sfuggire questa opportunità. La odieremmo tutti. E vuoi sapere chi è che merita di essere felice? Dopo quello che hai passato con Luke, credo siamo tutti d'accordo che sia tu.»

C'è un mormorio di approvazione da Priya e Sanj, e Jim dà un'ultima stretta a sua figlia. Poi mi accarezza la testa con fare incoraggiante, come se volesse affidarmi l'incarico di assicurarmi che Julie e Tom si mettano insieme.

E anche se per vie traverse, è esattamente ciò che farò.

33

L'INDOMANI mattina, mentre Julie fa colazione, vado a prendere il cellulare dal tavolino e glielo lascio cadere con esagerazione sulle ginocchia, così si decide a chiamare Tom. Pur sembrando un po' sorpreso di sentirla, lui coglie al volo l'opportunità di rivederla. E meno di dieci ore dopo, siamo tutti seduti in un pub.

Julie sorseggia un piccolo bicchiere di vino, mentre Tom beve una birra, sorridendo da quando siamo arrivati.

«Hai sempre voluto fare il V-E-T-E-R-I-N-A-R-I-O?» chiede Julie dopo i convenevoli iniziali.

«Sì. Be', non sempre *sempre*. Insomma, ho accarezzato l'idea di diventare una rockstar, poi un astronauta, ma per diventare un cantante bisogna avere almeno un po' di talento musicale... Comunque. Sì. Mi sono piaciuti i primi cinque anni di tirocinio. E amo il mio lavoro. A parte...» Abbassa la voce. «Ogni tanto devi sopprimere l'amato cane o gatto di qualcuno. E ti spezza il cuore.»

«Ci scommetto.»

«Ma perlopiù si tratta di aiutare le persone.»

«Gli 'animali', intendi.»

«Detto così è un tantino severo!»

«No, volevo dire...» Julie smette di parlare, quindi gli dà un leggero pugno sul braccio e, anche se di norma un pugno è un gesto di disapprovazione, sono quasi sicuro che in questo caso significhi l'esatto contrario.

«Allora perché hai aspettato così tanto?» domanda Tom dopo un silenzio breve ma gradevole.

«Aspettato che cosa?»

«A chiamarmi e a chiedermi di uscire.»

«Non ti ho chiesto di uscire.»

Guardo Julie, un po' confuso, poi capisco che forse vuole coinvolgerlo in un botta e risposta simile a quello di quando Tom mi metteva i punti. Evidentemente lo intuisce anche lui, perché scrolla il capo e poi mima il gesto di puntarsi una pistola alla tempia. «Okay. *Touché*. Forse sono un po' arrugginito. Succede, dopo essere stati single per un anno.»

«Un *anno*?» Julie fa una faccia comprensiva. «Per colpa di...?»

«Esatto, per colpa di. È stata una brutta batosta, non te lo nascondo.»

«Ti va di parlarne?»

«No.» Tom, a disagio, cambia posizione sulla panca, poi sgonfia le guance. «Ma ci crederesti se ti dicessi che la mia ex mi ha tradito con il mio migliore amico? Mi aveva fatto da testimone di nozze. Alla faccia dell'amicizia!» Fa un sospiro teatrale. «Lui mi manca.»

Julie ride, poi forse si accorge di essere stata inopportuna. «Scusa. Merda.»

«È la parola giusta.»

Julie prova a prendergli la mano, quindi sembra avere un ripensamento dell'ultimo minuto e si limita a toccargli l'avambraccio. «E da allora non c'è stato nessuno... di speciale?»

«No.» Tom usa un tono abbastanza fermo, ma scuote anche la testa, come se volesse toglierle ogni dubbio. «Quando scegli qualcuno con cui passare il resto della vita, e salta fuori che non è pronto per essere quella persona, perdi la fiducia in te stesso.»

«Troppa paura dell'eventualità che vada di nuovo male?»

Tom ride, ma senza entusiasmo. «Più o meno.»

«Ci siamo cascati in pieno, eh?» Julie fissa un punto lontano, poi si sforza di sorridere. «Vuoi che ti spieghi fino a che punto Luke ha fatto il bastardo?»

«Se pensi che ti faccia stare meglio...»

«Speravo che facesse stare meglio *te*.» Julie finge di essere affascinata da una macchia sul tavolo. «Riguardo a noi.»

«D'accordo.»

«Potrebbe?»

Tom asciuga una riga di condensa dal bicchiere. «Un po'.»

Julie lo studia per un istante, poi beve un sorso di vino e lui fa lo stesso con la birra. Sbuffo, ma nessuno dei due sembra avermi sentito, perché sono troppo occupati a non guardarsi negli occhi. «Oh, Tom», dice lei alla fine. «Non è andata come mi auguravo. Facciamo a gara a chi racconta la storia più triste. Mi dispiace.»

«Una riflessione», dichiara Tom di punto in bianco. «Forse non dipende da noi. Forse siamo entrambi bravissimi nelle relazioni, mentre le persone con cui stavamo *non* lo erano.»

«Eh?»

«Me ne sono appena reso conto. Ho trascorso l'ultimo anno circa ad accusare me stesso del fallimento del mio matrimonio, a ripetermi che doveva essere colpa mia se la mia ex mi aveva lasciato. Ma forse... forse la colpa era sua, perché è fatta così. E Luke... sappiamo che è un coglione nelle relazioni, che tratta malissimo sua moglie, e tu l'hai conosciuta e sembra...»

«Gentile», ammette Julie con riluttanza.

«Esatto!» Tom sorride. «A riprova, se mai ce ne fosse

bisogno, che la teoria 'non è colpa tua, ma mia' è vera! Solo al contrario.»

«Credi?»

«È una possibilità, almeno. Insomma, guarda noi...» Il suo cellulare emette un bip e, con uno sguardo dispiaciuto, Tom lo prende. Fissa lo schermo, scuote leggermente la testa, quasi stentasse a credere a ciò che vede, quindi salta su dalla panca alzando il pugno in aria e rischiando di ribaltare il tavolo. «Ce l'ha fatta!»

La sua esclamazione improvvisa ci fa sussultare entrambi. Nel frattempo, Tom guarda il telefono come se non avesse la minima idea di che cosa sia, e Julie guarda lui nello stesso modo.

«Chi ce l'ha fatta?»

«Doug!»

«Di che cosa parli?»

«Doug.» Tom mi sorride come un proprietario orgoglioso a una mostra canina. «Ci è riuscito.»

«A fare che cosa?»

«La sua foto. È... È lui!» Tom parla come un bambino di cinque anni, così emozionato da non riuscire a mettere le parole nel giusto ordine. «Qui!»

«È necessario che ti dia uno schiaffo?»

«No, sto bene. Scusa. È solo che...» Sorride come un ebete, indicando con foga il cellulare. «*We Rate Dogs*!»

«Cosa?»

Tirando un sospiro, Tom fa uno strano gesto dall'«alto verso il basso» lungo il proprio corpo, quasi si stesse centrando durante una lezione di yoga, quindi sorride. «Doug è stato valutato», spiega con calma. «Su *We Rate Dogs*.»

Julie mi sbircia come se si aspettasse una conferma della notizia. «Vuoi scherzare?» dice dopo aver ritrovato la parola.

«No», conferma Tom, forse senza motivo, viste le sue azioni nei trenta secondi precedenti. «Guarda tu stessa.»

Julie lancia un'occhiata nervosa al suo cellulare, neanche fosse radioattivo. «Non posso.»

«Perché?»

«E se...» Abbassa la voce. «E se non fosse un punteggio molto alto? Non voglio che rimanga segnato a vita.»

«È un cane. Non capirà che cosa sta succedendo.»

«Non ne sarei così sicura.»

«Ricorda che tutti ricevono punteggi alti. Perciò è improbabile che resti traumatizzato... Okay, okay.» Tom si risiede.

Julie mi solleva dal marciapiede, posandomi sulla panca in mezzo a loro. «Fa' vedere.»

«Pronti?»

Senza aspettare la risposta, Tom fa tap sul cellulare e, quando compare la mia foto, Julie lancia un gridolino di gioia. «Che cosa dice?»

Tom scorre lo schermo con l'indice, poi si schiarisce la voce. «QUESTO È DOUG», legge. «UN CANE TUTT'ORECCHI.»

Julie fa un gran sorriso. «E il punteggio?»

Tom non risponde, sollevando il telefono e posizionandolo a una trentina di centimetri dal suo viso. Guardando con attenzione, lei scruta il display, quindi apre la bocca per lo stupore. «Quattordici!»

Inclina lo schermo per mostrarmelo. Mi vergogno ancora un po' di questa foto, e sono deciso a non entusiasmarmi troppo, ma è difficile non lasciarsi trasportare dall'euforia.

«Te l'avevo detto!» dice Tom. «E guarda quanti like ha ottenuto!»

«Lì c'è scritto...»

«Novantasette mila!»

Julie spalanca ancora di più la bocca, perciò immagino

che i like siano l'equivalente umano delle leccate in termini di ciò che rappresentano.

Poi accade qualcosa di strano e di meraviglioso. Tom e Julie saltano su, cominciando a ballare come matti neanche partecipassero a una specie di gara, dandosi il cinque a intervalli di qualche secondo. Scendo dalla panchina con un balzo per raggiungerli, ma riesco solo a correre in cerchio con foga, perché il guinzaglio è legato alla gamba del tavolo. Il problema è che lo aggroviglio alle caviglie di Julie, facendola cadere verso Tom.

Alza le mani per attutire la caduta, ma lui la prende al volo. La tiene stretta, i loro visi sono a pochi centimetri l'uno dall'altro e… vi lascio immaginare il resto.

Sebbene sia felice di riferire che non ci sono mugolii.

34

«’GIORNO, Doug!»

Il mattino successivo, quando gratto sulla porta della camera di Julie, ad aprirmi è Tom, con un sorriso a trentadue denti. E anche se non sono molto contento quando mi raccoglie, mi stampa un rumoroso bacio sulla fronte e poi mi rimette giù senza tante cerimonie, considero la giornata di ieri ciò che in genere si definisce un «risultato».

Seguo allegramente Tom in cucina, dove inizia a frugare negli armadietti, riuscendo a trovare quasi tutto il necessario per la colazione. Quando Julie compare sulla soglia con gli occhi annebbiati, sul tavolo ci sono caffè, pane tostato e marmellata, cereali e persino un po’ di frutta, oltre a una ciotola del mio «solito» sul pavimento.

Vedendo questo bendidio, Julie apre la bocca come per dire qualcosa, ma poi cambia idea e si avvicina, sedendosi cautamente.

Tom si gira, voltando le spalle al frigorifero. «’Giorno! Non sapevo che cosa ti piace per colazione. Così ho preparato un po’ di tutto.»

«Vedo», taglia corto lei.

«Devi avere fame. Io sicuramente sì! Anche se potremmo uscire, se prefe...»

«Ascolta...»

Tom lascia la frase a metà, incrociando le braccia. «No!»

«*Prego*?»

Lui si tappa le orecchie con le dita. «Non voglio.»

«Non vuoi, che cosa?»

«Ascoltare.»

«Che cosa?»

«Non dovrebbe essere la mia battuta? Dato che, sai...» Togliendosi le dita dalle orecchie, prende la sedia accanto a Julie, si accomoda e inizia a imburrare una fetta di pane tostato. «Ma no, non ho intenzione di ascoltarti. Perché stai per farmi il solito discorsetto, per dirmi che la notte scorsa, nonostante sia stata fantastica e straordinaria, probabilmente il rapporto sessuale migliore che tu abbia mai avuto, deve restare un caso isolato. Che non sei ancora pronta per una relazione, o che non sei la persona giusta per me, e non voglio sentirlo, perché ti sbagli. Stiamo benissimo insieme. E penso che se darai una possibilità al nostro legame, se darai una possibilità a noi, certamente lo capirai anche tu.»

Taglia il pane a triangolini, ne infila uno nella bocca aperta di Julie, quasi desse da mangiare a una bambina, quindi le mette l'indice sotto il mento e gliela chiude dolcemente. «Perciò fa' colazione e bevi un po' di caffè. Io porto fuori Doug e tu rifletti su ciò che ti ho appena detto e se, quando sarò tornato, penserai ancora che stare insieme sia una cattiva idea, be'...» Sorride. «Mi farò venire in mente un altro modo per farti cambiare idea.»

Alzandosi e dandole un rapido bacio sulla testa, dice: «Andiamo, Doug», afferra il guinzaglio nell'ingresso e usciamo.

Quando mi giro per l'ultima volta verso la cucina, non posso fare a meno di notare che Julie è così sbalordita da non aver ancora cominciato a masticare.

Alla fine, Tom non può far cambiare idea a Julie. Anche se, a onor del vero, non ha nemmeno modo di scoprire se sia necessario oppure no. Quando rientriamo dalla passeggiata, c'è anche Jim e l'incontro è piuttosto imbarazzante, soprattutto perché Tom ha comprato dei fiori al negozio all'angolo, che porge per errore al padre di Julie non appena ci apre la porta. Poi farfuglia di essere venuto a prendermi presto per portarmi a spasso, al che Jim sorride dicendo: «Non sono nato ieri, figliolo».

Lo invita a fermarsi per una tazza di tè e all'improvviso Tom si ricorda di dover andare in studio, nonostante a quanto pare oggi sia una «festa nazionale», perciò né lui né Julie devono lavorare. Mentre lo accompagniamo lungo il corridoio, benché Julie prometta di chiamarlo, il loro maldestro arrivederci non è esattamente quello di due persone sulla buona strada per innamorarsi. Tom è così confuso da dimenticare di darle i fiori e finisce per portarli con sé.

Sebbene non sia la situazione ideale, c'è anche un lato positivo. Dovrà riportarli indietro.

35

«Sono andata a letto con Tom.»

Con lo sguardo meravigliato, Priya alza la mano per darle il cinque, un gesto che sicuramente Julie sa fare, perché Jim mi ha insegnato a riprodurlo e trae il massimo piacere nel mostrarglielo ogni volta che ne ha la possibilità. Ma per qualche ragione, lei sembra aver dimenticato come rispondere.

«Quando?»

«La notte scorsa.»

«E?»

«E che cosa?» Julie arrossisce.

«Come? Anzi, non *come*, ovviamente, ma com'è successo?» Priya, a bocca aperta, scuote appena la testa per indicare stupore. «È stato straordinario?»

Raccogliendo il borsone sportivo, vi infila dentro un asciugamano. Per ordine di Priya, questa sera andranno in palestra per una lezione di zumba. Non sono stato invitato perché, secondo Julie, non è nulla di simile alla Corsa Bau, e invece richiede di danzare, cosa che, a detta di Jim, non mi riuscirebbe bene perché ballo letteralmente da cani. Jim è venuto a tenermi compagnia, così può vedere «la partita» con l'abbonamento TV di Julie.

«Sì», risponde Julie a bassa voce, e Priya corruga la fronte.

«Mi dispiace. Mi sono persa qualcosa? Hai appena fatto...» abbassa la voce, «S-E-S-S-O sfrenato con un V-E-T-E-R-I-N-A-R-I-O figo, eppure sembra che il mondo ti sia crollato addosso.»

«Scusa, P.» Julie afferra un altro asciugamano dalla mensola, quindi si ricorda di averne già preso uno, così si sbriga a rimetterlo a posto. «È solo... Questa mattina, quando mi sono alzata, aveva preparato la colazione, poi ha portato Doug a passeggiare e, quando ho cercato di spiegargli che forse dovremmo andarci piano, non ha voluto ascoltarmi. Mi ha persino comprato dei fiori, sebbene non abbia avuto la possibilità di darmeli.»

«Che bastardo!» Priya ridacchia. «Sesso fantastico, colazione, fiori... Dunque, l'anti-Luke, di fatto. Non potresti chiedergli di chiacchierare con Sanj? Per dargli qualche dritta.»

«Lo so. Ma dopo quanto è successo con Luke...» Julie scrolla il capo. «E se fosse quello giusto?»

«Luke?»

«*Tom.*»

«Scusa. Ora sono ancora più confusa.»

«Siamo in due.» Julie sospira. «Chiaramente non ho dimenticato Luke. Ho tutta questa... zavorra. E ora incontro l'uomo perfetto e ho paura di...» Sbircia di nuovo nel borsone, ricontrolla che ci sia l'asciugamano, quindi chiude la zip. «Sono destinata a rovinare ogni cosa, P, anche se non vorrei. Tom ha problemi di fiducia per colpa della sua ex, e l'ultima cosa che voglio è ferirlo, ma probabilmente lo farò, soltanto perché Luke ha ferito me. E so che sembra ingiusto o illogico, ma...»

Deglutisce così forte che non serve un udito fino come il mio per sentirlo, così Priya prende le sue mani nelle proprie. «Jules.» Scuote lentamente la testa. «Se ho capito bene, Tom potrebbe essere la cosa migliore che ti sia mai successa, ma la fai sembrare la peggiore. Ricorda, l'impostore è Luke, non tu, e in realtà il grado di fedeltà che hai dimostrato restando con lui per tutto questo tempo significa, forse in modo perverso, che probabilmente Tom non ha nulla di cui preoccuparsi sul piano della fiducia. E so che quasi di sicuro per te non sarà facile, data la farsa della» – e disegna due virgolette con le dita – «'relazione' con Luke, ma sai una cosa? Devi soltanto lasciarti andare. Capire che uscire normalmente con qualcuno è divertente. Emozionante. Piacevole. Perché può esserlo. Nonostante ciò che potresti pensare dopo Luke.»

«Non so, P...»

«Ma nessuno di noi lo sa. È questa la parte interessante!» Priya riflette per un momento, poi incrocia il mio sguardo. «Ricordi la volta che Doug ha mangiato la lucertola morta che aveva trovato?»

«Non farmici pensare. È stato male come... be', come un *cane*, per quasi due giorni.»

«Ne ha mai mangiate altre?»

«No. Il gatto scottato teme l'acqua fredda, come si suol dire. Sebbene nel nostro caso si tratti di un cane.»

«Ecco. Luke era – *è* – la lucertola morta. E tu sei più intelligente di Doug. Senza offesa, amico.» Mi gratta la testa. «Dunque, non rifarai lo stesso errore. Vero?»

Conosco il linguaggio umano abbastanza bene per sapere che di solito quest'ultima parola è una domanda, ma il tono di Priya la fa sembrare un avvertimento.

«No, P. Certo che no», dice Julie, ma non con tutta la sicurezza che potrebbe avere.

«Inoltre non ti ci vedo a sfogare la rabbia per Luke su Tom, e per una ragione ovvia.»

«E sarebbe?»

«Principalmente perché sembra che Tom non te lo permetterà!»

Afferrandola per le spalle, Priya la spinge fuori dalla cucina, così le seguo lungo il corridoio, sperando che Julie capisca che è vero.

E che non glielo permetterò nemmeno io.

Siamo a metà «partita» e Jim mi riempie la ciotola mentre si versa una terza birra, accompagnata da una strizzatina d'occhio e da un «non dirlo a Julie», quando qualcuno suona il campanello.

Mi lancio lungo il corridoio, abbaiando a più non posso, deciso a ignorare il suo «zitto, Doug!» quando l'odore che arriva da fuori mi spinge a mantenere la posizione. Jim fa una faccia sorpresa, poi – forse in conseguenza dei miei latrati spasmodici – apre la porta con prudenza.

«Posso aiutarla?»

«Che cosa? Oh, io...» Luke è sulla soglia, del tutto confuso alla vista di uno sconosciuto a casa di Julie. Indietreggiando un poco, alza gli occhi sulla casa, come per controllare di essere nel posto giusto. «C'è Julie?»

«Chi vuole saperlo?» domanda Jim in tono cordiale, così Luke – dando per scontato che significhi «sì» – gli sorride.

«Sono Luke.»

Jim appare un po' perplesso, poi si accorge che sto ancora ringhiando ed evidentemente fa due più due. «Luke.»

«Esatto. Forse le ha parlato di me?» Un altro sorriso. «E lei è...?»

«Uno che cerca una ragione valida per non sbatterle la porta in faccia.»

Luke indietreggia ancora un poco. «Le ha parlato di me, dunque?»

«Sì», conferma Jim, impassibile.

Luke sembra un tantino nervoso. Jim non è l'uomo più robusto del mondo, e sicuramente non il più minaccioso, ma Luke ha dimostrato di essere un vigliacco. Insieme potremmo sopraffarlo, e sospetto che lo sappia anche lui.

«C'è Julie?»

«No.»

«D'accordo.» Luke esita, poi sbircia oltre la spalla di Jim e lungo il corridoio, come se si aspettasse di vedere Julie nascosta dietro l'attaccapanni. «Ho visto la sua macchina, così ho pensato...» Accenna alla Fiat di Julie, come se credesse che dimostrare di conoscere la sua auto possa aiutare la sua causa.

«Che cos'ha pensato, esattamente? Di poter fare un salto qui per una bottarella prima di tornare a casa da sua moglie?»

Luke scoppia in una breve risata, forse per la definizione antiquata di Jim, prima di rendersi conto che forse non avrebbe dovuto, e il sorriso svanisce di colpo dalle sue labbra.

«Mi scusi. Chi è lei?»

«Il padre di Julie. E non sono io la persona con cui dovrebbe scusarsi.»

Luke pare un po' confuso, quasi si aspettasse che Jim aggiunga qualcos'altro e, quando non lo fa, indietreggia lungo il vialetto, capendo chiaramente di aver commesso un errore.

«Oookay. Be', se potesse dirle che... Anzi, no, non si disturbi, io...»

«Non così in fretta.» Avanzando verso di lui, Jim allunga fulmineamente la mano e gli afferra il polso con una stretta di ferro. «Penso che dovremmo fare due chiacchiere. Non trova?»

A giudicare dalla sua espressione, chiaramente Luke non è d'accordo. «A dire il vero, devo...» Cerca di controllare l'orologio, ma le dita di Jim gli impediscono di vedere il quadrante. O di fuggire.

«Esatto. Deve.» Jim si sposta e, senza lasciarlo, lo fa entrare.

In qualche modo, la serata ha preso una piega surreale. Jim ha preparato il tè e, in questo momento, è seduto sul divano, mentre Luke è appollaiato sul bordo della poltrona, con l'aria di chi vorrebbe essere ovunque tranne qui. Ho assunto una posizione strategica sotto le sue gambe allungate, dove ringhio piano, sebbene non abbastanza forte da non riuscire a seguire la conversazione, benché finora si sia trattato perlopiù di una cortese chiacchierata sulle preferenze di Luke in fatto di tè.

Una volta che entrambi hanno una tazza davanti a sé, Jim mi guarda e si porta il dito alle labbra. Poi torna a sedersi, soffia sulla bevanda bollente e si schiarisce la voce.

«So che sta per avere due figli.»

Luke annuisce titubante. «Sì. Be', non io, ovviamente. Mia m...» Tace all'improvviso, decidendo che ricordare a Jim il suo stato civile potrebbe non essere la mossa più intelligente.

«Dunque ammette di essere sposato?»

«Tecnicamente», dice Luke, nervoso.

«Ma lei e Julie eravate...?» Jim cerca la parola giusta. Invano, a quanto pare. Anche se forse Luke spera che non la trovi.

«Sì, ma all'epoca ero... mia moglie e io, insomma... eravamo separati.»

«Davvero?»

«Ci pensavamo. Almeno io. Perché avevamo alcuni problemi.»

Jim lo guarda sospettoso. «E ora li avete risolti? Questi 'problemi'?»

«È di questo che volevo parlare con Julie.» Luke sembra un po' meno sicuro di sé. «Perché, sa, sto per diventare padre e tutto il resto e ovviamente voglio fare la cosa giusta per tutti.»

«La cosa giusta.» Jim annuisce lentamente. «In questo caso, posso darle un consiglio?»

Dal suo tono si deduce che non sta chiedendo il permesso, e Luke deglutisce a fatica. «Certo.»

«Perché può essere difficile quando si aspetta un bambino. Aggiunge tensione a qualunque rapporto, posso assicurarglielo. Poi arriva questo cosino minuscolo e indifeso e, d'un tratto, ti innamori perdutamente. Ti rendi conto che faresti qualunque cosa per proteggerlo. Ed è una sensazione che ti accompagna per sempre.» Jim si china, avvicinando la faccia a quella di Luke. «Se capisce che cosa intendo.»

L'altro deglutisce ancora più forte. «Certo.»

«Bene. Dunque, una domanda.»

«Poi posso andare?»

Jim fa un sorriso vago. «La ama?»

«Chi?» chiede Luke, anche se è una domanda stupida.

«Julie, ovviamente. Non sua moglie.»

Luke apre la bocca per protestare, poi cambia idea e la richiude. «È...»

«Se dice 'complicato', gliela faccio inghiottire.» Jim indica la sua tazza.

«Ma lo è», dice Luke mentre per sicurezza mi allontano dalla traiettoria dei possibili schizzi. «Lei è un uomo di mondo. Deve sapere come funziona.»

«Come funziona che cosa?»

«Il matrimonio. Insomma, non è la nostra condizione naturale, se ci pensa. Siamo uomini. Siamo nati per procreare.»

«Cosa che, mi corregga se sbaglio, sta facendo con sua moglie.»

«Be', sì, ma...» Luke scrolla le spalle, ma è difficile capire cosa intenda. «È sposato, no?» dice, forse nel tentativo di distogliere l'attenzione da sé.

«Lo ero», taglia corto Jim.

«Sua moglie l'ha lasciata, vero?»

«In un certo senso.»

«Ma siete stati insieme per... quanto tempo?»

«Non abbastanza a lungo.»

«Dunque capisce gli... *alti e bassi* del matrimonio?»

«Capisco che ci *sono* degli alti e bassi, e che si annullano a vicenda. Sicuramente i bassi non ti autorizzano ad andartene con qualcun altro. Soprattutto se stai ingannando quel qualcun altro. E soprattutto se quel qualcun altro è mia figlia.»

«Non la stavo ingannando.»

«Aveva promesso che avrebbe mollato sua moglie per lei.»

«Ecco...»

«E l'ha fatto?»

Luke, a disagio, si agita sulla poltrona. «È per questo che sono qui.»

«Non ha risposto alla mia domanda.»

«Per vedere se... devo farlo.»

«Non capisco.»

«Sì, come ho detto, è...» Luke posa la tazza sul tavolino, attento a metterla fuori dalla portata di Jim, «complicato.»

«Continua a ripeterlo. Ma in ogni caso è arrivato tardi.»

«Davvero?» insiste Luke, e noto una vena che inizia a pulsare sul collo di Jim.

«Sì. Perciò le suggerirei di tornare a casa da sua moglie, di dimenticarsi di mia figlia e fare del suo meglio per rispettare le promesse di qualche anno fa.»

Luke fa una smorfia. «Finché morte non ci separi eccetera?»

«Esatto», dice Jim, anche se nella sua voce c'è un tremito

che non ho mai sentito prima. «Lasci che glielo dica, se avrà anche solo una frazione dei trent'anni che io ho avuto con la madre di Julie, potrà considerarsi fortunato. E mi ringrazierà per averla rimessa in riga.»

«Trent'anni. Avrebbe potuto ucciderla, e sarebbe stato fuori cinque anni fa.»

Ovviamente l'ha intesa come battuta, ma l'espressione di Jim suggerisce che non la trovi affatto divertente. Luke lo guarda quasi fosse una grave mancanza e Jim ne approfitta, perché si alza dal divano e si erge con rabbia sopra di lui.

«Farebbe meglio a non scherzare su queste cose.»

«Gesù! Si rilassi, vecchio mio.»

«Cerco solo di darle qualche consiglio. Per il suo bene.»

«Sì?» Luke si alza e io lo imito. «Se è così esperto, dov'è sua moglie ora?»

«L'ho...» Jim esita, «persa», risponde, e Luke lo sbircia con malizia.

«Suona un po' negligente, se vuole il mio parere!»

Ha ragione, anche se mentre sta lì con un sorriso vacuo, Jim abbassa la voce. «È morta», sussurra, spingendo noi due a fissarlo.

Mentre Luke forse si domanda come rimediare alla gaffe, a me gira la testa. La madre di Julie non si è semplicemente «persa», come Santa. È *morta*. Per quanti manifesti si possano affiggere ai lampioni della città, non tornerà mai più. E ora capisco *tutto*.

«Le dico una cosa», continua. «Non passa giorno, non passa *ora*, in cui non mi tormenti chiedendomi se avessi potuto impedirlo o fare qualcosa di diverso. Ogni volta che guardo Julie, mi torna in mente sua madre, ed è insieme la sensazione migliore e peggiore di tutte. Perciò pensare che un tipo come lei faccia il furbo con mia figlia...»

«Okay, okay. Non si scaldi», dice Luke, ed è più o meno

nello stesso istante che la situazione precipita. La lite si intensifica finché Jim inizia a urlare contro Luke, che alza la voce a sua volta, arrivando persino a dargli dei colpetti mentre prova a sostenere una serie di teorie irrilevanti.

Sono sul pavimento tra loro, abbaiando come un matto, finché Jim si zittisce, impallidendo e tenendosi il petto.

Luke comincia ad affermare che non lo colpiva poi così forte, poi Jim tenta di dire qualcosa, ma senza produrre alcun suono. Facendo qualche passo indietro, crolla sul divano, con gli occhi che si rovesciano, mostrando solo il bianco. Quindi scende il silenzio.

Gli salto sulle ginocchia, sbuffando in tono interrogativo, poi gli do una leccata esitante alla mano, ma lui non dà segni di vita. Alle mie spalle, Luke esclama: «Cazzo!» quindi lo ripete e lo ripete di nuovo, ogni volta un po' più forte.

Corre verso Jim, piegandosi cautamente. «Mr Newman?» bisbiglia come se temesse di svegliarlo. Con un altro «cazzo!» lo prende per la spalla e lo scuote piano, poi un po' più forte, chiamando: «Mr Newman!» e convincendomi senza ombra di dubbio che cerca di svegliarlo.

Luke mi guarda disperato, poi torna a concentrarsi su Jim. Quindi tira fuori il cellulare dalla tasca e fa un numero, ma lo rimette via quasi subito. Agitato, si passa la mano tra i capelli. «Non giudicarmi, Doug.» Prendendo la tazza, la svuota nel lavello, pulisce il manico con uno strofinaccio e la infila nella lavastoviglie. Infine, si volta schizzando verso la porta.

Ho guardato abbastanza serie TV ambientate negli ospedali per sapere che questo non è uno sviluppo favorevole e che ora sarebbe un ottimo momento per chiamare aiuto. Salto giù dalle ginocchia di Jim e, veloce come il vento, inseguo Luke lungo il corridoio, fuori dalla porta e lungo il vialetto, riuscendo a mettermi tra lui e il cancello.

«Togliti di mezzo, Doug!» ordina mentre gli sbarro la strada, alzando il pelo.

Si china quasi volesse spostarmi, ma scopro i denti quanto basta per scoraggiarlo, quindi comincio ad abbaiare furiosamente, l'incarnazione stessa della combattività.

«Cosa c'è?» chiede tra i miei latrati accusatori. «Non posso. Io...»

Continuo finché, con la coda dell'occhio, vedo le tendine di Miss Harris che si spostano e la sua faccia triste che compare alla finestra, così decido di adottare una tattica diversa, come fa Julie ogni volta che la vicina sta per «dare in escandescenze». Chissà, forse posso appellarmi al lato migliore di Luke. Sempre che ne abbia uno.

Smettendo di abbaiare, sbarro gli occhi al massimo, inclino la testa così tanto da provare quasi dolore, quindi emetto l'uggiolio più commovente che riesco a produrre, e... sembra che funzioni! Luke mi guarda torvo, poi sussurra: «Gesù», e – come se mi facesse un enorme favore – recupera il telefono dalla tasca interna e preme tre volte lo schermo.

«Un'ambulanza, per favore», dice mentre lo seguo dentro casa.

Jim non si è mosso, anzi sembra che dorma, nonostante i versi che produce non appaiano particolarmente tranquilli.

«Che cosa?» dice Luke al telefono. «Il padre di una mia... mmm... *amica*. Credo che abbia avuto un infarto.»

Dà l'indirizzo all'operatore, poi si china quasi volesse dare un bacio a Jim, dice: «Sì», e poi, tristemente: «Esatto».

Quindi chiama Julie sul cellulare, le lascia un breve messaggio e con un «andrà tutto bene, Doug» per nulla rassicurante, si siede pesantemente sulla poltrona.

Quando corro in giardino ad aspettare l'ambulanza, posso soltanto sperare che abbia ragione.

36

Dopo tutto lo scompiglio di ieri, l'infarto di Jim sembra essere stato lieve. Sebbene l'abbiano tenuto sotto osservazione per tutta la notte, la buona notizia è che non ci sono danni permanenti e, purché continui a prendere i farmaci (ed eviti la birra), i medici dicono che si riprenderà. Come Dot, che ha rischiato di avere un infarto a sua volta quando Julie le ha raccontato l'accaduto.

La notizia meno buona, tuttavia, è che sebbene Luke non sia un santo, è così che ne è uscito. Ho addirittura sentito Julie usare la parola «eroe», descrivendo come abbia salvato Jim, anche se Jim non avrebbe avuto alcun infarto se non ci fosse stato Luke.

«Non tutti gli eroi hanno il mantello», ha detto Luke a Julie, tra il serio e il faceto, e ha ragione. Alcuni hanno il collare.

Ancora più preoccupante del leggero infarto di Jim è che Julie sembri aver perdonato Luke per la maggior parte degli errori passati. Peggio ancora, quando Julie, in preda all'emozione, dice: «Non so come ringraziarti», la scintilla negli occhi di Luke indica che lui ha un'idea o due in merito. Spero solo che il fattore «Tom» sia abbastanza forte per impedire che succeda, oltre al fatto che non è cambiato nient'altro: Luke è ancora sposato e Sarah aspetta ancora due gemelli.

«Ciao, Doug», mi saluta Jim quando andiamo a prenderlo il mattino dopo. «Ti sono mancato?»

Gli salto più volte sulle ginocchia, attirandomi un rimprovero da parte di Julie.

«Vacci piano con lui, Doug. È ancora un po' debole.»

«Ma va!» Jim si china per raccogliermi, poi si raddrizza all'improvviso e si appoggia alla macchina.

Julie accorre. «Tutto bene, papà?» domanda preoccupata.

«Benissimo.» Jim le stacca la mano che gli ha messo sul braccio. «Solo un capogiro. Probabilmente per una delle centinaia di pasticche che mi hanno somministrato. È logico che mi giri un po' la testa.»

«D'accordo.» Aprendo la portiera, Julie piega il sedile per farmi salire dietro, poi aiuta il padre a prendere posto. «Pronto?»

Jim rotea gli occhi. «Sì, grazie.» Chiude lo sportello.

Julie mi lancia un'occhiata, che faccio del mio meglio per ricambiare, quindi si sposta sul lato del conducente, salta su e punta un dito verso il borsone accanto a me. «Sono andata a prendere qualche vestito a casa tua e ho preparato il letto nella camera degli ospiti, perciò...»

«Non andiamo da me?» chiede Jim mentre usciamo dal parcheggio.

«No.» Abbassando il finestrino, Julie infila il biglietto nel parchimetro, accelerando prima che la barriera scenda. «Abbiamo pensato che faremmo meglio a...»

«Faremmo?» Jim si gira a fissarmi con occhi accusatori, e Julie ride.

«Non Doug, anche se è contento che tu stia da noi. Io e Dot.»

«Cosa c'entra Dot?»

«C'entra eccome.» Julie tiene gli occhi fissi sulla strada. «Hai avuto un infarto, papà. Che ti piaccia oppure no, devi vivere in un posto dove qualcuno ti tenga d'occhio. Ho preso alcuni giorni di permesso. E io e Doug...»

«Ma...»

«Non sarà per sempre. Il medico ha detto che basterà qualche giorno di riposo. Per una volta lascia che sia qualcun altro a prendersi cura di te. Fare una leggera attività fisica. Mangiare bene. Perciò se vedi Dot, niente...»

«Ciò che fanno due adulti consenzienti non sono affari...»

«Muffin», finisce Julie, asciutta.

«Tesoro...»

Julie lo zittisce con un'occhiata. «Ho già perso un genitore. Non vogliono perderne un altro proprio ora, se non ti dispiace.»

Jim apre la bocca per protestare, poi la richiude. In cuor mio, penso sia molto contento dell'idea, e lo sono anch'io. Dopotutto, se rimarrà da noi per qualche giorno, sicuramente Luke non si rifarà vivo tanto presto.

E anche se lo facesse, non andrà oltre l'ingresso.

Il sollievo all'idea di esserci levati dai piedi Luke dura meno di dodici ore. Quella sera, mentre sono seduto sulle ginocchia di Jim e Julie prepara la cena, qualcuno bussa alla porta.

«Vado io», si offre Julie, forse un po' inutilmente, perché suo padre ha ricevuto il severo ordine di restare seduto. Il suono successivo che sento è un colpo di tosse imbarazzato dalla soglia.

«Papà.» Julie conduce Luke in salotto. «Ti ricordi di Luke?»

Salto giù sul tappeto, cavalcandolo per una trentina di centimetri come una tavola da surf sul pavimento lucido, prima di raggiungere cautamente Luke. Jim sembra stupito. «Luke?» ripete come se cercasse di associare il nome a un viso.

«Come stai, Jim?» L'altro fa un passo avanti, esita quasi non fosse sicuro che sia opportuno, quindi va verso la poltrona, così lo seguo e mi sdraio ai piedi di Jim con atteggiamento protettivo. «Non ti dispiace se ti do del tu, vero?»

«Fa' pure», risponde brusco il padre di Julie, sebbene Luke la prenda come la risposta più entusiastica del mondo.

«Hai una... cera migliore di quella dell'ultima volta che ti ho visto!» Ride nervoso, poi si accorge di essere fuori luogo.

«Ci vuole poco. Suppongo di doverti ringraziare?»

Jim ha usato un tono interrogativo e Luke sembra non sapere che cosa rispondere, anche se devo ammettere che è sufficiente il suo «prego» bofonchiato.

«Che cosa ti ricordi...» Luke si schiarisce rumorosamente la gola. «Di ciò che è successo?»

«Non molto. Perché?»

«Volevo solo... Ecco... Certe volte le persone...» Palesemente sollevato, Luke mi guarda quasi temesse di essere smascherato. Se potessi, lo farei. «È traumatico, vero, un infarto? E potresti ricordare le cose... diversamente.»

«L'unica cosa che ricordo bene è qualcuno sulla soglia.»

«Ero io. Ero passato a trovare Julie. Non era venuta al lavoro, così...»

«Seguito da latrati insistenti. E poi da un viaggio in ambulanza.»

«Anch'io. Ricordo di aver chiamato l'ambulanza, intendo. Non i...»

«Latrati?» Julie mantiene una discreta distanza, quasi non osasse avvicinarsi troppo per paura di cadere di nuovo vittima del suo fascino.

«Sì.» Luke fa una risata nervosa. «Era Doug ad abbaiare. Ovviamente era un po'... agitato.»

«È comprensibile.» Julie fa un sorriso di circostanza. «Che cosa ci fai qui, Luke?»

«Sono venuto a vedere come sta Jim.»

«Sta bene. Stai bene, vero, papà?»

Lui annuisce.

Scende un silenzio imbarazzato, poi Luke inclina la testa verso la cucina, inspirando in modo esagerato. «Che profumino.»

«Chili con carne», dice Jim. «Il mio preferito.»

«Anche il mio!» esclama Luke quasi si trattasse di una coincidenza inattesa, ignorando l'espressione stupita di Julie. «Be'...» Controlla l'orologio. «È meglio che vi lasci alla vostra cena. Riguardati, Jim.»

«Certo, figliolo. Grazie di nuovo.»

«Prego. Sono felice di essermi reso utile. Meno male che ero qui, ora che ci penso. Altrimenti...» Sgonfia le guance, scuotendo lentamente il capo. «Comunque, buon appetito.»

Guardando con desiderio la porta della cucina, si lecca teatralmente le labbra, un comportamento che sarebbe sopra le righe persino per me. Jim apre la bocca come per dire qualcosa, poi fissa Julie e sospira.

«Vuoi fermarti a cena?»

«Perché?»

Questa domanda viene da Julie, non da Luke, ma è Jim a rispondere. «Per ringraziarlo come si deve. Sai, per...»

«Per averti salvato la vita?» suggerisce Luke.

Quindi succede qualcosa di inaspettato, perché Jim dice: «Be', sì», e poi scoppia a *piangere*. Anche se probabilmente è colpa dello stress che ha subito anziché del rimorso per aver cercato di costringere Julie a passare la serata con Luke, intuisco che quest'ultimo approfitterà della situazione il più possibile.

«*Molto volentieri*», accetta, ignorando la smorfia irritata di Julie e lanciandomi un'occhiata di sfida. «Se a Julie non dispiace, naturalmente.»

Lei attraversa la stanza per mettere il braccio intorno alle spalle di suo padre, decidendo evidentemente di non avere alternativa. «Suppongo di no.»

«Allora è deciso», dice Jim. «Abbiamo chili a sufficienza, vero, tesoro?»

«Oh, sì», risponde Julie, maliziosa. «Abbastanza perché Luke possa fare il bis.»

«Fantastico!» esclama Luke con un po' troppo entusiasmo.

«Posso offrirti qualcosa da bere?» chiede Jim, e Luke annuisce.

«Grazie.»

«Ti dispiace fare gli onori di casa, tesoro?» domanda Jim mentre l'altro si accomoda sul divano.

Passando in cucina, Julie apre il frigorifero ed esamina il contenuto. «Abbiamo succo d'arancia o...» Sposta alcune cose sul ripiano. «Succo d'arancia.»

«Che tipo di succo d'arancia?» vuole sapere Luke.

Julie gli mostra il cartone e lui arriccia il naso. «Ah.»

«Ah, cosa?»

«È uno di quelli con i 'pezzi'. Hai una birra?»

«No», risponde asciutta. «Perché mio padre ha avuto un infarto e non può bere.»

«Un po' di vino, forse?»

«Idem. E tu non l'hai portato, perciò...»

«Non sapevo che avrei dovuto, dato che questa cena di ringraziamento è stata una sorpresa.» Luke sorride imbarazzato. «Vado a comprarlo, se...»

Veloce come un fulmine, Julie sembra intravedere una via di fuga. «Non preoccuparti. Resta qui e tieni compagnia a mio padre. Io faccio un salto al negozio all'angolo e...»

Tace per un momento, e persino io capisco che aspetta che

Luke metta mano al portafoglio e le dia i soldi ma, quando si limita a un sorriso idiota, sospira rassegnata.

«Doug? Andiamo?»

Sempre felice di passeggiare, mi alzo e mi allungo (sebbene nessuno mi faccia i complimenti per quanto sia snodato), ma poi cambio idea, decidendo che è meglio rimanere e assicurarmi che non succeda più niente a Jim mentre è a casa da solo con Luke. Così, invece di seguire Julie, salto sul divano, da dove tengo d'occhio la situazione.

«Fa' come vuoi», dice Julie – in tono un po' duro, a mio parere –, quindi prende la borsetta e si avvia lungo il corridoio.

«Dunque», dice Jim una volta che sua figlia è uscita sbattendo la porta. «Sei venuto davvero per sapere come sto? O pensavi di poter sfruttare il fatto che mi hai...»

«Salvato la vita?»

«Per rientrare nelle grazie di Julie?»

Li osservo. Ovviamente Luke non cerca solo di rientrare nelle grazie di Julie.

«Perché ha conosciuto un altro», prosegue Jim. «Un uomo che potrebbe andare bene per lei. Anziché uno che tenta la sorte con una persona fragile perché non riceve abbastanza a casa propria. Perciò, se hai un briciolo di correttezza, lascia in pace mia figlia, in modo che cominci a pensare al futuro invece di restare aggrappata alla fantasia di qualcosa che non succederà mai.»

«Certo», dice Luke, sebbene non sia una risposta pertinente.

«Certo?»

«Ah.»

«Non mi sembri convinto.»

«No, io... Quest'uomo sarebbe *Tom*, vero? Il nuovo ragazzo di Julie.»

Colgo una punta di disprezzo nella sua voce.

«Sì», conferma Jim.

«Okay.»

«Okay.»

«Bene.»

«Qualcosa in contrario?»

«No, no.»

Jim incrocia le braccia.

Luke tamburella con le dita sul bracciolo, senza dubbio sperando che Julie torni presto.

Poi, all'improvviso, qualcuno suona il campanello e lui reagisce quasi fosse lo squillo alla fine di un incontro di boxe da cui sta uscendo sconfitto. «Vado io», dice in tono entusiastico, saltando su dalla poltrona.

Pensando che probabilmente sia Julie, che ha dimenticato le chiavi nella fretta di uscire, balzo giù dal divano e lo seguo lungo il corridoio, in caso decidesse di tentare la sorte in privato con lei. Ma quando spalanca la porta, sulla soglia c'è Tom con un mazzo di fiori, lo stesso che ha provato invano a regalare a Julie ieri mattina.

«Ah», dice dopo essere rimasto ammutolito per un attimo, e non so chi sia il più sconvolto dei tre. Purtroppo, è Luke a riprendersi per primo.

«Tim, giusto?»

Sono certo che abbia sbagliato nome di proposito e, benché sospetti che l'abbia capito anche Tom, lui non si scompone.

«Tom», lo corregge, paziente.

Luke accenna ai fiori. «Sono per me?»

Tom lo fissa, quindi mi lancia un'occhiata accusatoria, come se essere ai piedi di Luke fosse la peggior forma di tradimento. «C'è Julie?»

«Julie?» Luke lo squadra quasi stessero combattendo di nuovo con i bastoncini cotonati giganti. «No.»

Scettico, Tom si volta verso la Fiat, parcheggiata davanti alla casa. «Sei sicuro?»

Luke annuisce ma, vedendo che non aggiunge altro, Tom si schiarisce la voce, a disagio. «D'accordo.» Mi guarda, ma purtroppo non sono in grado di aiutarlo. «Sai dov'è?»

«È uscita a comprare il vino. Stiamo per metterci a tavola.»

«D'accordo», ripete Tom, perdendo disinvoltura a ogni frase.

«Posso riferirle qualcosa?» suggerisce Luke, seppure con un tono aggressivo che evidentemente ha l'effetto sperato.

«Sì, solo... Ecco, no. Grazie.» Tom mi guarda per la terza volta, poi sbircia il corridoio oltre la spalla di Luke, come se sperasse che sia uno scherzo macchinoso e che Julie sbuchi da dietro la porta urlando: *Ci sei cascato!*

Naturalmente Jim potrebbe arrivare da un momento all'altro e mettere fine a tutto questo, ma ha l'ordine di non muoversi. A ogni modo, Tom sta già indietreggiando lungo il vialetto, e una parte di me vorrebbe correre ad afferrargli la gamba dei pantaloni con i denti e trascinarlo dentro affinché Jim chiarisca l'equivoco.

«Bene, allora...»

«Okay! È stato un piacere rivederti, Tim.»

Luke alza la mano e fa lentamente ciao, un gesto piccolo ma definitivo. E anche se faccio un passo avanti con un uggiolio lamentoso, Tom non si volta nemmeno.

Luke mi spinge dentro con il piede – un po' bruscamente, devo dire –, poi percorre il corridoio tutto tronfio. Lo seguo con riluttanza, impegnandomi per resistere alla tentazione di addentargli le caviglie.

«Chi era?» chiede Jim quando torniamo in salotto.

«Che cosa? Oh, un tizio.» Luke, compiaciuto, si risiede sul divano. «Probabilmente voleva venderci qualcosa. Gli ho detto di sloggiare.»

«Spero che abbia recepito il messaggio», replica Jim, e io sbuffo indignato.

Perché temo che Tom abbia recepito il messaggio sbagliato.

Il resto della serata scorre senza intoppi. Julie torna di lì a qualche minuto con una bottiglia di chardonnay, se ne versa un bicchiere enorme, poi lascia che Luke si serva da solo mentre gli mette sul piatto un'abbondante porzione di chili.

Luke sfodera tutte le sue buone maniere, forse decidendo di usare una strategia a lungo termine. Nonostante sia educato, premuroso, nonostante mangi tutto il chili (facendo gli stessi versi che faceva quando baciava Julie) e si limiti a salutarla con un abbraccio casto, sono sicuro che si comporta così soltanto perché c'è Jim. E naturalmente non dice a Julie che Tom è passato.

Mentre lei sembra un po' seccata quando Tom non la chiama nei giorni successivi, io non mi sorprendo affatto.

37

Come al solito, e probabilmente *perché* Tom non chiama Julie, nemmeno Julie chiama Tom. Chiama Priya, però, per dirle che Tom non ha chiamato e per spiegarle che a suo parere non l'ha fatto perché è uguale a tutti gli altri, che non si degna di telefonarle ora che ha ottenuto ciò che voleva, e che adesso deve essere lui a prendere l'iniziativa.

Siccome non sa che l'iniziativa di Tom è stata stroncata sul nascere da Luke, temo che rischi di ricadere nella vecchia depressione. Per questa ragione sono impaziente che veda Tom. Così potranno chiarirsi.

Anzi, sono talmente impaziente che fingo di farmi male. L'ho visto fare molte volte. I giocatori di calcio che Jim ama guardare lo fanno sempre. Perciò, quando Julie mi porta a spasso questa mattina, inizio a zoppicare.

«Che cosa c'è, Doug?» chiede quando mi vede arrancare lungo il marciapiede.

Per tutta risposta, poso cautamente la zampa e guaisco.

«Ti sei fatto male?»

Inginocchiandosi davanti a me, la esamina delicatamente, così mando un uggiolio – un uggiolio da Oscar, se mai ce n'è stato uno – e mi fa segno di avanzare. Faccio un passo incerto prima di ricominciare a zoppicare, e Julie sospira.

«D'accordo. Meglio andare dal V-E-T-E-R-I-N-A-R-I-O.»

Sono così contento che il mio piano funzioni che per poco non comincio a ballare, prima di ricordarmi che dovrei avere una zampa dolorante. E quando Julie mi prende in braccio e mi riporta a casa, mi congratulo con me stesso per la facilità con cui ho raggiunto il mio scopo.

Naturalmente, come ho imparato nelle ultime settimane, la strada verso il vero amore non è mai in discesa, perché non passa molto tempo prima che scopra il difetto fondamentale del mio piano, cioè la presenza di più di un V-E-T-E-R-I-N-A-R-I-O in città. Forse mi sta bene per aver provato a interferire, ma Julie, ovviamente, non mi porta da Tom. Quando entriamo nella sala d'attesa, temo che mi scoprano.

Mi rendo conto anche di dover pensare velocemente e decido che non mi resta altro da fare se non mostrarle che la zampa non mi fa più male. Poiché Julie non sembra intenzionata a mettermi giù, non ne ho modo.

Mi dimeno come un pazzo, rendendole impossibile tenermi in braccio. Dopo aver cercato di calmarmi per qualche istante, mi posa sul pavimento, dove comincio a correre per quanto me lo consenta il guinzaglio, perlopiù in cerchio intorno ai suoi piedi. Mentre Julie osserva il mio strano comportamento, la segretaria alza lo sguardo dallo schermo del computer.

«Posso aiutarla?»

«Ho chiamato prima. Il carlino zoppicante.»

L'altra mi guarda da sopra il bancone quando mi fermo per riprendere fiato. «Oh, sì. Doug, giusto?» Il suo sorriso rivela che la mia fama su *We Rate Dogs* mi ha preceduto.

«Sì, esatto. Anche se ora sembra stare bene.»

«Vuole ancora che il veterinario lo visiti?»

«Non saprei», risponde Julie mentre io faccio del mio meglio per dimostrare che sto bene, saltellando ripetutamente da una zampa anteriore all'altra, quasi volessi suonare due bonghi invisibili. «Pare che Doug si comporti in modo un po'... bizzarro.»

«Ha detto che zoppica da questa mattina?»

Julie annuisce. «Mentre facevamo una passeggiata. Ma adesso...» Abbassa gli occhi su di me, che fisso intensamente la porta e poi guardo lei per suggerirle che è ora di andare.

«Il suo comportamento le sembra insolito?» domanda alla segretaria.

La donna si sporge dal bancone, studiandomi dall'altro lato della scrivania. Così ce la metto tutta per sembrare naturale, temendo ovviamente di sembrare innaturale perché mi sforzo molto.

«Non proprio, ma forse il veterinario dovrebbe dargli un'occhiata. Tanto per essere sicuri.»

Faccio uno sbuffo frustrato e Julie esita. «Doug non si è mai comportato così prima d'ora. Pensa che abbia bisogno di una radiografia? O magari di una risonanza magnetica?...»

Sentendo le ultime due parole, sollevo la testa così di scatto da procurarmi quasi un colpo di frusta. Se meditano di infilarmi in un tubo claustrofobico, possono scordarselo.

Guardo Julie, abbaiando risentito. Poi, usando tutte e quattro le zampe al massimo della potenza, la tiro senza tante cerimonie verso l'uscita.

Con un'incredibile coincidenza da cui deduco che Santa deve essere l'animale guida di Luke, la gatta della vicina ricompare. Avevo temuto il peggio ma, quando io e Julie vediamo Miss Harris che stacca sistematicamente i manifesti nella nostra via, la sua espressione ci dice quanto è necessario sapere.

«La mia bambina è tornata a casa!» Miss Harris stringe Julie in un forte abbraccio che ci sorprende entrambi e che quasi le toglie il respiro.

«Oh, è...» Julie esita. Poi, quando nota il sollievo della vicina, fa un gran sorriso, forse immaginando cosa proverebbe se scomparissi io. «Una notizia *favolosa.*»

Miss Harris annuisce come uno di quei pupazzetti che ogni tanto si vedono sui cruscotti delle auto. «Vero?»

«Hai idea di dove sia stata per tutto questo tempo?»

«Dietro l'angolo, qualcuno ha iniziato a darle da mangiare, così ha deciso di fermarsi lì per un po'. Hanno dato per scontato che appartenesse a un residente del quartiere e che il padrone dovesse essere via. Così hanno continuato a nutrirla e Santa ha pensato di trasferirsi lì per qualche tempo e, per non farla troppo lunga...»

Miss Harris fa una pausa per riprendere fiato proprio quando gli occhi di Julie diventano vitrei, perché la sta già facendo troppo lunga. «Hanno detto di aver visto i manifesti solo questa mattina, così mi hanno telefonato subito e...» Si sforza di sorridere pur sembrando sull'orlo delle lacrime, e forse non c'è da meravigliarsi. Evidentemente Santa ha deciso che l'erba di qualcun altro è più verde ed è rimasta lì finché non l'hanno scoperta.

Guardo Julie, sperando che noti la somiglianza, l'*ironia* della sua situazione, ma a quanto pare non la vede.

«Gatti, eh?» osserva ma, invece di darle ragione, Miss Harris si irrita. «Cosa vuoi dire?»

«Solo che...» Julie sembra essersi già pentita di aver scambiato due chiacchiere con lei. «Dicono che non siano... mmm... *fedeli.*»

«Sciocchezze!» sibila Miss Harris. «La mia Santa si è unicamente... confusa. Siamo sinceri, ti ritrovi in un ambiente estraneo, qualcuno ti serve ogni cosa su un piatto...»

«O in una ciotola...»

L'altra le scocca un'occhiataccia per essere stata interrotta. «Come dicevo, sono soltanto animali.» Abbassa lo sguardo su di me. «È nella loro natura.»

Devo trattenermi dal posare la zampa sullo stinco di Julie per attirare la sua attenzione. È così che si comporta Luke, spero che stia pensando. Desidera cambiare aria per – scusate il gioco di parole – mangiare nella ciotola degli altri, e poi, quando lo beccano, se la dà a gambe. Ma ora cerca di tornare indietro come se non si fosse mai allontanato.

«Comunque.» Julie la dà un colpetto al braccio. «Ora è tornata. È questo l'importante.»

«Già», concorda Miss Harris.

Seguo Julie verso casa in un silenzio stordito. Se la pensa davvero così, mi aspetta una battaglia lunga e difficile.

38

Per convincere le persone che, al parco, si spruzzano di vernice grigia e fingono di essere statue ci sono due modi. Il primo è gettare qualche monetina nella scatola lì davanti; il secondo è scambiarle per statue *vere* e pisciare sui loro piedi. Anche se mi vergogno molto della mia gaffe, Julie e Jim sembrano divertiti, dunque non mi sento troppo in colpa.

È la prima passeggiata di Jim dopo l'infarto, così decidiamo di prendercela comoda. Perciò, nonostante l'impazienza di allontanarmi dalla statua arrabbiata, mi trattengo dal tirare il guinzaglio. Julie ha insistito perché suo padre si aggrappasse al suo braccio per quasi tutto il tragitto e, pur protestando, Jim accetta volentieri l'offerta.

Quando arriviamo allo stagno, Julie indica una panchina. «Ti va di aspettare qui mentre porto Doug a fare il solito giro?»

Lui scuote la testa. «Credo di riuscire a raggiungere il caffè.» Mi fa l'occhiolino.

Julie cerca invano di nascondere un sorriso. Suo padre e Dot si sono sentiti al telefono quasi ventiquattr'ore su ventiquattro da quando lui è stato ricoverato. Siccome dice che Dot lo fa «sentire vivo», probabilmente è una buona cosa.

«D'accordo», dice Julie.

Ci avviciniamo e troviamo un tavolo nella terrazza del caffè, dove lei lega il guinzaglio intorno alla gamba. Dot ci vede dalla vetrata e, lasciando un altro cliente servito a metà, corre a salutarci.

«Jim! Come stai?»

Senza aspettare la risposta, si piega e gli getta le braccia al collo. Imbarazzato, lui le dà un brevissimo abbraccio.

«Oh, sai...»

Dot annuisce come se lo sapesse *esattamente*. «Che cosa posso portarti? Spero non mi dirai che d'ora in poi mangerai esclusivamente cibi sani.»

Jim ride. «A che cosa serve essere sopravvissuto a un infarto se l'unica cosa in cui puoi sperare è un'insalata?» Tace, forse perché si accorge dello sguardo di Julie. «Portaci solo due caffè. Il mio, decaffeinato», aggiunge cupo.

«Arrivano subito.» Fedele alla parola data, Dot torna di lì a qualche minuto con un caffè per Julie, un decaffeinato per Jim e una ciotola d'acqua per me. Più un'enorme fetta di torta glassata.

«Non abbiamo ordinato...» protesta Julie.

«È alle carote. Perciò è sana. Offre la casa.» Dot fa l'occhiolino. Poi prende la mano di Jim e gliela stringe rapidamente. «È bello vederti di nuovo in forma.» Lo abbraccia. «*Davvero* bello», continua come se cercasse di dirgli qualcosa. A giudicare dal rossore delle guance di Jim, lui ha capito.

Dot posa la mano sulla spalla di Julie. «Come stai, tesoro?»

«Lo sai.»

«Tom...» inizia l'altra, ma Julie alza la mano.

«Dot, per favore.»

«Non so che cosa sia successo tra voi, ma...»

«Nemmeno io.»

«So soltanto che ha ricominciato a gironzolare per casa tutto imbronciato...»

«Non ne ha nessun diritto!» sbotta Julie, rabbiosa.

Dot incrocia il mio sguardo quasi non sapesse dove altro guardare, poi si volta verso il caffè, dove alcuni clienti spazientiti aspettano in fila accanto alla cassa.

«È meglio che...»

«Certo», dice Jim, rassicurante.

«Niente riposo per...»

È la prima volta che vedo Dot confusa, ma per fortuna Jim salva la situazione.

«Le birichine?» suggerisce inarcando un sopracciglio.

Dot sorride e, con un sonoro «sfacciato!», torna dentro. Poi, dopo un silenzio imbarazzato, lui si schiarisce la voce.

«Non ho voglia di parlarne», lo avverte Julie prima che possa iniziare. «E nemmeno tu, credo. Perciò possiamo...?» Ridispone gli oggetti sul tavolo, seppure spostandoli solo di poco, ma suo padre non si arrende.

«Julie, tesoro...»

«Papà, *per favore*. Tom... Probabilmente ha deciso... Insomma, non è... Gli ho dato una via d'uscita e, riflettendo, ha scelto di prenderla. Meglio così. Quasi di sicuro sta ancora cercando di rimettersi in sesto e io... Sai, dopo Luke e tutto il resto... Sono certa che l'ultima cosa che Tom desidera è subire le conseguenze della mia precedente relazione. E non posso fargliene una colpa.»

«Non sottovalutarti, tesoro.»

«Sono solo realista.»

«Davvero? Perché non sempre è facile capirlo. Sai come ci si sente.» Jim deglutisce forte, lanciando un'occhiata a Dot che, dietro il registratore di cassa, ogni tanto sbircia nella nostra direzione fingendo di non spiare, ma con scarsi risultati. «Guarda me e Dot, per esempio. Per tutto quel tempo non avevo intuito che...»

«Avesse una bella cotta per te?»

«Sì. Pensavo che fosse semplicemente... gentile.»

«I muffin in omaggio non erano un indizio abbastanza chiaro?»

«Forse.» Jim sorride timidamente. «Dopo la morte di tua madre temevo di essere fuori dai giochi e credevo che lo sapesse anche Dot. Ma occorre un po' di tempo per comprendere la realtà, per vedere una via d'uscita, soprattutto se si... oppone resistenza.»

«Una via d'uscita da cosa?»

Jim fa una faccia seria. «Da qualunque cosa ti freni.»

Julie sembra un po' seccata, poi afferra il coltello e taglia la torta a pezzettini prima di far scivolare il piatto verso suo padre.

«Tieni.»

«Tesoro...»

«È quello che facevi per me quando ero piccola, ricordi? Mi tagliavi il cibo quando non stavo bene. Dicevi che dovevo risparmiare le energie per masticare. Lo facevi anche per la mamma quando si è ammalata gravemente. Però non le piaceva.»

«Me lo ricordo.» Jim fa un sorriso malinconico. «Tua madre odiava essere malata. E a giusto titolo.»

«Sì.»

«Ti dico una cosa.» Jim soffia sul decaffeinato e, dopo aver bevuto un sorso, fa una smorfia. Allunga la mano per prendere una bustina di zucchero dal bicchiere al centro del tavolo, poi – quasi percepisse la disapprovazione di sua figlia – opta per il dolcificante. «La vita è troppo breve.»

Julie gli stringe la mano. «Per cosa?»

«Per tutto. Ciò che è successo a tua madre dovrebbe essere una lezione per entrambi. Come Doug.»

«Doug?» Julie abbassa gli occhi su di me, e per tutta risposta inizio a scodinzolare. «Non...»

«La sua vita è lunga solo un settimo della nostra, ed è forse insoddisfatto? No, vive ogni giorno fino in fondo.»

«Nonostante trascorra la maggior parte del tempo a dormire?»

«Non è questo il punto.» Jim esita, come se tentasse disperatamente di capire quale sia effettivamente. «Intendo solo che... Guarda qui.»

Prende un pezzetto di torta ma, invece di darmelo direttamente, lo posa sul bordo del tavolo.

Anche se sappiamo tutti che non riuscirei mai a saltare così in alto, intuisco che vuole usarmi a mo' di metafora. E siccome l'ultima cosa che voglio è deludere lui o Julie, passo i trenta secondi successivi a fare del mio meglio per sfidare la legge di gravità.

«Visto?»

Quindi, con un «bravo, Doug», Julie mi infila la torta in bocca.

«Vede qualcosa che gli piace e cerca di prenderlo, a prescindere da quanto sia lontano o difficile da ottenere, a prescindere dagli ostacoli che incontra. E soprattutto...» Jim mi tende la mano, e gli lecco affettuosamente le dita. «Non serba rancore.» Mi accarezza la testa. «È una lezione per ognuno di noi.»

«Okay, okay! Basta con le prediche. Tutti e due!» Roteando gli occhi, Julie mi guarda neanche fossi un traditore, ma poi mi gratta il mento per indicare che mi ha perdonato.

Nonostante le parole di suo padre, tuttavia, non sono ancora certo che perdonerà Tom. E non ho la minima idea di come farle capire che non ha nulla da perdonargli.

39

È DOMENICA mattina, il momento della Corsa Bau, ma benché abbia mangiato a più non posso, tanto che Julie ha dovuto allargarmi il collare di un foro, lei ha deciso che non andremo alla lezione. Anche se forse è un atteggiamento un po' egoista – dopotutto, stiamo parlando del mio benessere, oltre che del suo –, l'orgoglio sembra impedirle di fare qualunque mossa quando si tratta di Tom.

Jim è tornato a casa sua, con il pretesto che vivere da noi «gli tarpa le ali». Inoltre, ha quasi sempre un gran sorriso stampato sulle labbra, nonostante Julie non abbia insistito per conoscere i dettagli. Quando ha riferito l'accaduto a Priya, lei ha ipotizzato che Jim e Dot potrebbero sposarsi e che, in questo caso, Tom e Julie sarebbero fratello e sorella, cosa che Priya sembra trovare divertente, anche se sarebbe un ostacolo insormontabile alla loro relazione. E pare che di ostacoli insormontabili ce ne siano già abbastanza.

È una mattinata di sole, e torniamo a casa dopo una breve passeggiata lungo il fiume. Julie si è messa il bikini e sta sistemando il lettino nel cortile sul retro, senza dubbio programmando di starsene senza fare nulla per tutto il giorno, quando qualcuno suona il campanello.

«Sono qui!» urla Julie, togliendo il chiavistello dell'alto cancello di legno accanto alla casa, forse pensando che sia suo padre. Invece fiuto un odore insieme familiare e sgradevole e, di lì a un momento, il battente si apre e compare Luke. Per di più, l'espressione che fa quando vede come Julie è vestita (o svestita, per essere più precisi) è di un uomo che ha appena vinto alla lotteria.

«Sei in forma smagliante!»

«Ehi!»

Julie afferra l'asciugamano più vicino, coprendosi alla bell'e meglio, ma è il *mio* asciugamano, perciò è un po' piccolo e non all'altezza del compito. Luke gongola.

«Non è nulla che non abbia già visto.»

«E non lo rivedrai più! Che cosa ci fai qui?»

«Ho pensato di venire a vedere come sta tuo padre.»

«Non è qui.» Julie pare un tantino a disagio per aver ammesso di essere sola in casa. «E non dovresti esserci nemmeno tu.»

«Dai, Julie.» Luke non dà segno di voler capire l'antifona. «Perché tutta questa ostilità? In fondo, se non fossi stato qui l'altra sera e non avessi chiamato l'ambulanza...»

«Te ne sono molto grata. Lo siamo tutti. Ma non fino a *quel* punto.»

«Non merito almeno un'altra possibilità?»

«Io... Non possiamo.»

«Sì che possiamo! A meno che...»

«A meno che, che cosa?»

«Quel Tom è ancora tra i piedi?» Luke ha usato un tono interrogativo, nonostante qualcosa mi dica che conosce già la risposta.

«Non che siano affari tuoi, ma no.»

«Bene. Mi dispiace sentirlo», replica lui, sebbene la sua faccia riveli il contrario.

Fa un passo avanti, poi un altro, prendendole la mano. «Dai, Julie. Stavamo bene insieme.»

«Appunto, 'stavamo'.»

«E possiamo farlo di nuovo.»

«Luke...»

Julie sembra paralizzata, forse per la paura, così abbaio più forte che posso, preparandomi a difenderla. Alla fine, tuttavia, non è necessario perché, in quel modo bizzarro con cui la vita ti sorprende ogni tanto, è Miss Harris a venire in nostro soccorso.

«Lo sta rifacendo!» grida dall'altra parte della recinzione.

«Che cosa?»

Naturalmente la vicina potrebbe riferirsi a Luke, perché è tornato alle vecchie abitudini, ma mi fissa con sguardo accusatore, così smetto di latrare.

«Non ora, Mary, per favore», dice Julie.

«Il tuo cane.» Miss Harris mi punta addosso un dito nodoso, come se volesse chiarire che allude a me. «Ha qualche rotella fuori posto.»

Julie sospira. Cerca ancora di coprirsi con l'asciugamano, ma sembra un torero mezzo nudo. «Che cosa vuoi dire?»

«Bel cane da guardia si è dimostrato.»

«Mi dispiace, non...»

Miss Harris scrolla il capo. «Quasi tutti i cani abbaiano per impedire alle persone di entrare in casa. Questo...» Mi indica di nuovo, tanto per fugare qualsiasi dubbio. «Abbaia per impedire loro di andarsene.»

«Eh?»

«L'altra sera. Tutto quel trambusto...»

«Se per trambusto intendi l'ambulanza che è arrivata a salvare la vita di mio padre...»

«Prima. Le voci maschili concitate attraverso la parete. Poi quel giovanotto.» Miss Harris sposta l'attenzione su Luke.

«Cercava di fuggire. Pensavo fosse un ladro, dal modo in cui si è precipitato fuori dalla porta. E lui non voleva farlo uscire dal giardino.»

«Chi?»

«Doug.» Miss Harris mi addita per la terza volta. «Si è messo davanti al cancello per sbarrargli la strada, abbaiando come un pazzo.»

«Mi dispiace. Quale giovanotto?»

«Lui.» Questa volta il dito è chiaramente puntato contro Luke. «Poi si è messo la mano in tasca... Per un momento ho creduto che volesse estrarre una pistola e sparare a Doug!»

Creduto, penso. Sperato, più probabilmente.

«Invece ha preso il telefono e ha chiamato qualcuno. In men che non si dica, sirene e lampeggianti blu. Per fortuna Santa non c'era, altrimenti sarebbe rimasta traumatizzata.»

«Ma...» Julie fissa prima lei e poi Luke, quindi ripete: «Ma...»

«Che cosa c'è?» domanda lui, notando il suo sguardo severo e le sue braccia incrociate.

«Stavi *scappando*?»

«No... Capisco che tu possa pensarlo, ma...»

«Di' la verità, per una volta nella vita!»

Julie ha urlato l'ultima frase così forte e in tono così perentorio che Luke obbedisce.

«Avevamo avuto una semplice discussione, okay? Tuo padre mi ha invitato a lasciarti in pace, e io gli ho detto che non l'avrei fatto, poi si è portato la mano al petto e...» Con la lingua penzoloni, imita una persona che ha un malore. «Ero in preda al panico, così sono fuggito e...»

«L'hai abbandonato mentre rischiava di *morire*?»

«No. Può sembrare così. Volevo chiamare l'ambulanza. Davvero. Solo che dentro casa il segnale era pessimo e...»

Si zittisce, probabilmente perché la sua giustificazione

fa acqua da ogni punto. È in quel preciso istante – grazie, in parte, alla gamma di espressioni che attraversa il viso di Julie, dall'incredulità alla consapevolezza, alla rabbia, ma soprattutto grazie al modo in cui tira indietro il braccio, molla l'asciugamano, chiude il pugno e sferra un energico cazzotto al naso di Luke – che capisco di aver *vinto*.

«Che cosa diavolo...?» Lui indietreggia vacillando e portandosi la mano alla faccia, sbalordito.

«Brutto...» Julie sembra cercare la parola giusta. Sebbene me ne vengono in mente diverse, mimarle è al di fuori della mia portata.

«Mi hai *colpito*!» piagnucola Luke, rivolgendosi poi a Miss Harris, che ha assistito all'intera scena dall'altro lato della recinzione con l'intensità di uno spettatore davanti al finale di stagione della sua soap opera preferita. «Ha visto? Mi ha *colpito*», ripete quasi non riuscisse ancora a crederci.

La vicina annuisce. «Probabilmente se lo meritava.»

Julie stringe entrambi i pugni. «Come hai potuto?» Avanza minacciosa.

Luke fa un altro passo indietro. «Ero... confuso.»

«Confuso.» Dall'espressione sbigottita si capisce che finalmente la stessa cosa non vale più per Julie.

Finge di dargli un altro pugno, sorride quando lui si ritrae, quindi si accovaccia per raccogliermi e accenna al cancello. «Non sbatterlo quando esci.» Infine, gli volta le spalle e mi porta verso il lettino.

Esulto mentre mi giro a guardarlo, devo ammetterlo, ma dopo quanto ho passato, credo di avere il diritto di congratularmi con me stesso.

«Rifletti bene su ciò che stai facendo, Julie.»

«L'ho già fatto.»

Luke si tasta cautamente il naso, poi ci guarda torvo. «Posso renderti le cose difficili al lavoro, sai?»

Julie alza le spalle. «Idem! Anche se...»

«Anche se, che cosa?» la rimbecca Luke.

«*Anch'io* posso renderti le cose difficili al lavoro. *E* a casa.»

Con un'ultima occhiataccia nella nostra direzione, lui si volta ed esce dal giardino in silenzio, accompagnato da un lento applauso di Miss Harris.

«Bravissima, cara», si complimenta la vicina.

Poi, sorridendo, Julie mi adagia con delicatezza sull'erba, prende gli auricolari, se li infila nelle orecchie e si stende a prendere il sole.

Mentre si appisola con un'espressione soddisfatta e il reggiseno slacciato per evitare che le restino i segni, striscio sotto il lettino e analizzo l'accaduto.

Per come la vedo io, la fine della relazione ha due grossi vantaggi. Il primo, e il più ovvio, è la scomparsa di Luke dalla nostra vita, che gli impedirà di fare di nuovo il furbo con Julie (e non dovrò più sopportare i suoi finti lanci, un gioco che – a giudicare dalle menzogne che le ha rifilato negli ultimi mesi – era identico a quello che faceva anche con lei). Il secondo è che Julie è sentimentalmente libera di uscire con Tom. E se c'è una cosa che ho imparato in queste settimane è che Julie *ha bisogno* di Tom per chiudere il capitolo con Luke.

Il problema è che lei non sembra intenzionata a chiamare Tom e Tom non sembra intenzionato a chiamare lei. Probabilmente perché pensa che Luke sia tornato in ballo. Nonostante i miei sforzi non riesco a trovare un modo per metterli insieme.

O forse sì?

Un cigolio proveniente da un altro punto del giardino cattura la mia attenzione. Non sono le articolazioni artritiche di Miss Harris. Luke ha deciso di prendere fin troppo alla lettera l'ordine di non sbattere il cancello e, in realtà, non l'ha chiuso. Perciò chiunque può entrare o uscire.

È quasi l'ora di pranzo, dunque la Corsa Bau finirà tra poco, così striscio fuori da sotto il lettino e valuto la situazione. Julie continua a sonnecchiare, inoltre c'è un suono metallico che esce dagli auricolari, quindi sono abbastanza certo che i miei movimenti passeranno inosservati. Con il pretesto di una perlustrazione di sicurezza mi dirigo verso il cancello che dondola dolcemente nella brezza e sbircio attraverso la fessura.

Con un ultimo sguardo a Julie, e prima di avere il tempo di riflettere sul mio proposito e magari di perdere il coraggio, mi infilo nello spiraglio un secondo prima che il vento chiuda il cancello alle mie spalle.

Deglutisco forte quando sento il chiavistello che si abbassa. *Ormai non posso più tornare indietro.* Poi, in un batter d'occhio, mi ritrovo sul marciapiede.

Scruto la strada in entrambe le direzioni, attento a non perdere l'orientamento dopo l'emozione della mia «Grande Fuga», come questa avventura passerà senza dubbio alla storia. Il parco è sulla destra, dunque mi basterà camminare per tre minuti senza essere investito, rapito o smarrirmi. Ho percorso questo tratto mille volte con Julie o con Jim, dopotutto, perciò coprirlo da solo dovrebbe essere facile quanto bere un bicchier d'acqua.

Anche se spero che, quando Julie e Tom si renderanno conto di ciò che ho fatto per loro, mi ricompenseranno con qualcosa di più goloso. Una fetta di torta, per esempio.

40

Andarmene in giro da solo è elettrizzante seppure un tantino spaventoso e, a parte un breve momento di panico all'incrocio quando le macchine non si fermano per farmi passare e devo aspettare un varco nel traffico e correre disperatamente in quella direzione, raggiungo il parco sano e salvo.

Arrivo appena in tempo per vedere Tom che riordina dopo la Corsa Bau, mentre il solito gruppo di donne trafelate si dirige verso il caffè. Emozionato, corro da lui abbaiando con insistenza. Quando mi riconosce, fa un gran sorriso, poi scruta lo spazio dietro di me in cerca di Julie e, in quel preciso istante, capisco di aver fatto la cosa giusta.

«Ciao, Doug!» Mi gratta la testa. «Tutto solo?»

Abbaio di nuovo nel tentativo di informarlo che sì, sono solo perché sono venuto a prenderlo. Ma per qualche ragione il messaggio non viene colto.

«Julie è al caffè con mia madre?» Prende il telefono, poi gli viene in mente qualcosa e lo rimette via. «Non sei *scappato*, vero?»

Corro in cerchio, prima in un senso e poi nell'altro, cercando di fargli capire che Julie è a casa e che lui deve tornare indietro con me ma, anche se queste sceneggiate esagerate funzionano sempre in film come *Lassie* e *Flipper*, Tom non sembra arrivarci.

Mentre artiglio nervosamente il terreno, domandandomi se iniziare a scrivere la parola «seguimi» nella polvere, si affretta a riporre le ultime attrezzature nel bagagliaio dell'auto.

«Qualunque cosa tu faccia qui, credo sia meglio portarti a casa. Non trovi?»

Gli do il cinque (o meglio gli porgo la zampa) mentre alzo mentalmente un pugno in aria, quindi gli permetto di posarmi sul sedile del passeggero. Resto seduto pazientemente mentre accende il motore ed esce rapido dal parcheggio. La capote è abbassata, nonostante sia troppo concentrato sull'obiettivo finale per godermi il breve e arioso viaggio fino a casa.

Potrebbe essere il momento fatidico, ricordo a me stesso. Tom e Julie si mettono insieme e vivono per sempre felici e contenti e, per estensione, anch'io. Sono così emozionato all'idea che mi devo trattenere dal fare qualche goccia di pipì sul sedile di cuoio. E, a essere sincero, non sono sicuro di esserci riuscito.

Tom posteggia dietro la Fiat, quindi scende dalla Mercedes e mi fa uscire, fermandosi per un attimo a ispezionare la macchina di Julie mentre corro euforico verso il cancello ancora chiuso. Così, sebbene inizi a grattare, Tom non capisce, come forse farebbe se fossimo al cinema e non nella vita reale. Invece si dirige verso la porta e suona il campanello, anche se quando vede che non arriva nessuno, si china e apre la fessura della posta.

«Julie?» chiama.

Riprova a suonare il campanello, poi urla ancora: «Julie», seppure in un tono un po' più nervoso. Quindi si volta verso la Fiat e mi guarda.

«Va tutto bene, Doug?» chiede, e scodinzolo per rispondere che sì, va tutto bene, perché Luke ha ricevuto sia il foglio di via sia un pugno in faccia, ma questo non basta a rassicurarlo. Comincia a bussare forte e, in men che non si dica, sentiamo un altezzoso «posso aiutarla?» dal giardino accanto, seguito ben presto da una risatina civettuola e da un «salve, dottor Tom».

«Salve, Mary. Non sapevo che vivesse qui.»

«E io non sapevo che facesse visite a domicilio la domenica.»

«Infatti, normalmente no. Ma vede...» Tom sembra impappinarsi, così abbaio per ricordargli che sono qui, e funziona. «Doug è venuto al parco. Senza Julie. Perciò temo che non stia... bene.»

«Bene», ripete Miss Harris a pappagallo.

«L'ha vista, per caso?»

«È sul retro. Dorme come un sasso.»

«Che cosa?» Tom cade nel panico. «Ha la chiave di riserva?»

«No, ma se vuole, può passare dal mio giardino e sbirciare da sopra la recinzione. Tanto per essere sicuro.»

«Tanto per essere sicuro. Certo.»

Tom esita, probabilmente temendo che se entrasse in casa di Miss Harris non ne uscirebbe mai più, e forse non ha tutti i torti, data l'adorazione con cui lo guarda.

«Okay», accetta con una punta di nervosismo, raccogliendomi dal vialetto.

Andiamo nel giardino della vicina e attraversiamo rapidamente la casa. Per fortuna, Santa non si vede da nessuna parte, ma l'interno è buio e puzza a tal punto di gatto da darmi il voltastomaco, e quando finalmente sbuchiamo nel cortile posteriore – così incolto da assomigliare a una giungla –, ho i conati di vomito. Poi sento un sibilo arrivare dall'angolo opposto e noto Santa: chiusa nel trasportino, mi lancia occhiate malevole attraverso le sbarre, e non posso fare a meno di sbuffare compiaciuto. Evidentemente Miss Harris la punisce per i suoi peccati, il che spiega perché dal suo ritorno non ha mai sconfinato nel nostro giardino. Sebbene forse sia una vittoria effimera, devo considerarla di buon auspicio.

Tom mi mette giù, così mi precipito verso la recinzione e spio da una fessura. Lui mi imita. Julie è ancora spaparanzata sul lettino, con gli occhiali da sole e gli auricolari, ma senza reggiseno.

«Julie», urla Tom, ma la musica è talmente alta che la sentiamo tutti. Dopo aver riflettuto per un momento, mi solleva e mi alza oltre la recinzione, lasciandomi cadere delicatamente per un metro e mezzo circa sull'erba, dove – diamo a Cesare quel che è di Cesare – atterro con l'agilità di un gatto.

Non mi viene in mente di avvisare Julie che Tom sta arrivando – sono più interessato a fare in modo che sfugga alle grinfie di Miss Harris –, così mi fermo ad aspettarlo. Di lì a un istante sento gridare: «Uno, due, tre!» dall'altro lato della recinzione e, in un batter d'occhio, Tom la scavalca e piomba al centro del prato.

Abbaio con foga e Julie si raddrizza di scatto, togliendosi occhiali e auricolari e fissandomi incuriosita. Quindi vede Tom, steso sulla schiena accanto alla vasca per gli uccelli, e lancia un urlo assordante.

«Tom! Cosa diavolo...»

Quando si tira su dal lettino, Tom si alza a sedere. Evidentemente è senza fiato, anche se non credo dipenda dal salto.

«Julie...» Si copre gli occhi con la mano. «Sei...»

«Ti sei fatto male?»

«No...» Fa del suo meglio per non guardare, anche se mi accorgo che lo vorrebbe disperatamente. «Forse dovresti...»

Indica nella vaga direzione del suo petto, ma Julie sembra essersi dimenticata di avere tolto il pezzo superiore del costume. In realtà, è solo quando lo recupero dall'estremità del lettino e glielo consegno che comprende di essere quasi nuda e, urlando di nuovo, cerca di coprirsi con l'avambraccio.

«Cosa sei? Una specie di guardone...» Si interrompe, accorgendosi di aver detto una stupidaggine.

«Tutto bene laggiù?» Miss Harris sbircia ansiosa da sopra la recinzione, così Tom le fa un cenno.

«Sì. Benissimo.»

L'espressione di Julie dice il contrario. «Ebbene?»

«Doug è venuto al parco. Da solo.»

«Doug ha fatto *cosa*?»

«È venuto al parco.»

«È stato qui tutto il tempo!» Julie mi fissa. «Non è vero?»

«No.» Tom si rialza lentamente. «È come se fosse venuto a chiamarmi.»

Ruotando il dito, Julie gli fa segno di voltarsi, approfittandone per rimettersi il reggiseno. «Perché avrebbe dovuto?»

«Forse perché... insomma, ho pensato che potesse succedere qualcosa...»

«Così hai deciso di introdurti nella mia proprietà spaventandomi a morte?»

«Ecco...»

«Veramente, è stata una mia idea», interviene Miss Harris.

«Grazie, Mary», dice Julie nel tono che usa se mastico qualcosa che non dovrei.

«Prego.»

Quando la vicina scompare, Julie alza una mano nella sua direzione e solleva il dito medio, ottenendo un indignato «che carina!» dall'altra parte della recinzione, dove ovviamente Miss Harris sta ancora spiando attraverso una fessura.

Anche Julie è arrabbiata e, mentre attraverso il giardino per nascondermi dietro le gambe di Tom, il suo risoluto «fermo!»

sembra diretto a entrambi. Si avvia verso la portafinestra aperta ed entra in casa – per vestirsi, immagino –, così Tom si siede sul bordo del lettino ad aspettarla.

«Temo che siamo nei guai, Doug», dice, perciò mi accomodo accanto a lui, guardandolo come a dire: *Potresti avere qualche sorpresa*. Succede poco dopo, quando – in seguito al cambio di vestito più rapido della storia –, Julie torna in giardino con il suo miglior prendisole. Quel che è interessante, sembra essersi rifatta anche il trucco.

«Rispiegami che ci fai qui.»

Tom fa per alzarsi, ma si ferma quando nota il suo sguardo severo. «Come ho detto, pensavo che sarebbe potuto succedere qualcosa...»

«Può darsi, ma sei stato così crudele da venire a letto con me e da non richiamarmi mai più, nonostante sia stato il miglior rapporto sessuale della tua vita, della *mia* vita, dopo avermi fatto quel lungo discorso romantico...»

«A *Doug*.»

«A Doug?»

«Sì.» Tom mi accarezza. «Se non l'avessi portato a casa. Perché era da solo al parco. Poteva essere investito, rapito o cadere nello stagno.»

«Giusto.» Julie arrossisce e sospetto che non dipenda dall'esposizione al sole. «Ora l'hai riportato a casa, perciò è tutto a posto.»

«Magnifico.»

«Dunque puoi andare.»

Tom si alza. «Okay.»

Lei non sembra dire sul serio e lui non sembra voler obbedire, ma nonostante ciò inizia a indietreggiare titubante verso il cancello, mentre lei torna cautamente verso il lettino, come se si stessero studiando su un ring.

«Julie...»

Lei si ferma, con gli occhiali da sole in mano. «Cosa?»

«È davvero questo che credi?»

«Cos'altro dovrei credere?»

«D'accordo.»

«Cosa significa?»

Tom sospira. «Niente.»

«No, continua. Che cosa stavi per dire?»

«Come ho detto, niente. Non sono affari miei.»

«Che cosa?»

«La tua...» Tom indica vagamente nella sua direzione, «vita sentimentale.»

«Certo che no!»

«Appunto. Perciò...»

«Bene.»

Julie inforca gli occhiali come per dichiarare chiusa la questione, così Tom gira sui tacchi, cammina deciso verso la portafinestra ed entra in casa. Julie lo guarda allontanarsi, poi fissa lo spazio vuoto come se lui fosse ancora lì. Quindi, con un forte sospiro e uno sbuffo simile ai miei, si lascia cadere pesantemente sul lettino.

«È solo... Luke.» Tom è risbucato dalla portafinestra, facendoci trasalire.

Lei lo studia da sopra gli occhiali. «Luke?»

«Non lascerà mai sua moglie.»

Togliendosi gli occhiali, Julie li posa accanto a sé e incrocia le braccia. «Lo so.»

«Allora perché continui a frequentarlo?» chiede Tom, disperato.

«Non è così.»

«Perché sa solo... Aspetta. *Non* frequenti Luke?»

Julie sgrana gli occhi e scuote lentamente la testa, quasi spiegasse qualcosa a un bambino di cinque anni. «No.»

«Bene.» Tom sembra perplesso. «Allora perché...»

«Perché, che cosa?»

«L'altra sera. Quando... insomma, dopo che...»

Julie sospira esasperata. «Forse se provassi con una frase intera, riuscirei a capire che cosa cerchi di dire.»

«Sì, scusa.» Fa un profondo sospiro. «Quando sono venuto l'altra sera, c'era Luke. E...»

«Sei venuto l'altra sera?»

«Sì. Il giorno dopo che... Lo sai. Comunque, è stato Luke ad aprire la porta. Mi ha dato chiaramente a intendere che non ero gradito e che voi due...» Tom sembra voler mimare qualcosa con le mani ma, accorgendosi di essere diventato volgare, rinuncia e se le infila in tasca. «Facevate coppia fissa.»

«Ha ragione.»

«Ma hai appena detto...»

«*Facevamo* coppia fissa. Com'è nel suo stile, era venuto solo per dare a mio padre l'opportunità di ringraziarlo per aver chiamato l'ambulanza quando ha avuto l'infarto.»

«È stato... Tuo padre ha avuto un *infarto*? Mia madre non...»

Julie alza le mani. «Sì. Leggero. Non vuole – be', non voleva – che si sapesse, così ha costretto Dot a giurare di non dirlo ad anima viva. Ma sta bene, anche se non grazie a Luke.»

«Non capisco.»

«Pare sia stato Luke a fargli venire l'infarto.» Julie mi accarezza la testa. «E probabilmente non si sarebbe preso il disturbo di chiamare l'ambulanza, se non fosse stato per Doug.»

Tom è sempre più confuso. «Okay.» Forse decide che non è il momento di tempestarla di domande.

«Bene.»

«Bene.»

«Una domanda», dice Julie.

«Quale?» chiede Tom, vedendo che non aggiunge altro.

«Perché sei venuto?»

«Te l'ho detto. Doug si è presentato al parco da solo.»

«L'altra sera, intendo.»

Tom, imbarazzato, fissa lo spicchio d'erba tra i suoi piedi. «Be', perché...»

«Perché?»

«Perché volevo chiederti di...»

«Che cosa?»

Tom continua a tenere gli occhi puntati sull'erba. «Uscire con me», borbotta.

«Quanti anni hai? Cinque?»

«No, è solo che...» Alza lo sguardo e sorride. «In effetti, sì. O meglio, è così che mi fai sentire.»

«Tom... La ragione per cui quel mattino posso esserti sembrata riluttante è...» Julie deglutisce forte. «Mi porto dietro una... zavorra.»

«Chi non lo fa?»

«Sì, ma... la mia proietta un'ombra lunga.»

Togliendosi le mani dalle tasche, Tom incrocia le braccia. «Se ti riferisci a Doug, credo sia un giudizio un po' duro.» Sorride. «Specie perché...»

«Non mi riferivo a lui.» Julie ricambia il sorriso. «Specie perché, che cosa?»

«Perché è stato lui a metterci insieme.»

Lei lo guarda per un momento, poi mi lancia un'occhiataccia, e provo a incoraggiarla con tutte le forze che ho. Sembra funzionare, perché dà un colpetto allo spazio accanto a sé, così salto sulle sue ginocchia. Intanto Tom attraversa il giardino per raggiungerci.

Il problema è che il lettino è vecchio ed è fatto per una persona, dunque la tela non ci sostiene tutti e tre. D'un tratto si sente uno strappo sonoro, e a malapena riesco a balzare giù prima che ceda la parte dove è seduto Tom. Per la seconda volta oggi, atterra sull'erba e, dopo una frazione di secondo, il resto della stoffa si lacera al centro e Julie cade sopra di lui.

«Tu *sì* che sai come attutire le cadute», commenta Tom, e Julie scoppia a ridere. Poi lui la imita e, di lì a poco, si rotolano praticamente per il giardino, ridendo come due isterici, e in quell'istante capisco che filerà tutto liscio.

Sono così felice da provare l'improvviso impulso di rincorrermi la coda. Dopo un paio di giri, e per la prima volta *in assoluto*, riesco ad acchiapparla.

Considerando come sono andate le cose, suppongo di non dover essere sorpreso.

Ringraziamenti

Ho molte persone a cui essere grato.

La superagente Hayley Steed e il fantastico team della Madeleine Milburn (senza i quali Doug non sarebbe mai uscito dal mio laptop, figurarsi dal giardino), Kathy Sagan e tutti i collaboratori della MIRA/HarperCollins per avergli dato un passaporto americano (per animali)!

Il Board: siamo ancora in piedi!

I soliti noti: Loz, Tony, John & Co.

L'incantevole Tina, per esserci stata a ogni passo (e a ogni passo falso) del percorso.

Joan, Karen e la gang di Minorca. La bicicletta, la barca e la birra sono state una goduria!

Mekdi, Hector, Cristian, Dior e gli amici del Barych a Mahón. Perché tutti hanno bisogno di un «indigeno».

E infine, un ringraziamento particolare a te, caro lettore. Questo è il mio quattordicesimo romanzo. Non avrei potuto – e voluto – scriverlo senza di te.

Finito di stampare presso Grafica Veneta S.p.A.
Via Malcanton, 2 – Trebaseleghe (PD)
Printed in Italy